딸과 떠나는
국보 건축 기행

이 도서의 국립중앙도서관 출판시도서목록(CIP)은 e-CIP 홈페이지
(http://www.nl.go.kr/ecip)에서 이용하실 수 있습니다. (CIP제어번호: CIP2008002749)

딸과 떠나는
국보 건축 기행

머야 이거. 우리나라에 국보 건축물이 몇 개더라. 30년을 건축으로 밥을 먹은 나도 모르고 있으니. 인터넷 검색. 21개군. 14개 가봤군. 아니 지나가 본 거다. 명색이 건축평론가가 이 모양이니. 응징한 거다. 좋다. 딸 짐 싸라. 가자. 그럼 난 국민의 관심에 불을 지르겠다.

다음날 딸과 전국 투어에 나섰다. 경상도를 시작으로 전국 8도를 도는 긴 여정. 대부분이 절 아니면 왕궁. 머야 이거. 그럼 나의 국보 추가. 병산서원이 수덕사 대웅전보다 못하다고. 나 원 참. 이미 고등학교를 중퇴한 딸과 한 달을 돌았다. 주행거리 1만 킬로미터. 다시 한 달 간 매일 한 편씩 초고 작성. 다시 전국 투어. 초고가 맞는지 확인해야 할 거 아니냐. 그래 난 모 정유사의 VIP 고객.

출판사에서 편집 시안이 왔다. 사진이 맘에 안 드는 작품이 태반. 다시 전국 투어.

"아빠, 초판 몇 권 찍어?"

"3천 권."

"그럼 얼마 받아?"

"다 팔려야 5백만 원."

"여행비 얼마 들어갔는데?"

"1천 5백만 원."

"그럼 천만 원 적자네."

"응."

"이제껏 책 몇 권 냈지?"

"8권."

"그럼 흑자 난 책 있어?"

"아니."

"그럼 8천만 원 까졌네. 그만해라. 엄마 불쌍해."

"음."

출판사에서 연락이 왔다. 감고당 사진 있어유? 머라. 여주로 달렸다.

사진 한 장 땜에 200킬로미터 왕복. 출판사에서 연락이 왔다. 세병관 전경 사진이 너무 밝은데유. 머라. 800킬로미터 왕복. 나 죽네. 가산은 거덜 나고. 출판사에서 연락이 왔다. 수덕사 거시기. 끝이 없군. 난 왜 살고 있는 거지.

책에 수록될 300여 장의 사진이 머리를 맴돈다. 다시 갈까. 말까. 까지는데. 다시 출발. 어차피 까진 인생. 불 지르기 전에 찍어 놔야지.

노자 선생에게 전화를 드렸다.

"아니, 선상님. 국보에 불을 지르는 저 나쁜 인간들을 다 때려죽이면 지구에 평화가 오지 않을까유?"

"인간 60억 중 반은 좋은 맨, 반은 나쁜 맨. 그럼 30억 다 죽일래?"

"그래야 편하게 살 수 있지 않을까유?"

"나머지 30억이 다시 반으로 갈라져 나쁜 맨이 15억 생긴다. 그럼 또 죽일래?"

"그럼 우찌해야 되남유?"

"피해 다녀라."

"아, 예."

오늘도 숭례문 방화범은 감방에 앉아 혼자 중얼거리고 있다. 재수가 없어 잡혔다. 다음엔 완전 범죄를 해야지. 남들은 잘 하던데. 왜 난 그 경지에 가지 못하는 걸까. 수양을 더 해야지. 나무아미타불.

자, 이제 끝으로 선현의 명구를 되새기자.

"인간은 건축을 만들고, 건축은 인간을 만든다."

우린 자녀들을 데리고 명품 건축에 가서 가르쳐야 한다. 건축가는 건물을 만드는 사람이 아니다. 인격을 만드는 사람들이다. 숭례문의 방화범은 우리에게 큰 교훈을 주었다. 무관심은 가장 큰 죄악이다. 내 평생 첨으로 전체 사진을 직접 찍었다. 이런 걸 최후의 발악이라고 한다. 낼 비가 오려나. 삭신이 쑤시네.

국가 지정 국보 건축

내마음의 국보 건축

〈딸과 떠나는 국보 건축 기행〉은 21개 국가지정 국보 건축물 이외에
저자 이용재 선생이 추가로 뽑은 9개의 건축물을 소개합니다.

종묘 정전

영혼을 부르는 건축

"애들아, 정도전 들어오라 그래라."

"부르셨나이까, 전하."

"이제 나라도 세웠으니 종묘를 만들어라. 조상 모시게. 어른을 공경해야 나라가 태평성대할 거 아니냐."

"돈 없는디유."

"너 죽을래. 좌묘우사左廟右社를 따라라."

궁을 중앙에 두고 왼쪽에 종묘, 오른쪽에 사직을 두라고나. 한양의 수석건축가 정도전은 훈정동으로 향했다.

"아빠, 왜 동네 이름이 훈정薰井이야?"

"이 동네에 따뜻한 우물이 있걸랑."

도착하니 민가들 바글바글. 맞고 나갈래 알아서 나갈래. 1394년 이 동네 5만 6천 평에 새끼줄 치고 공사 시작. 다음해 1차 완공. 태조 이성계의 4대조 위패를 모신다. 고조부 목조, 증조부 익조, 조부 탁조, 부친 환조.

"아빠, 그럼 위패位牌는 나무판이야?"

"응."

"어떤 나무를 쓰는데?"

"닭소리나 개소리가 들리지 않는 깊은 산속에서 자란 밤나무."

이성계 정문 도착. 정도전이 기다리고 있다.

"어라, 정문이 검박儉朴 검소하고 소박 한 게 경복궁 정문보다 아트네."

"여기가 왕궁보다 급이 높걸랑요."

"나 원 참. 문 열어라, 들어가게."

"내려서 걸어가셔야 되걸랑요."

"뭐라, 나 왕인데!"

"왕도 내려야 됩니다."

"두고 보자."

정문 들어가니 4각 연못 위에 동그란 섬이 하나 떠 있다.

"야, 왜 연못은 4각이고 섬은 원이냐?"

"연못은 땅, 섬은 하늘이라."

그놈 참 모르는 게 없군. 조심해야지.

"망묘루望廟樓에 앉아 쉬고 계십시오, 전하. 제사 준비하겠사옵니다."

"망묘루는 뭔 뜻이냐?"

"왕이 종묘의 정전을 바라보며 선왕과 종묘사직을 생각하는 정자이옵니다."

종묘제례가 시작됐다. 왕이 몸소 제사를 올리는 친제親祭 때는 왕이 맨 처음 헌작獻爵 술잔을 올림하는 초헌관, 왕세자가 두 번째 잔을 올리는 아헌관, 영의정이 마지막으로 잔을 올리는 종헌관이 된다. 제관인 왕과 왕세자는 어숙실에서 재계齋戒 심신을 깨끗이 하고 금기를 범하지 않도록 삼위 한 후, 정전과 영녕전 동문으로 난 어로를 따라 묘정에 들어와 각각 정해진 자리인 전하판위殿下版位와 세자판위世子版位에 이르러 제사를 올릴

종묘제례 및 제례악 2001년 '인류구전 및 무형유산걸작'으로 유네스코 세계무형유산으로 등재. 종묘제례는 왕조의 조상에게 지내는 제사. 조선조에는 춘하추동 사계절과 섣달에 행하였으나 일제 강점기에 중단. 1971년 대동종악원에 의해 복원. 지금은 매년 5월 첫째 주 일요일에 봉행. 종묘대제에는 종묘제례가 봉행되며 각 제사의례에 맞추어 경건한 분위기를 고양시키기 위한 음악과 무용으로서 종묘제례악이 따른다.

예를 갖춘다.

"야, 나 남문으로 들어가면 안 되냐? 동문보다 남문이 더 멋있는데."

"아니 되옵니다. 망자만이."

"야, 저 남문에서 정전까지 왜 까만 돌로 길을 냈냐?"

"신로이옵니다. 신만이 다니는."

"야, 저거 멋있는데 나 다니면 안 되냐. 나 왕인데."

"아니 되옵니다, 전하. 죽어야 다닐 수 있는 영혼의 길."

"뭐야, 되는 게 없잖아. 나 왕 맞나."

가로 109미터 세로 69미터의 소우주. 2,300평의 이 정전 공간은 대한민국에서 가장 위대한 공간. 신성하고. 무시무종無始無終의 공간. 끝도 없고. 시작도 없는. 구름이 둥둥 떠 있고. 아무렇게나 깔려 있는 박석薄石 얇고 넓적한 돌은 무한하게 펼쳐지고. 파도가 치는 것도 같고.

"야, 박석은 왜 다듬지 않은 거냐. 반듯하게 하면 예쁘지 않을까."

"손을 댈수록 더 망가지걸랑요. 우린 자연을 잠시 이용하다 조용히 떠야 하는 초라한 존재라는 걸 가르쳐 줘야 되걸랑요. 자연은 영원하고."

"그렇군. 투박한 자연미."

정전 앞은 좀 올렸다. 월대. 그래 정전은 달이 되고. 구름도 떠다니고. 하늘엔 해가. 뭐야, 이거. 다 있잖아. 그냥 배흘림기둥 세우고 거기에다 지붕 얹었다. 장난 아니군.

"나 간다. 계속 지어라."

공사는 152년간 계속된다. 왕이 바뀌거나 말거나. 지구가 돌거나 말거나.

"전하, 정전 가지고는 택도 없는디유."

"서쪽에 영녕전永寧殿 지어라. 길이길이 평안한 집."

정전에는 19실에 49위, 영녕전에는 16실에 34위를 모신다. 1546년 완공.

"아빠, 그럼 기둥과 기둥 사이 한 칸이 1실이야?"

"응."

"그럼 정전 길이는 얼마나 돼?"

"101미터."

"왜 꼭 101미터야?"

"앞의 1과 뒤의 1이 대칭이 돼야 하걸랑."

근데 이걸 계산하고 지은 건가. 그럼 항복.

"그럼 대한민국에서 젤 긴 건물인 거 같은데."

"맞아. 길이만 긴 게 아니고 작품성도 최고야. 전 세계 최고이기도 하고."

정전 좌측부터 제 1실 태조, 2실 태종, 3실 세종, 4실 세조, 5실 성종, 6실 중종, 7실 선조, 8실 인조, 9실 효종, 10실 현종, 11실 숙종, 12실 영조, 13실 정조, 14실 순조, 15실 문종, 16실 헌종, 17실 철종, 18실 고종, 19실 순종.

종묘 영녕전 정면 16칸, 측면 4칸 고설집. 이 사당에는 조선 태조의 선대 4조 및 종묘의 정전에 봉안되지 않은 조선 역대 왕과 그 비妃의 신위를 모셨다. 조선에서는 국왕이 승하하면 종묘 정전에 모셨다가 5세의 원조遠祖가 되었을 때 영녕전으로 옮겨 모시게 되어, 영녕전을 천묘遷廟한다는 뜻의 조묘祖廟라는 이름으로 부르기도 한다.

"아빠, 19명이라고! 49명 모셨다고 하지 않았나?"

"마누라들 포함. 후궁은 사절."

"조선의 왕은 27명 아닌가?"

"나머지 힘 없는 왕들은 영녕전에 모셨어."

"아빠, 연산군과 광해군은 안 보이는데?"

"응. 까불어서 안 모셔."

"왕의 엄마가 후궁인 경우도 있지 않았나!"

"아들이 보위에 오른 7명의 후궁은 칠궁에 따로 모셨어."

"어딨는데!"

"청와대 안에."

정전은 국보 제 227호. 영녕전은 보물 제 821호. 1592년 왜놈들이 쳐들어왔다. 조선 제 14대 왕 선조. 긴급 기자회견. 백성들은 안심하라. 한양을 사수하겠다. 야밤에 북한 의주로 도주. 종묘의 위패 챙겨서. 백성들 열 받았다. 뭐라, 지만 살겠다고 도망가. 종묘로 촛불 시위대 진입. 지키는 사람도 없고. 불 질렀다. 우째 이런 일이.

왜놈들 돌아가고 선조 한양 도착. 어라, 잘 곳이 없네. 경복궁은 흔적도 없고. 월성대군 고택 입주. 그래 월성대군 고택은 덕수궁이 되고.

칠궁 七宮 영조의 생모 숙빈 최 씨, 진종의 생모 정빈 이 씨, 원종의 생모 인빈 김 씨, 경종의 생모 희빈 장 씨, 사도세자의 생모 영빈 이 씨, 순조의 생모 수빈 박 씨, 영친왕의 생모 순헌귀비 엄 씨를 모셨다.

날벼락. 이제 한양에 왕궁만 5개. 망하겠군. 1608
년 종묘 중건. 조상들 위패 다시 모심.

"아빠, 조상祖上이 뭐야?"

"돌아가신 어버이 위로 대대의 어른."

이제 선비들이 들이댄다. 왜 왕족만 종묘를 꿰차
냐. 우리도 들어가자, 홀라 홀라. 좋다. 원 시끄러
워서. 정전 앞 박석 걷어 내고 잔디 깔고 공신당功臣
堂 건립. 16칸 건물에 83위의 신위를 모셨다.

영녕전 입구

"아빠, 왜 박석을 들어내는 거야?"

"위계를 낮추려고."

"공신功臣은 뭐야?"

"나라를 위해 특별한 공을 세운 신하."

1910년 나라 망하고. 종묘 불 질러버리자. 폭동 일어날걸요. 그럼 기
氣를 끊자. 창덕궁 정문에서 동대문 쪽으로 도로를 뚫었다. 창덕궁과
종묘 완전 차단. 너무했나. 종묘와 창경궁을 잇는 육교 만든다. 내 이
놈들을.

"아빠, 이 동네 이름이 뭐야?"

공신당

"원서동. 창경원의 서쪽에 있는 동네."

"창경원이 어딘데?"

"창경궁. 왜놈들이 창경궁에다가 동물원 만들고 창경원이라고 불렀 걸랑."

"그럼. 원서동을 경서동이나 창서동으로 바꿔야 되는 거 아냐!"

"맞아."

"근데 왜 안 바꿔!"

"몰라."

딸과 함께 종묘 건너편 세운상가 14층으로 올라갔다. 종묘를 내려다 봤다. 뭐야 이거. 엄청난 숲속에 기다란 기와지붕. 우주선이잖아. 구 천을 헤매는. 이 장면을 보고 건축을 하는 친구는 천재 아니면 천치 다. 이건 인간이 만들 수 있는 그런 경지가 아니다.

1995년 세계문화유산으로 지정.

김 원 가라사대.

종묘가 아름다운 것은 디자인 때문이 아니다. 한국에서 가장 긴 건물 인 종묘는 27대 519년의 왕조 역사를 담아야 하는 필요 때문에 정전 19

칸, 영녕전 16칸으로 만들어졌다. 그런데 그것이 가장 아름다운 건물
이 되었다.

종묘에서 가장 아름다운 월대가 이와 같은 규모로 만들어진 이유는
건물과의 조화를 염두한 것이라기보다는 제례 때 악사樂士들과 팔일
무八佾舞를 추는 64인의 무용수들이 여덟 명씩 여덟 줄로 서서 춤을 출
때 서로 닿지 않도록 하다 보니 그리 된 것이다.

필요한 것을 필요한 만큼 썼기 때문에 의도되지 않은 아름다움이 태
어난 것이다. 종묘는 천의무봉天衣無縫 흐름이 극히 자연스러워 저항이 느껴지지 않
음 이다. 그 전율할 아름다움은 죽음의 침묵에서 온다. 하늘에 떠도는
조상의 영혼을 부르는 건물이다. 인간이 제 아무리 그 재주와 솜씨와
기교를 부린다 해도 하늘을 움직일 수는 없다.

딸아, 가자. 인간의 재주가 별 거 아니라는구나. 나 원 참.

해인사 장경판전

삼라만상을 비추는 건축

993년 거란족 80만 대군 제 1차 침공. 좋다, 조공을 바치겠다. 철수.
1010년 제 2차 침공. 개성 점령. 고려 제 8대 왕 현종 나주로 피신. 현종은 거란으로 와서 무릎 꿇어라. 좋다. 철수.

"아빠, 거란契丹이 뭔 뜻이야?"

"칼."

"그렇게 우릴 괴롭히던 거란은 지금 어떻게 됐어?"

"흔적도 없음."

현종은 돌아버리겠다. 왕이 되자마자 거란족이 쳐들어와 도망 다니기 바쁘니.

"얘들아, 대장경이나 파자. 부처님 도움 좀 받게."

1011년 개성의 흥국사에서 6천 권의 초조대장경 제작 착수. 나무아미타불.

"아빠, 초조대장경初雕大藏經이 뭐야?"

"부처님 말씀을 첨으로 새긴 책."

1018년 10만 대군 제 3차 침공. 어이구 징그러워라. 이놈의 거란족. 강감찬 귀주대첩. 거란족 전부 잠수. 지금도 수영 중. 부처님 덕에. 1087년 대장경 완성. 제작 기간 76년. 장난이 아니군. 대구 팔공산 부인사에 보관. 또 쳐들어올까 봐 개성에서 멀리 보내 숨겼다. 1196년 최 씨 무신정권 등장. 이제 정권은 왕 씨에서 우봉 최 씨로 넘어가고. 최충헌의 세상. 왕은 허수아비. 1219년 최충헌 아들 최우 집권.

이제 몽골군의 8차에 걸친 침공 시작. 1231년 제 1차 침입. 부인사를 찾아 대장경 불 지른다. 뭐라, 너네가 대장경을. 못 살것다. 강화도 천도. 이제 대한민국은 몽골군 세상. 40년 동안. 두고 보자.

1236년 최우는 사재를 털어 강화 선원사에 대장도감을 차렸다. 다시 만들자. 전국의 거제수나무 총동원령.

몽골 13세기 초 칭기즈 칸의 등장으로 한때는 중앙아시아를 호령하던 대제국. 1688년 중국에 복속. 이제 외몽골. 1920년 독립. 이제 몽골 인민공화국. 소련에 이은 두 번째 공산주의 국가. 가난. 1990년 한국과 수교. 1992년 중립국으로 전환. 인구 250만 명. 그리도 대한민국을 괴롭히더니만.

고려궁지 고려 23대 왕 고종은 1232년 강화도로 천도, 몽골군 두고 보자. 1234년 왕궁 완공. 1270년 개성으로 환도할 때까지 강화도는 임시 수도. 지금은 강화유수부 동헌인 명위헌과 이방청만이 남아 있다.

40년생 나무 중 굵기가 40센티미터 이상이고, 옹이가 없는 나무 벌채. 1년간 눕혀둔다. 꼿꼿하게 서 있을 때의 생장응력生長應力을 없애 갈라짐과 비틀어짐 최소화시키고.

나무를 켜서 판자를 만든 다음에는 소금물에 삶아 말렸다. 애벌레가 경판을 파먹는 일이 없도록. 정밀하게 교정해둔 판하본板下本을 경판 위에 고루 풀칠하고 붙였다. 경판을 새기기 직전에 식물성 기름을 얇게 바르고 경판을 새겼다.

아제아제 바라아제. 한 사람이 하루에 팔 수 있는 글자 수는 40자. 한 줄 14자. 한 경판당 23줄. 그럼 경판 하나에 644자. 한 달 내내 판다. 파고 파고 또 판다. 내 맘도 판다. 난 왜 살고 있는 거지.

총 경판 수는 8만 1,258개. 그럼 뭐야. 총 글자 수가 5천 2백만 자. 나 원 참. 15년간 판다. 몽골군이 노략질하거나 말거나. 1251년 재조대장경 완성. 다시 판 대장경.

"아빠, 왜 8만 장을 만드는 거야?"

"인간의 번뇌와 법문이 8만 4천 가지걸랑."

1270년 개성으로 환도. 1392년 이제 정권은 전주 이 씨에게 넘어가고. 태조 이성계는 1398년 사비를 털어 강화 선원사의 팔만대장경을 서울 시청 앞에 있던 지천사로 옮긴다. 구경 한번 하자. 뭐라. 대장경을 옮기라고나. 8만 1,258명이 경판을 한 개씩 머리에 이었다. 장관.

가자. 저 높은 곳을 향하여. 국가 잠시 휴무. 당시 한양 인구는 10만에 불과하니. 바다 건너 대장경 출발.

삼보일배. 세월. 관세음보살. 눈물바다. 백리 길.

"아빠, 왜 세 번 걷고 한 번 절하는 건데?"

"일보에 부처님에게 귀의, 이보에 법에 귀의, 삼보에 스님들께 귀의."

3개월 만에 지천사 도착. 태조 이성계가 직접 나와 무릎을 꿇었다. 부
처님, 도와주서유. 나 왕 오래하게.

"전하, 왜놈들이 자꾸 들이대네요. 대장경이 불안한디유."

"숨겨라."

"어디루."

"가야산 계곡 속에."

"아빠, 왜 산 이름이 가야야?"

"그 옛날 가야국이 이 동네에서 잘나갔걸랑. 신라에게 먹히기는 했
지만. 그래 가야를 그리워하는 산이야."

6개월 만에 이사. 다시 국가 휴무. 뭐라, 해인사로 가라고나. 이번엔

천 리 길. 가도 가도 끝이 없는 길. 뭐야 이거, 날 다 가잖아. 덕분에 국가 경제가 살아났다. 수만 명이 밥을 사 먹으니.

"아빠, 해인사海印寺가 뭔 뜻이야?"

"바다가 삼라만상을 비추듯 불법을 관조하는 절."

불상 옆에 임시 보관. 1488년 장경판전 건립. 대장경을 모신다. 남쪽엔 수라다장, 북쪽엔 법보전. 정면 15칸, 측면 2칸.

수다라장과 법보전 두 건물의 각 벽면에는 위아래로 두 개의 창이 이중으로 나 있다. 아래창과 위창의 크기는 서로 다르고. 건물의 앞면 창은 위가 작고 아래가 크며, 뒷면 창은 아래가 작고 위가 크다. 큰 창을 통해 천천히 건물 안으로 흘러들어온 공기는 골고루 퍼진 후에 작은 창으로 빠르게 나간다. 과학.

소금, 숯, 횟가루, 모래를 차례로 놓은 판전 내부 흙바닥은 습기가 많을 때는 머금었다가, 습기가 없을 때는 내보내는 자동습도조절기. 동

김원 (1943-) 부산 생. 경기 중고
등학교 졸. 서울대 건축공학과 졸.
1965-69년 '김수근 건축연구소' 연
구원. 1976년 건축환경연구소 '광
장' 설립. 1985년 세계의 현대건축
가 101인에 선정(일본, 가지마 출판
사). 대표작으로 '황새바위 순교성
지', '국립국악원', '미당시문학관'.
저서로 《행복을 그린 건축가》, 《건
축은 예술인가》가 있다.

서 사간판전을 두어 안마당을 만든다. 양지바르고 바람 잘 통하는 명
당.

"아빠, 수다라修多羅가 뭐야?"

"석가모니의 가르침을 적은 책."

"법보法寶는?"

"석가모니의 말을 적고 풀이한 경전."

김원 가라사대.

해인사 경판각의 자연통풍 시스템은 여러 차례 이론으로 해명이 시도
되었지만 아직까지 어떤 하이테크로도 재현될 수 없는 지혜가 숨어 있
다. 건물의 통풍이 잘 이루어지도록 건물 외벽의 붙박이 살창은 아래
위 크기가 다르고 건물의 앞면과 뒷면의 살창도 크기와 높이를 달리함
으로써 공기가 실내에 들어가서 아래위로 돌아 나가도록 만들었다.

건물 뒤쪽에서 내려오는 습기를 억제하고 건물 안의 환기를 원활
히 하려는 의도로 건물의 뒷면도 마른 흙으로 깔았다. 건물 내부 바
닥도 맨흙바닥으로 둔 채 천장에도 반자가 없이 지붕 구조가 보이
는 연등천장을 하고 있어, 습기가 바닥과 지붕 밑에서 조정이 되도
록 한 것이다.

왜놈들이 뇌물을 들고 왔다. 야, 팔만대장경 인쇄 한 번만 해 주라. 부
탁이다. 우리도 만들어야 되걸랑. 됐네. 삼고초려. 좋다. 한 번만 해
줄게. 그것 참 오묘하네. 대한민국이 세긴 세군. 일본에서 대책회의
가 열렸다.

"근데 이 나무 재질이 뭐냐?"

"모르겠는디유."

"하나만 훔쳐 와라."

"워낙 보안이 철저해서. 아니 글쎄 까까중들이 24시간 총칼 들고 지
키고 있더라니깐요. 잠도 없나."

"그럼 조금만 잘라 와라."

해인사에 야밤에 가면 쓴 특공대가 들이닥쳤다. 어라, 빈틈이 없네. 철수. 도대체 이 나무가 뭘까. 자작나문가. 쇠처럼 단단한 게.

추사가 해인사를 찾았다. 뭐야 이거. "이는 사람이 쓴 것이 아니라 마치 신선이 내려와서 쓴 것 같다." 주지 스님이 추사를 붙잡았다. 현판 하나만 써 주시면. 창피해서 안 씀. 경판이랑 비교되잖아. 그래 해인 사에는 추사 현판이 없다.

1950년 북한군 침공. 지리산의 빨치산들이 해인사로 숨어들었다. 부처님 세상에는 이념이 없는 법. 스님들은 정성껏 밥을 해먹였다. 나무 아미타불. 미군 사령관 열 받았다. 야, 해인사 폭격해라. 내 이놈들을. 공군대령 김영환은 빨간 마후라를 목에 두르고 김해 공항 이륙.

이거 어쩌지. 팔만대장경. 폭탄 안 떨어뜨리면 항명죄고. 떨어뜨리면 역사의 죄인. 염주를 계속 돌린다. 부처님 살려 주십시오. 그냥 복귀.

"야, 해인사 폭격했냐."

"안개가 자욱해 실패. 아리아리한 게 눈에 뵈는 게 없네요."

"뭐라!"

"공비들이 해인사를 점령한 건 단순히 식량 땜이다. 며칠만 지나면 공비들은 해인사 떠날 거다. 그리고 해인사에는 몇 백 명의 공비들과 는 바꿀 수 없는 팔만대장경이라는 한민족의 정신적인 지주가 있다. 나는 반만 년의 역사를 지닌 대한민국의 공군 장교로 우리 문화재를 보호하기 위해 해인사에 폭탄을 투하할 수 없다. 차라리 죽여라."

이를 보고받은 이승만 대통령 노발대발. 김영환 사형. 김정렬 공군참모총장이 간신히 말렸다.

1962년 국보 제52호 지정.

1995년 유네스코 세계문화유산 지정.

2011년 팔만대장경 탄생 1천 주년 기념식 준비 중.

뭐라 1천 주년이라고나. 그럼 난 뭐야. 이제 오십. 딸아, 집에 가자. 도 저히 정신이 혼미하니.

김영환(1921~1954) 서울 서대문로에서 태어나 경기중학 졸업한 후 연희전문학교와 일본 관서대학 거쳐 일본 육군 예비 사관학교 졸. 8.15 해방 뒤 공군 창설 7인의 주역 가운데 한 사람. 공군 조종사의 상징인 빨간 마후라를 처음으로 착용. 1954년 훈련 비행 도중 산화. 2002년 해인사 경내에 김영환 장군 팔만대장경 수호 공적비를 세웠다.

해인사 비상. 숭례문이 소실됐다고라. 판전 내부에 화재감시기, 청정
소화기, 감시카메라 설치. 감시원 8명 고용해 24시간 교대로 순찰. 숭
례문 방화범 덕에 일자리는 좀 늘어났구먼. 매달 수행정진 중이던 선
방 스님들까지 모두 참여하는 소방훈련 실시. 대비로전에 있는 쌍둥
이 비로자나불은 화재나 지진 시 자동으로 방화 차단된 지하 6미터
별실로 하강하는 시스템을 국내 최초로 갖췄고. 그래도 불안. 노숙자
는 늘어나고. 슬픈 시대. 이걸 다 우째 해결하지.

여수 진남관

있는 것도 없는 것도 없는 건축

현충사 顯忠祠 충렬을 높이 드러내는 사당. 1706년 지방 유생들이 조정에 건의해 세웠으며 이듬해 숙종이 직접 사액 하사. 1865년 대원군의 서원 철폐령에 의해 일시 철폐. 13대 종손 이종옥 가산 탕진. 경매. 1932년 동아일보사 주최로 되어 전국민의 성금을 모아 매입. 현충사 보수하고 다시 이순신 장군의 영정을 모셨다. 연 면적 75만 평. 사적 제 155호.

"딸아, 현충사 가자."

"아빠, 나 거기 여러 번 갔었걸랑."

"아빠랑은 안 갔었지."

"응."

"가자. 일당 줄게."

"알았어. 지방은 두 배인 거 알지?"

"알았어."

"아빠, 성웅聖雄이 뭐야?"

"지덕知德이 뛰어나 많은 사람이 존경하는 영웅."

"근데 왜 이순신 장군에게만 성웅을 붙이는 거야?"

"그만큼 센 분. 글도 잘 쓰고 활도 잘 쏘는 선비."

"충무는 이순신 말하는 거지?"

"응. 이순신의 시호."

"시호諡號가 뭔데?"

"위대한 선비가 돌아가신 후 임금이 그의 공덕을 기려 내리는 영광스러운 이름."

"충무忠武는 뭔 뜻인데?"

"충성스러운 군인."

"그럼 왜 서울에 충무로란 동네가 생긴 거야?"

"중구 인현동, 지금의 명보극장 근처에서 이순신이 태어났걸랑."

이순신1545-1598. 본관 덕수德水. 문과 급제자 105명. 청백리 2명 배출한 명문가. 이율곡도 덕수 이 씨. 21개 이 씨 중 인구 5만 명으로 랭킹 7위.

"아빠, 센 집안의 기준이 뭐야?"

1. 청백리 수.

2. 문과급제자 수.

3. 인구 수.

이 충무공 고택 1545년 서울시 중구 인현동에서 이정의 3남으로 출생. 부친은 한량. 어려서 생활고로 외가인 아산 백암리로 이주. 21세에 상주 방 씨와 결혼. 3남 1녀 출산. 대대로 종손이 살아오다 1969년 현충사 성역화 사업으로 종손 이주. 현충사 안에 있다.

1479년 여수에 전라좌도 수군 절도사영 설치. 왜놈들 막는 전략 요충지.

"아빠, 왜 이 동네 이름이 여수麗水야?"

왕건이 이 고을을 찾았다.

"애들아. 우째 여인들이 이리 이쁘냐? 전부 얼짱에 몸짱이네."

"물이 좋아서 그렇사옵니다."

"이 마을 이름이 뭔데?"

"고을의 사투리 고으리이옵니다."

"앞으로는 여수라고 불러라. 아름다운 물의 마을."

"아빠, 고을은 뭐야?"

"군부대가 있는 마을."

1593년 여수에 삼도 수군 통제영이 설치된다. 경상, 전라, 충청을 아우르는 해군 총사령부. 수군절도사는 진해루에 앉아 왜군들 동태를 살폈다. 수군절도사는 지금으로 말하면 해군 3성 장군. 별 별 별.

"아빠, 우리나라에 별 4개가 몇 명이야?"

"합참의장, 합참차장, 육, 해, 공 참모총장, 한미연합사 부사령관. 육군 1, 2, 3군 사령관. 그럼 몇 명이냐?"

"9명."

"대한민국 60만 대군을 이끄는 별 중의 별."

"우리나라는 일본 안 쳐들어갔어? 좀 혼내주지."

1274년 고려는 원나라 군대 2만 명과 고려군 8천 명으로 제1차 일본 정벌. 태풍. 철수. 1275년 고려군 1만 명이 포함된 15만 병력으로 제2차 일본 정벌. 태풍. 철수. 그놈의 태풍 땜에.

1597년 정유재란. 도요토미 히데요시가 14만 대군을 끌고 쳐들어온다. 당시 여수 인구는 5천 명. 군 병력은 1천 명. 두고 보자. 진해루 전소. 수군통제사 원균 전사. 투옥 중인 이순신 긴급 투입. 왜군 전멸.

1599년 이시언1545-1628 이 전라좌수사로 여수를 찾았다. 조선은 해군 총사령관인 수군 통제사 아래 전라도와 경상도에 좌우 지역사령관을 두어 왜군의 침략에 대응. 전라도는 여수에 좌수영, 해남에 우수영. 경상도는 부산에 좌수영, 충무에 우수영을 두었다. 하도 싸우다 보니 당시 여수는 전라도 최고로 센 도시가 된다. 총알만 날아다니는 게 아니고 문화도 날아다니니.

"아빠, 이시언이 누구야? 첨 듣는 이름인데."

본관 전주. 왕족. 1576년 32세에 정시 문과 갑과로 합격. 전국에서 3등 안에 든 수재. 1589년 평단군수를 끝으로 사직. 좀 쉬자. 그게 되나. 1592년 임진왜란으로 재등용. 1601년 청백리 녹선. 조선 600년사에 219명에 불과한 최고의 영예를 안은 선비. 학덕이 높으면서 재물을 탐하지 않아야 오를 수 있는. 난 청백리 얘기만 나오면 주눅이 든다. 인세 언제 들어오지. 1627년 정묘호란. 이번엔 중국군. 조선의 제16대 왕 인조 모시고 강화도 행. 거기서 간다. 너무 힘들어. 시언 선상님, 수고하셨습니다. 오늘도 뉴스는 돈 스캔들로 와글와글. 흑백리

들. 까마귀들.

한양에서 여수 가는 길은 천 리 길. 한 달 내내 말 타고 사령부에 도착하니 초가집. 아이고, 히프 아파라. 임지로 가다가 도중에 해임되어 한양으로 복귀한 벼슬아치도 부지기수일 정도로 먼 길.

"어라, 진해루 어디 갔냐?"

"왜놈들이 불 질러서리."

다시 지어라. 수석 건축가는 이시언. 전면으로 15개, 측면으로 5개의 기둥을 죽 세운다. 75칸. 심플. 원래 센 건축은 단순한 법.

"얘들아, 그럼 기둥이 전부 몇 개냐?"

"68개이옵니다."

"그럼 됐네. 지붕 올려라."

"벽은 안 세웁니까?"

김개천 왈 "진남관의 내부에서 외부를 바라보면 각각의 시점에 따라 완성된 형으로 변화하고 때로 없어지기도 한다. 치밀하게 의도된 기둥의 위치와 간격에 의해 벽과 창의 개폐는 없으나 공간의 경계와 크기가 변화한다."

"시끄러 인마. 바람 잘 통하니 좀 좋냐. 바다도 잘 보이고."

"아빠, 우리 건축은 배산임수여야 되지?"

"응. 뒤에 산이 있고 앞에 물이 있어야 돼."

"근데 뒤에 산이 없으면 어떡해?"

"동쪽에 버드나무와 복숭아를 심고, 서쪽에 치자나무와 느릅나무를 심고, 남쪽에 대추와 매화를 심고, 북쪽에 살구나무와 벗나무를 심으면 명당이 된단다."

240평의 장대한 공간. 끝도 없고 시작도 없는. 난 50년 만에 첨으로 이 진남관을 찾아 넋을 놨다. 뭐야, 이거. 음. 너무 센 놈이 많아. 240평이 2,400평으로 보이잖아. 기둥과 기둥 사이로 보이는 하늘과 산과 바다는 하나가 되나니. 1716년 전소.

1716년 이제면₁₆₅₂₋₁₇₁₈ 이 전라좌수사로 여수를 찾았다. 어라, 또 초가집이네. 내 이것들을.

"아빠, 이제면도 첨 듣는 이름인데?"

본관 전의. 1681년 무과 급제. 절충장군. 정 3품 당상관. 지금으로 말하면 3성 장군.

"아빠, 절충折衝이 뭐야?"

"적의 창끝을 꺾고 막는다."

"당상관은 뭔데?"

"정 3품 이상의 관리. 당하관은 정사를 볼 때 대청에 올라가 의자에 앉지 못하걸랑. 의자에 앉고 싶으면 중시에 합격해야 돼. 중시는 1백 명 남직한 장관급 후보자인 당상관이 되는 지름길."

"아빠, 중시重試는 또 뭐야?"

"당하관을 대상으로 실시하는 과거. 출세를 향한 마지막 시험."

진남관 복원. 현판을 직접 쓴다.

鎭南館. '남쪽의 왜구를 진압해 나라를 평안하게 하는 집.'

계좌정향癸坐丁向. 계방을 등지고 앉는다.

"아빠, 계방이 머야?"

"24방위의 하나. 정북에서 동으로 15도 되는 방위를 중심으로 한 15도 각도 안의 방향."

전쟁도 끝나고 이제 진남관은 군사령부에서 객사로 변신. 궐례. 매일 북향사배. 임금님, 잘 주무셨지라우. 산 사람에겐 한 번, 죽은 사람에겐 두 번, 임금에겐 네 번 하는 거 아시죠?

"아빠, 객사가 뭐하는 데야?"

"왕명을 전하는 신하들이 자던 여관. 외국 사신들도 재우고. 왕에 대한 예우를 갖추는 전각이기도 하고."

전패를 모시는 관계로 관찰사_{지금의 도지사}가 머무는 동헌보다도 더 중요한 건물.

"전패殿牌가 뭔데?"

"왕의 초상을 대신해 봉안하던 목패木牌."

"그 나무판에 뭐라고 새겨져 있는데?"

"궐闕. 왕에 대한 예우를 위해 각 지방의 관리들은 매달 1일, 15일 정기적으로 망례를 올려야돼."

"망례望禮는 또 뭐야?"

"멀리 북쪽에 계신 왕을 향해 예를 표하는 거. 자고 일어난 사신들도

아침저녁으로 북향사배 해야 되고."

1910년 나라가 망하자 중학교 교실로 전용. 내 이놈들을. 1963년 보물 제 324호로 지정되면서 원래의 모습을 되찾는다. 2001년 국보 제 304호로 승격.

"아빠, 어떤 아저씨가 화성에 불지르다가 붙잡혔대."

"큰일이군."

저 멀리 1984년 완공된 돌산대교가 보인다. 남산동과 돌산읍을 잇는 연륙교連陸橋 육지와 섬을 잇는 다리. 파도 넘실넘실. 구름도 떠다니고. 이제 진남관은 우주가 된다. 없는 게 없는. 있는 것도 없고.

1972년 여수공항 들어서며 도약을 꿈꾸지만 하세월. 인구 30만 명. 이제 뭐 먹고 살지. 한때는 천하를 호령하던 여수. 왜놈들 또 안 쳐들어오나. 회한. 이제 흙먼지만 날린다. 그럼 여수를 살리는 방법은? 대

망해루 望海樓 바다를 바라보는 누각. 진남관 입구에 세워져 있는 2층 누각. 일제강점기 때 왜놈들이 철거. 1991년 중건. 망해루와 통제문을 지나야 진남관에 들어갈 수 있다.

한민국 최고의 명품 진남관을 전 세계에 알리는 거다. 너네 이런 거 있어? 딸과 함께 진남관을 찾아 난 무릎 꿇었지만 방문객 전무. 불 지를까봐 할아버지 세 분이 지키고 있는 슬픈 곳. 나이 294살. 온몸이 아파 시름시름 앓고 있는 진남관. 나도 아프고. 물 좋고 인심 좋고 아가씨도 이쁘고. 진남관은 죽이고. 한번들 가보시죠. 돈 따라 다니지 말고.

"화영이 엄마."

"예."

"인세 들어 왔나?"

"아니요."

"내 이것들을."

무위사 극락보전

스스로 그러한 대로 사는 건축

"딸아, 무위사 가자. 갈 길이 멀구나."

"아빠, 무위無爲가 뭐야?"

"무리해서 무엇을 하려 하지 않고, 스스로 그러한 대로 사는 삶."

노자 가라사대.

위학일익 爲學日益 학문을 하면 날로 보태는 것이고,

위도일손 爲道日損 도를 함은 날로 덜어내는 것이다.

손지우손 이지어무위 損之又損 以之於無爲 덜고 또 덜어서 함이 없음에 이르면,

무위이무부위 無爲而無不爲 함이 없으면서도 하지 못하는 것이 없다.

위무위 칙무부법 爲無爲 則無不法 무위를 하면 다스려지지 않음이 없다.

"그럼 놀면 돼!"

"응. 불혹까지는 그냥 놀아라."

"그럼 아빠가 용돈 대 줄 거야?"

"응. 답사에 동행만 해 준다면."

"알았어."

딸이 언제 불혹되지. 2030년이네. 뭐야, 그럼 아직 22년 남았군. 나 원 참. 그럼 난 이순이고.

"아빠, 이순耳順이 뭐야?"

"귀가 순하여 남의 말을 듣기만 하여도 이해하게 되었다."

"아빠, 칠순 되는 거 아냐?"

"뭐라, 그러네. 그럼 종심 아니야!"

"종심從心이 뭔데?"

"칠십이종심소욕 불유구 七十而從心 所欲 不踰矩. 나이 일흔에 마음이 하 고자 하는 대로 하여도 법도를 넘 어서거나 어긋나지 않았다."

큰일 났군. 딸과 함께 강진으로 달

사천왕문

렸다. 22년은 버텨야 하는디. 돈도, 앎도 없으니.

"아빠, 강진康津이 뭔 뜻이야?"

"농산물이 풍성한 편안한 나루터."

호남고속도로 광산나들목 – 13번 국도(53킬로미터) – 송정. 나주 거쳐 영암 라이온스탑 앞 삼거리 – 왼쪽 13번 국도(1킬로미터) – 오리정 오거리 – 불티재 – 강진, 해남 가는 방면 – 백운교 지나 오른쪽으로 무위사 진입로(3.3킬로미터) – 무위사. 가도 가도 끝이 없는 길.

신라 진평왕 39년 원효대사가 이곳 월출산 자락에 관음사 창건.

"아빠, 대한민국의 불교 종파는 도대체 몇 개야?"

"공식 종파만 27개."

"왜 그렇게 많은 거야?"

"부처님 모시는 방법이 달라서."

"제일 큰 종파는 조계종이지?"

"응."

"화엄종하고 조계종은 뭐가 달라?"

"화엄종은 수입 종파고 조계종은 국산."

"아빠, 원효대사 센 분이야?"

"장난 아니야."

원효617-686는 한국 불교가 낳은 불멸의 성사聖師성스러운 스승.

"원효元曉가 뭔 뜻인데?"

"첫 새벽을 열다."

신라 진평왕 39년617년 경산군 압량면 신월동에서 태어났다. 그의 어머니가 원효를 잉태할 때 유성이 품으로 들어오는 꿈을 꾸었으며, 그를 낳을 때는 오색의 구름이 땅을 덮었다. 648년 황룡사에서 승려가 됨. 전 재산을 절에 시주하고 초개사 건립.

원효는 34세 때 당에 유학하기 위해 의상義湘과 함께 압록강을 건너 요동까지 갔다가 그곳 순라꾼에게 잡혀 뜻을 이루지 못하고 되돌아

무위사 선각대사 편광탑비 無爲寺 先覺大師 遍光塔碑 선각대사 형미를 기리기 위해 고려 정종 원년(946년)에 건립. 고려 태조 원년(918년)에 54세의 나이로 입적하자 고려 태조가 '선각'이라는 시호를 내리고, 탑 이름을 '편광탑'이라 하였다. 비는 비받침과 비몸돌, 머릿돌을 모두 갖춘 완전한 모습. 비받침은 몸은 거북이나, 머리는 여의주를 물고 있는 용의 형상으로 사나워 보이며 사실성이 뚜렷하다. 보물 제507호.

새벽 안개 속의 극락보전

왔다. 45세에 다시 의상과 함께 해로海路로 당나라로 가기 위해 백제
땅이었던 당주계唐州界로 향하였다. 항구에 당도했을 때 이미 어둠이
깔리고 갑자기 거친 비바람을 만나 어느 땅막에서 자게 되었다.

아침에 깨어나 보니 그곳은 땅막이 아닌 옛 무덤 속임을 알았지만 비
가 그치지 않아 하룻밤을 더 자게 되었다. 그날 밤 원효는 동티귀신의 장
난를 만나 잠을 이룰 수 없었고, 이는 곧 그에게 큰 깨달음의 한 계기
가 되었다.

"마음이 일어나면 갖가지 법이 일어나고 마음이 사라지면 땅막과 무
덤이 둘이 아니군." 그래 원효는 "삼계가 오직 마음이요, 만법萬法은
오직 인식일 뿐이다. 마음 밖에 법이 없는데 어찌 따로 구할 것이 있으
랴. 나는 당나라에 가지 않겠다!"

"아빠, 삼계三界가 뭐라고 했지?"

"욕계欲界 욕망의 세계, 색계色界 욕망을 떠난 청정의 세계, 무색계無色界 물질적인 것
도 사라진 순수한 정신의 세계."

당나라에 진리가 있다면 그것이 왜 신라에는 없겠는가. "누가 내게
자루 없는 도끼를 주겠는가? 내 하늘을 받칠 기둥을 깎으리라."

태종 무열왕이 이 말을 들었다. 내 여동생인 요석공주와 원효를 맺어
주면 큰 인물이 나오겠군. 방법은 단 하나. 그냥 납치하는 수밖에. 수

백 명의 나졸들이 원효를 찾았다. 스님, 그냥 따라 오시죠. 싫다. 그럼 내기하죠. 어차피 빈손으로 돌아가 죽나, 스님한테 맞아 죽나. 그게 그거. 순서에 입각해 스님은 나졸들을 냇가로 패대기치고. 불쌍하군. 마지막 나졸과 함께 스님도 물에 빠졌다. 다 죽게 내버려 둘 수야 없지 않은가. 요석궁에 가 옷을 말리다 요석공주와 인연을 맺었다. 아들 순산. 이 친구가 이름하여 설총.

원효 스스로 파계. 나 이제 소성거사다. 건드리지 말 것. 집필에 몰두.

"아빠, 소성거사小性居士가 뭐야?"

"현실에 나가지 않고 도만 닦는 아주 보잘것없는 선비."

국보 앞에서 졸고 있는 바둑이

이후 설총은 문묘에 모셔진 18현에 등극.

"아빠, 조선은 27대 왕까지 있었지. 신라는?"

"56대 왕 992년간 존속."

"아빠, 우리 월출산月出山에는 첨인 거 같네. 센 산이야?"

"응. 달이 여기서 첨 떠오르걸랑. 신라시대에만 99개의 절이 있던 센 산. 도사들의 동네. 전국 20개의 국립공원 중 하나."

"왜 첨에 절 이름을 관음사라고 지은 거야?"

"세상의 모든 소리를 살펴보시는 관세음보살觀世音菩薩을 모신 절이라서."

중국에서 달마의 선법을 받아 와 그 정신을 지켜 온 9산문이 있었나니.

실상산문, 가지산문, 사굴산문, 동리산문, 성주산문, 사자산문, 희양산문, 봉림산문, 수미산문.

이 동네는 가지산문.

"아빠, 가지산迦智山이 뭔 뜻이야?"

"부처님의 지혜가 넘쳐나는 산."

875년 도선국사가 갈옥사葛屋寺 칡으로 뒤덮인 절 로 개칭.

905년 선각국사 형미가 무위갑사로 개명.

"아빠, 형미가 누구야? 첨 듣는데."

속성은 최 씨. 864년 광주광역시 생. 878년 가지산 보림사에서 출가. 화엄사에서 보조 체징에게 구족계를 받았다. 28세에 당나라로 건너가 운도 도응으로부터 선종의 법을 이어받고 905년 귀국. 무위사 주지로 일하며 군법사軍法師가 되어 고려 태조를 돕다가 918년 궁예의 칼을 맞는다. 태조는 그 이듬해 고려를 세운 후 그를 왕사王師로 추존. 선각先覺 남보다 먼저 세상일을 깨달음 이란 시호를 내렸다.

"아빠, 궁예가 스님을 죽였단 말야? 그럼 궁예는 우찌됐는데?"

"도망가다 역시 칼 맞고 지구 떠났어. 스님을 죽여! 참 간도 크다."

1430년 극락보전 건립. 579살의 국보 제 13호. 역시 아무 의도도 의 지도 없는 듯 단아한 자태. 고졸의 경지. 이거 설명하는 사람, 바보. 가 보시길.

이제 자복사資福寺 나라의복을기원하는절 에서 수륙사로 용도 변경. 수륙재 지내는 게 주 임무.

"아빠, 수륙재水陸齋가 뭐야?"

"지상에 떠도는 망령을 부처님에 의해 환생케 하는 재생 의식으로, 적을 포함한 전사자를 위로하는 불교 의식."

1555년명종 10년 태감스님이 4창하고 무위사로 개칭.

극락전 안에는 아미타불을 중심으로 좌우에 관음보살과 지장보살 배 치. 삼존불. 지구를 지키는.

"아빠, 불상 뒤의 그림 이름이 뭐야?"

"수월관음벽화."

"수월관음水月觀音이 누군데?"

"하늘에 뜬 달이 물속에 비친 달. 인생의 허무에서 발생한 고난을 구제해 달관케 하는 사색적인 보살. 33분의 관음보살 중 한 분."

"근데 벽화에 왜 눈동자가 없는 거야?"

극락보전 건립 후 어느 날 노승 한 사람이 사찰을 찾아와 벽화를 그리겠다며 100일 동안 법당 문을 열지 못하게 했다. 그게 되나. 99일째 되던 날 궁금증이 많은 한 승려가 창살을 통해 법당 안을 들여다보자 한 마리의 새가 입에 붓을 물고 날아다니며 그림을 그리다가 날아가버렸다. 그래 현존 후불벽화 중 가장 오래된 무위사 후불벽화는 관음보살의 눈동자가 그려지지 못한 미완성의 그림으로 남아 있다.

"아빠, 극락전은 뭐고 극락보전은 뭐야? 헷갈려."

"전각 하나로 버티면 극락보전. 절이 부자가 되어 여러 전각이 들어서게 되면 극락전."

"보살은 또 뭔 말이야?"

"보시사탈의 준말. 보시는 깨달음. 사탈은 중생. 깨달음을 위해 노력하는 중생."

"절은 왜 그렇게 연꽃을 좋아하는 거야?"

"부처님의 탄생을 연꽃이 피어나면서 알려 주었걸랑."

극락보전 안에서는 불자들이 오체투지에 바쁘고.

"아빠, 오체투지伍體投地가 뭐야? 어른한테 올리는 절 예법하고는 좀 다른데."

"양무릎과 양팔꿈치, 이마 등 신체의 다섯 부분을 땅에 대고 절하는 거."

부처님, 도와주십시오. 쇠고기 땜에 나라가 흔들흔들. 안마당에 아예 소방차 대기 중. 하도 불을 질러대니.

경복궁 경회루

허공에 떠다니는 건축

김인철 (1947-) 홍익대 건축과 졸. 국민대 대학원 졸. 엄덕문 문하를 거쳐 1986년 '인제건축' 설립. 1995년 '아르키움'으로 개명. 현 중앙대 건축과 교수. 대표작으로 '김옥길기념관', '어번 하이브', '삶의 이야기가 있는 집' 등이 있다.

이충기 (1960-) 경북 왜관 생. 성균관대 건축과 졸. 연세대 대학원 졸. 1995년 '한메건축' 설립. 현 서울시립대 건축과 교수. 대표작으로 '인삼랜드 휴게소', '가나안교회', '옥계 휴게소' 등이 있다.

김인철 선생과 잡지사가 마련한 작품 투어를 다니기로 했다. 나보다 13년 선배. 약속 장소는 헤이리 11시 반. 집필에 전념하기 위해 온양으로 낙향한 난 KTX 타고 서울역 도착. 35분 걸리는군. 뭐하러 사람들은 서울에서 사는 걸까. 기차 삯도 12,000원. 일단 대학로의 광장건축으로 갔다. 김원 선생이 물었다.

"너 고향이 어디냐?"

"장충동인디유."

"그런데 왜 온양이냐?"

"충청권 문화재를 다 다니려고요."

"그럼 그 담엔?"

"1년 후 여수로 내려갑니다."

"왜 또 여수냐?"

"전라, 경상도 다 다니려고요. 비행장도 있고."

"그럼 1년 뒤엔 어디로 가냐?"

"집 정리하고 세계로 나갑니다."

"뭐라."

날 픽업하기로 한 시립대 이충기 교수가 안 온다. 뭐야, 이거. 11시 도착. 차가 밀린대나 뭐래나. 난 죽었군. 이충기 교수는 나랑 동기. 여기서 헤이리까지는 최소한 1시간. 내기를 했다. 잡지사 기자가 누구한테 전화할 것인가! 술 산다. 이충기 교수는 자기가 지각했지만 자기는 워낙 바른 맨이라 내가 늦은 걸로 생각할 거라는 거다. 뭐라.

삐리릭삐리릭. 내 전화기가 울렸다. 그것도 세 번이나. 다 뒤집어쓰게 생겼군. 헤이리 주택에 도착한 난 멀리서 담배만 폈다. 깨질 게 뻔하고. 김인철 선생 왈, 너 많이 컸다. 내 평생 어른과의 약속에 늦어보기는 첨이라. 아, 예. 내 인생이 이렇다. 김인철 선생이 물었다. 이용재 얼마나 잘 아나 보자.

"야, 왜 우리 전통건축은 만날 목구조냐? 세계 최고의 화강석이 있는

데 말이다."

"돌 값이 비싸니까."

"돌 값이 더 싸걸랑. 너 아직 멀었구나."

뒤통수를 맞았다. 역시 센 놈 부지기수.

"우리나라는 경사지가 많아 높은 곳을 절토하고 낮은 곳을 성토해 집을 지어야 하걸랑. 그럼 집이 무거워 가라앉걸랑. 그래 돌로 짓지 않고 비싸지만 가벼운 나무로 지은 거야. 집이 좀 가라앉으면 돌로 받치면 되고."

"아, 그렇습니까."

이런 걸 배운 적이 없으니. 난 학교를 왜 다닌 거야. 그래 내 외동딸은 고등학교 중퇴하고 열심히 놀고 있다. 공부는 사회에서 부대끼면서 배우는 게 최선.

"전하, 한양은 내사산인 낙산, 인왕산, 남산, 북악산 그리고 외사산인 용마산, 덕양산, 관악산, 북한산이 감싸 안고 있는 명당이옵니다."

"그거 모르는 사람도 있냐!"

"근디 걱정이 하나 있사옵니다."

"뭔데?"

"외산의 남쪽을 막아서고 있는 관악산이 걱정이옵니다. 이 산이 워낙 불꽃 형상의 불타는 화산이라 왕궁에 화재가 끊이지 않고 있사옵니다."

"뭐라, 뭐 방법이 없겠냐?"

"숭례문의 현판을 세로로 걸어야할 것 같습니다. 주역의 오행사상에 따르면 숭례문의 가운데 글자 예禮는 오행木火土金水의 화火에 해당하는 글자이옵니다. 더구나 남쪽은 불을 나타내는 방향이므로 이를 합치면 불꽃이 타오르는 모습을 띤 염炎자가 되어 관악산의 화공을 누를 수 있을 것이옵니다."

그래 태종의 장남 양녕대군은 부랴부랴 세로로 현판을 써서 건다. 사

상초유의 일.

"아빠, 오행사상이 뭐야?"

"우주 만물이 목화토금수의 변화에 의해 생성 소멸된다고 믿는 사상."

"너무 어려워."

"목木은 나무, 화火는 불, 토土는 땅, 금金은 쇠, 수水가 물인 건 알지?"

"응."

"나무와 불, 땅, 쇠, 물이 서로 도움을 주고받아 우리가 살아갈 수 있

는 거야. 그래 우리 인간은 자연을 파괴하면 안 되는 거야. 자연의 파

괴는 곧 인류의 종말을 가져올 수 있걸랑."

"그럼 우리가 요일로 쓰는 월화수목금토일과 관련이 있는 거야?"

"응. 목화토금수에 달月과 해日를 더해 이름을 붙인 거야."

"주역은 점 볼 때 보는 책이야?"

"응. 끊임없이 변화하는 자연현상을 풀이한 과학적인 경전이야. 니 이

름도 점술가가 주역 보고 작명한 거고. 삼경의 하나일 만큼 중요한 책."

"삼경이 뭐더라. 많이 들어 봤는데. 사서삼경의 그 삼경 말하는 거야?"

"응. 시경詩經, 서경書經, 역경易經."

"전하, 또 왕궁에 불이 났습니다."

"너 죽을래."

"숭례문 현판 갖고는 택도 없겠습니다. 왕궁 안에 큰 연못을 만들어 관악산의 화공에 대비해야겠습니다."

"관악산을 옮길 수도 없고. 미치것네."

1412년 태종 12년 근정전 좌측 습지를 파내고 가로 128미터, 세로 113미터, 장장 5천 평에 이르는 대형 인공 연못 조성하고 경회루를 연못 위에 띄운다. 사상 초유의 일. 떠다니는 배가 연회장이다.

"전하, 연못 만드느라 퍼낸 흙은 우찌할까요? 너무 많은 양이라 갖다 버릴 데도 마땅찮고."

"교태전 뒤에 흙을 쌓아 아미산 만들어라. 북악산의 정기 받아 왕자들 쑥쑥 생산하게."

"근디 왕비마마의 침소 이름이 우째 교태交泰입니까?"

"하늘로 솟는 양과 땅으로 가라앉는 음이 화합해 왕자 생산하는 방이니라."

"그럼 아미는 또 뭔지. 지가 무식해서리."

"중국의 가장 아름다운 산 이름이 아미산峨嵋山이걸랑."

그래도 왕궁의 화재는 그치질 않고. 태종 열 받았다.

"야, 광화문 앞에 해태 두 개 만들어라. 관악산 노려보게."

"아빠, 해태가 뭐야? 과자 회사 이름 아닌가."

"성품이 충직해 사람이 싸우는 것을 보면 바르지 못한 사람을 뿔로 들이 받는 사자 모양의 뿔 달린 상상의 동물. 불을 막는 재능도 있고."

1592년 임진왜란. 경회루를 비롯한 모든 전각 전소. 역대 왕들 항복. 경복궁 기피. 나 관악산 무서워. 덕수궁, 창덕궁 전전하며 셋방살이. 1867년 대원군이 나선다. 뭐라. 불이 무섭다고나. 누가 이기나 보자. 경회루 북, 서, 남쪽에 다리 세 개 축조.

"아빠, 왜 다리를 세 개나 만드는 거야?"

"해와 달, 별이 건너는 다리걸랑. 그중에 남쪽 다리는 왕 전용 다리고."

우선 1층에 바깥쪽으로 24개의 사각 돌기둥을 돌리고, 안쪽으로 24개의 원기둥을 돌린다.

"아빠, 왜 바깥쪽 기둥은 사각이고, 안쪽 기둥은 원이야?"

"둥근 하늘과 네모난 땅을 반영한 거야."

1층 바닥에는 전돌을 깐다. 바깥 전돌은 좀 낮게, 안쪽 전돌은 좀 높이 깔고.

"아빠, 왜 단 차이를 두는 거야?"

"그래야 단에 부딪친 바람의 속도가 빨라져서 환풍이 잘되걸랑."

하향정

전면 7칸 측면 5칸. 전체 칸수는 35칸. 육육궁의 원리에 따라 36칸이 원칙.

"아빠, 육육궁六六宮이 뭐야?"

"주역의 8궤軌수레바퀴에서 6은 큰물을 뜻하걸랑. 그래 궁을 지을 때 6의 배수로 지어 화재에 대비하는 거야."

"근데 왜 하나 모자란 35칸이야?"

"주변의 비어 있는 허공도 태극의 하나걸랑."

"태극太極은 또 뭐야?"

"만물이 생성, 전개되는 근원."

"그래서 우리나라 국기가 태극기인 거야?"

"응."

"주역 공부 좀 해야겠네."

"엄마야, 주역 사와라."

2층 올라가면 마루판 깔린 누각은 3겹. 바깥쪽 외진 24칸은 신료들 자리. 중간 내진 12칸은 사신 자리. 중앙의 내내진 3칸은 당연히 왕의 자리.

"아빠, 왜 왕의 방은 3칸이야?"

"천지인天地人. 하늘과 땅, 사람이 함께 앉아야 되걸랑."

내진 12칸은 1년 12달, 외진 24칸은 24절기 상징. 안으로 들어갈수록 바닥은 높아지고. 단 차이로 신분 구분.

"아빠, 신료臣僚가 뭐야?"

"모든 신하."

"야, 인공섬 2개 더 만들어라!"

"왜유?"

"그래야 인마, 물이 돌지."

북악산에서 내려온 청정수는 여기서 돌고 돌다 청계천으로 흘러가고. 경회루 북쪽 연못에 청동으로 만든 용 두 마리를 넣는다. 물을 생성하는 용이 불을 제압. 참 화재에 대한 스트레스 엄청났군. 허긴 소방차도 없으니.

"아빠, 저 북쪽에 있는 육각정은 뭐야?"

"하향정荷香停. 이승만 대통령이 낚시하던 연꽃의 향기가 어린 정자."

"6자 정말 좋아하네. 육육이 삼십육."

2층 누마루에 걸터앉으니 동쪽으로 낙산, 서쪽으로 인왕산, 남쪽으로 남산, 북쪽으로 북악산이 서로 넘실넘실 넘나든다. 서로 관통하고 화합하는 생명력 그대로 연못에 비춰지고. 하늘과 땅을 끌어안고 바람과 구름을 엮어 환영으로 존재하는 경회루. 국보 제 224호.

빛과 그림자의 건축

거조암 영산전

경북 영천시 영통면 신원리. 거조암 가는 길. 오지奧地 해안이나 도시에서 멀리 떨어진 대륙 내부의 땅. 가도 가도 좌우로 썰렁. 어라, 아무것도 없네.

"아빠, 영천시 인구 몇 명이야?"

"10만 명."

"대한민국은 몇 개의 도시로 구성돼 있는 거야?"

"1개 특별시, 6개 광역시, 74개 시."

"그렇게 나누는 기준이 뭐야?"

"인구 1천만 명 이상이면 특별시, 1백만 명 이상이면 광역시, 5만 명 이상이면 시."

팔공산 갯바위로 마나님들이 구름처럼 모여들어 그나마 버티는 동네. 은해사의 말사 거조암을 찾아 나섰다.

"아빠, 왜 절 이름이 은해銀海야?"

"절 주변에 안개가 끼고 구름이 피어 날 때면 그 광경이 은빛 바다가 물결치는 듯 보여서."

신라시대인 809년 혜철국사가 창건한 해안사는 1545년 전소. 1546년 천교화상이 지금의 자리로 옮기고 은해사로 개명.

"아빠, 국사國師가 왕의 스승인 건 알겠는데 화상和尙은 또 뭐야?"

"수행을 많이 한 스님."

이곳을 지나던 추사 김정희가 은해사라는 편액扁額 문 위에 걸어 놓은 액자 을 남긴다. 이 추사편액에 대한 최완수의 평 들어 보자.

"무르익을 대로 익어 모두가 허술한 듯한데 어디에서도 빈틈을 찾을 수가 없다. 둥글둥글 원만한 필획이건만 마치 철근을 구부려 놓은 듯한 힘이 있고 뭉툭

은해사 조계종 제 10교구 본사. 809년(신라 헌덕왕 1년) 혜철국사惠哲國師가 해안평海眼坪에 창건한 사찰. 1545년 소실. 1546년 지금의 자리로 옮겨 지으면서 은해사로 개명. 1563년에 다시 소실. 1589년 다시 중창. 1847년 또다시 불탄 것을 중수. 주요 문화재로는 국보 제 14호인 거조암영산전, 보물 제 790호인 백흥암 극락전이 있다.

최완수 (1942-) 충남 예산 생. 서울대 사학과 졸. 국립중앙박물관을 거쳐 현재 간송미술관 연구실장. 저서로 〈겸재 정선 진경산수화〉, 〈겸재를 따라가는 금강산 여행〉 등이 있다.

뭉툭 아무렇게나 붓을 대고 뗀 것 같은데 기수의 법칙에서 벗어난 곳이 없다. 얼핏 결구結句 문장의 끝을 맺는 글귀 에 무관심한 듯하지만 필획의 태세 변화와 공간 배분이 그렇게 절묘할 수가 없다."

"아빠, 이 글씨 정말 추사가 쓴 거야? 어린이 글씨처럼 보이는데."

"대교약졸大巧若拙. 재주를 자랑하지 않음이 마치 아무 재주가 없는 듯하고, 자신을 버림이 마치 세상 도리를 모두 깨달은 듯하다. 어느 경지에 오르면 글이 어린이가 쓴 것처럼 치졸하고 순박하며 무심하고 투명해진단다."

대한불교 조계종은 전국의 사찰들을 25개 교구로 구분 통치. 은해사는 그중 제10교구 본사.

"전체 스님을 다스리는 총사령부는 어디야?"

"종로구 견지동의 조계사."

"서울에 견지동堅志洞이라는 동네도 있어?"

"응. 굳건한 뜻을 가진 선비들이 살던 동네."

경부고속도로 북대구 지나 도동나들목 빠져 대구 – 포항 고속도로 탄

거조암 영산전 영산전은 영산회상
을 재현해 놓은 곳으로 석가모니께
서 인도의 영축산에서 법화경을 설
법하시던 광경을 묘사한 불전을 말
한다. 석가모니와 10대 제자, 16나한
또는 5백 나한을 모시기도 하고, 영
산회상도靈山會上圖나 석가모니
부처님의 생애를 여덟 단계로 구분
해 묘사한 팔상도를 봉안하기도 한
다. 이 경우에는 팔상전八相殿이라
부른다.

다. 와천 나들목에서 안동 방향으로 빠지고. 신령 오거리에서 좌회전 깊은 계곡으로 직진. 계곡 멀리 거조암이 보인다.

"왜 절 이름에 암庵자를 붙이는 거야?"

"도 닦는 작은 절이라서."

"거조居祖는 뭔 뜻인데?"

"불법의 시조."

그 흔한 문 하나 없고. 바로 비포장의 널찍한 주차장. 어라 입장료, 주차료 다 공짜네. 감사합니다, 부처님. 대신 시주할게유. 2층의 누각.

"아빠, 누각樓閣이 뭐야?"

"기둥만 있고 문도 벽도 없는 높은 다락방."

"왜 문도 벽도 없는 거야?"

"고요한 마음으로 마루에 앉아 세상을 관조하라고."

머리 숙이고 영산루 아래로 들여다보니 삼층석탑 너머로 영산전이다. 635년 된 명품. 단아한 자태.

"아빠, 왜 절에 들어갈 땐 꼭 누각 아래로 머리 숙이고 들어가게 만들어 놓는 거야?"

"까불지 말라고. 이 누각 아래를 통과하는 순간 인간은 가진 자도 못 가진 자도, 배운 자도 못 배운 자도 없이 평등해지걸랑."

생존하는 고려시대의 건축물 현황 보자. 달랑 6개뿐. 연도별로 보자.

1. 봉정사 극락전 13세기 말 국보 제15호

2. 수덕사 대웅전 1308년 국보 제49호

3. 거조암 영산전 1374년 국보 제14호

4. 부석사 무량수전 1376년 국보 제18호

5. 부석사 조사당 1377년 국보 제19호

6. 강릉 객사문 14세기 말 국보 제51호

중앙에 부처님의 사리를 모신 석탑을 놓고 전각을 4면에 배치하는 가람배치법을 따른다.

"아빠, 가람伽藍이 뭐야?"

"스님들이 한데 모여 불도를 닦는 곳."

"사리舍利가 뭐라고 했지?"

"석가모니나 센 스님의 유골."

삼층석탑 좌측에 요사채寮舍寨 스님들 생활공간, 우측에 종무소宗務所 스님들 사무공간 놓고 끝. 이 거조암을 축조하신 스님의 내공이 만만치 않다. 영겁의 세월을 무표정한 4개의 전각으로 감당하니. 생긴 대로 가공하지 않고. 기둥 역시 나무 생긴 대로 세우고 지붕을 얹은 영산전. 일체의 인공미 배제. 대충 잡석 주워다가 계단 몇 개 놓고. 무심하리만치 무표정한 건축.

그래 우리 시대의 도인 김개천은 이렇게 한탄한다.

영산전은 게송偈頌 불덕을 찬미한 시구 과 같은 절대 무의 건축이다.

영산전은 일체의 유의적 아름다움에 대해서는 멀리 떠나 있는 건축

김개천 (1958–) 중앙대 건축과 석사. 미국 파사드나 아트센터 디자인 대학에서 환경디자인 전공. 동국대 선학과에서 불교철학 박사과정 수료. 현 국민대 조형대학 교수. 저서로 《명묵의 건축》. 대표작으로 《만해마을》, 《정토사 무량수전》, 《강하미술관》 등이 있다.

이다.

빛과 그림자만 존재하며 비어 있음조차도 없는 무공의 고요한 공간이다.

"아빠, 영산전靈山殿은 뭔 뜻이야?"

"위대한 능력을 가진 부처님들이 사시는 큰 집."

"이 집은 다른 절의 대웅전이랑 좀 다르네."

"뭐가 다른데?"

"다른 절의 전면은 대개 벽이 없고 창호지문만 달렸던데. 여긴 벽이 있고 작은 창이 4개 달렸어."

"응. 이 영산전은 석가삼존뿐 아니라 오백나한이 앉아 계신 워낙 센 집이라서 다른 절과는 차별화한 거야. 그래 명품이고."

"석가삼존釋迦三尊이 뭐야?"

"가운데 석가모니, 좌측에 문수보살, 우측에 보현보살을 모시는 거."

"문수보살, 보현보살은 첨 들어 보는데."

"문수보살은 지혜의 보살이고, 보현보살은 중생의 목숨을 좌지우지하는 센 보살."

널빤지로 대충 만든 판장

문板牆門 열고 들어서니 그야말로 광명. 그 흔한 단청도 없고. 구조미의
정수를 보여 준다. 한 것도 없고 안 한 것도 없는 영산전.

"아빠, 구조미가 뭐야?"

"집 모양을 만들기 위해 최소한도로 나무를 끼워 맞춘 모양을 그대로
드러내 최고의 경지에 오른 아름다움."

광채가 뿜어져 나온다. 나 이렇게 밝은 공간 첨. 오백나한이 열 지어
앉아 계신 거다. 마침 공양供養공경하는 마음으로 음식이나 향을 바치는 거 시간. 난
리가 났다. 4명의 불자들이 밥그릇에 쌀을 가득 채워 오백나한 앞으
로 나르기 시작한 거다. 영하 10도의 맹추위. 난방도 안 되는 영산전.
아이고, 발 시려워. 손도 얼고. 1시간에 걸친 배식. 나무아미타불 관
세음보살. 30분 후. 스님 왈. 식사 끝. 4명의 불자들은 다시 발바닥에
땀나도록 뛰기 시작. 밥그릇 걷어 들여 쌀독에 다시 담았다. 철수.

"새로운 쌀 준비해라."

"예."

조식에 사용한 쌀은 본사인 은해사로 보내 신도들 점심에 공양하도
록 허고. 다시 새로운 쌀 한 가마 도착. 배식하던 불자는 해우소解憂所

오백나한五百羅漢 불교에서 아라
한과阿羅漢果를 성취한 500명의
아라한. 아라한과는 소승불교에서
아라한이 이른 최고의 경지. 이를
깨달은 이들은 더 이상 생사윤회의
흐름에 태어나지 않으므로 최고의
깨달음을 이루었다고 하며 매우 덕
이 높은 성자로 추앙받는다.

근심을 해결하는집 에 앉아 담배 한 대 물었다. 휴, 난 왜 살고 있는 거지. 점심 배식. 다시 불자는 차가운 마룻바닥을 뛰기 시작. 배식 끝. 다시 저녁 준비. 날이 가고 세월도 흐르고. 도망갈까. 그건 각자의 맘.

"스님, 오늘은 일요일인데 배식 하루 쉬죠. 보는 사람도 없고."

퍽 퍽 퍽. 죽비竹篦대나무로 만든 법구 가 날아오고. 뒈지게 맞았다.

"야, 인마. 넌 남 안 볼 땐 식사 안하냐!"

"아, 예."

"아빠, 나한羅漢이 뭐야?"

"높은 지위와 온갖 번뇌를 끊고, 사제의 이치를 밝히어 얻어서 세상 사람들의 공양을 받을 만한 공덕을 갖춘 성자."

"석가의 제자는 몇 명인데?"

"18명."

"근데 왜 오백나한이라고 하는 거야?"

"석가모니가 열반에 드신 후 수제자인 마하가섭이 500명의 수행자에게 석가모니의 말씀을 전했걸랑. 불법을 지켜라, 애들아."

난 찌그러진 심정으로 오백나한이 줄지어 앉아 계신 만卍자 길을 돌기 시작했다. 가자 가자 저 높은 곳을 향하여. 마나님들은 끊임없이 절을 해대며 돌고 있고. 식사당번들은 뛰어다니고. 끝도 없는 길.

강릉 객사문

왕건(877-943) 본관 개성. 금성태수 융隆의 아들. 895년 아버지 따라 궁예의 휘하에 들어감. 913년 시중侍中. 918년 난폭한 행동을 자행하는 궁예가 민심을 잃자 궁예 제거하고 즉위. 국호를 '고려'. 불교를 호국신앙으로 삼아 각처에 절을 세웠다. 935년 신라, 백제 병합. 마침내 후삼국 통일. 능은 개성의 현릉顯陵.

918년 왕건 고려 개국. 훈요 10조 발표.

"아빠, 훈요訓要가 뭐야?"

"후손들에게 가르침을 전하라."

1. 부처님을 모셔라. 까불지 말고.

2. 개인을 위한 사찰을 짓지 마라.

3. 왕위는 맏아들이 승계해라. 안 되면 둘째가 하고. 싸우지 마라.

4. 중국 조심해라.

5. 평양을 잘 가꿔라.

6. 어른들을 잘 모셔라.

7. 향긋한 미끼에는 반드시 고기가 매달리고, 후한 포상에는 좋은 장수가 생기며, 활을 벌리는 곳에는 새가 피하고, 인애를 베푸는 곳에는 양민이 있다.

8. 공주 은강 아래 인간들 조심해라.

9. 녹은 성적으로써 하고 임관은 사정으로써 하지 마라.

10. 국가를 가진 자는 항상 무사한 때를 경계하고, 널리 경사를 섭렵해 예를 거울로 삼아 현실을 경계하라.

그래 전라도는 1천 년 동안 왕따가 되고.

"아빠, 경사經史가 뭐야? 경사 났나."

"아니. 경서와 사기."

"경서經書는 또 뭔데?"

"성현의 가르침을 기록한 책."

"사기史記는?"

"사마천이 쓴 역사책."

왕건이 동원경을 찾았다.

"아빠, 동원경東原京이 뭐야?"

"동쪽 멀리 있는 수도."

"그게 어딘데?"

"강릉江陵. 강과 큰 언덕이 많은 동네."

왕건이 잘 데가 없다. 워낙 오지라.

"아빠, 오지奧地가 뭐더라. 많이 들었는데."

"해안이나 도시에서 멀리 떨어진 대륙 내부의 땅."

전부 집합. 야, 머리 박아라. 나 간다. 936년 객사 건립. 아침저녁으로 머리를 조아린다. 임금님, 안녕하시지라우. 큰 상을 받으려던 강릉 관찰사 병원 입원. 그 후 왕건이 강릉을 찾지 않은 거다. 내가 왜 생고 생을 한 거지. 3백여 년 뒤 고려 제31대 왕 공민왕이 강릉을 찾았다.

"어라, 이 객사 이름이 뭐냐? 아트네."

"없는디유."

"이런 무식한 것들 같으니라고."

직접 현판을 썼다. 임영관臨瀛館. 풀과 숲의 집. 좋군. 걸어라. 전대청에 현판을 걸었다.

"아빠, 전대청殿大廳이 뭐야?"

"커다란 관청."

"객사가 뭐하는 덴데 이렇게 큰 거야?"

"왕명을 전하는 신하들이 자던 여관. 외국 사신들도 재우고. 왕에 대한 예우를 갖추는 전각이기도 하고."

전패를 모시는 관계로 관찰사지금의 도지사 가 머무는 동헌보다도 더 중

민영환(1861-1905) 본관 여흥. 명성황후의 조카. 1877년 동몽교관童蒙敎官. 이듬해 정시문과에 병과로 급제. 동부승지, 성균관대사성, 병조판서, 한성부윤 역임. 1905년 을사조약이 체결되자 백관百官을 인솔하여 대궐에 나아가 이를 반대. 일본 헌병들의 강제 해산. 집에 돌아가 가족들 만나본 뒤 조용히 자결. 1962년 건국훈장 대한민국장 추서.

요한 건물.

"전패殿牌가 뭔데?"

"왕의 초상을 대신해 봉안하던 목패木牌."

"그 나무판에 뭐라고 새겨져 있는데?"

"궐闕. 왕에 대한 예우를 위해 각 지방의 관리들은 매달 1일, 15일 정기적으로 망례를 올려야돼."

"망례望禮는 또 뭐야?"

"멀리 한양에 계신 왕을 향해 예를 표하는 거. 자고 일어난 사신들도 아침저녁으로 북향사배 해야되고."

산 사람에겐 한 번, 죽은 사람에겐 두 번, 임금에겐 네 번 절해야 되는 건 아시죠. 1661년 충주목사가 이 전패를 부러뜨렸다. 왕 열받았다. 뭐라, 날 부러뜨려? 충주목사 파면. 충주목은 충주현으로 강등. 까불고 있어. 그래 모든 지방관리들은 전패 지키느라 날밤 샌다.

1905년 을사조약. 외교권은 일본에게 넘어가고. 선비 민영환 자결. 국민 여러분, 나라가 망해가고 있습니다. 그게 되나. 살고 봐야지. 나

임영관

라가 망하건 말건. 지금도 그렇고. 1908년 일본의 초대 통감 이토 히로부미가 강릉을 찾았다. 강릉지사가 머리를 조아렸다. 이제 고종은 허수아비고.

"각하, 저희 동네에 학교 없걸랑요. 돈 좀."

"없어, 인마. 근데 저 큰 건물은 뭐냐?"

"강릉객사라고."

"그게 뭔데?"

"고종에게 문안 인사 드리는 국립여관인디유."

"뭐라. 미친놈들. 이제 왕 없걸랑. 저거 다 때려 부수고 학교로 써라."

"영광이옵니다, 전하. 아니 각하. 헷갈리네."

"아빠, 각하閣下가 뭐야?"

"왕궁의 그늘. 지위가 높은 인사들. 다치기 쉬운 자리에 있는 인간들이기도 하고."

그래 천 년의 역사를 자랑하는 강릉객사는 강릉공립보통학교가 되고. 이제 강릉객사에서는 이런 아그들의 복창소리만 들린다. 우린 천황 폐하의 하해와 같은 보살핌으로 잘 먹고 잘 살게 되었습니다. 천황

강릉 향교 1313년 건립. 1411년 소실. 1413년 중건. 화부산 아래 경사진 곳에 위치하여 위쪽에는 제향 공간인 대성전(보물 제 214호)을, 아래쪽에는 강학 공간인 명륜당을 배치한 전학후묘. 제향 공간에는 대성전을 중심으로 양쪽에 동무와 서무가 있고, 이를 연결하는 회랑이 있다. 명륜당은 2층 누대 형식의 건물로, 아래층은 기둥만 세우고 통로로 이용. 강릉시 유형문화재 제99호.

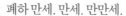

폐하 만세. 만세. 만만세.

"하해河海가 뭐더라? 많이 들었는데."

"큰 강과 바다."

길 건너 강릉 향교에서는 유생들이 침묵 속에 머리를 조아리고 있고. 전하, 우째 이런 일이. 맞으면 나만 아프니.

임영관 철거. 야밤에 강릉 유지들이 들이닥쳤다. 나무들이 아트래나 뭐래나. 그래 당시 강릉에 지어진 센 한옥들은 임영관의 폐자재로 다시 살아나고. 돌고 도는군. 뒤늦게 통천군수를 지낸 이봉구도 야밤에 객사를 찾아 폐자재들을 수레에 싣고 경포호앞으로 갔다. 방해정 건립. 아트군. 뜯어낼 수도 없고. 나 원 참. 강릉객사문만 살아남아 학교 정문이 된다. 그나마 다행.

1957년 이제 강릉객사 터는 강릉경찰서가 되고. 주 업무. 빨갱이 때려잡기. 고문. 구타. 피눈물. 한 많은 터. 1962년 문화재청장이 용강동을 찾았다.

"왜 이 동네 이름이 용강龍岡이냐?"

"이 동네 언덕에 용이 살걸랑요."

"어라, 애들아. 임영관 어디 갔냐?"

"글쎄요, 여기 어디 있었던 거 같은디. 모르겠는디유."

"잘 됐다. 관리비도 없고."

강릉객사문만 달랑 국보 제 51호 지정. 강원도 유일의 국보. 워낙 가난한 동네라. 센 절도 없고. 1992년 버려진 땅, 객사 터를 파기 시작한다. 시청사를 짓는대나 뭐라나. 포크레인 들이대자 땅속은 그야말로 장관. 객사 기초로 사용한 돌들 즐비. 공사 중단. 문화재청 관리들 도착. 뭐여, 또 귀찮게 하네. 예산 만드는 데 다시 6년 걸리고. 국회가 워낙 쌈질하느라 바빠서리. 너 잘났다. 나도 잘났고. 1998년 강원도 박물관 팀 도착. 임영관 흔적 확실함.

2000년 55억 투입. 복원공사 시작. 일단 3,500평만. 돈이 없으니.

강릉 방해정 江陵 放海亭 원래 이 자리는 삼국시대 때의 고찰인 인월사 터였다. 방해정은 1859년 선교장의 주인이자 통천군수였던 이봉구가 지은 건물. 당시는 선교장의 부속건물이었으나 지금은 박연수가 소장. 예전에는 집 앞이 호수여서 대청마루에서 낚시를 드리우고 놀았으며, 배로 출입. 강원도 유형문화재 제50호

2007년 전대청, 중대청, 동대청, 서헌 완공.

"아빠, 중대청은 뭐하는 데야?"

"왕의 위폐를 모시고 북향사배 하는 방."

"동대청은?"

"종 2품 이상 숙소."

"서헌은?"

"종 3품 이하 숙소."

"아, 그래서 동대청이 서헌보다 지붕이 높구나."

"당근."

준공식. 객사문에 걸려 있던 임영관 현판, 전대청으로 옮겨 달았다. 전하, 죄송합니다. 현판 옮기는 데 80년 걸렸습니다. 저희 동네에 워낙 힘 있는 정치인들이 없으니. 재벌도 없고. 반도체 공장도. 자동차 공장도. 오징어 하나로 버티다 보니 좀 늦었사옵니다.

173억 더 얻어 왔다. 주변 우체국, 방송국 땅 사들여 동헌을 비롯한 당시 관청들 복원공사 착수. 이제 우린 2009년 대지 1만 2천여 평에 이르는 문화재를 갖게 된다. 부처님, 감사하나이다. 이제 이곳을 지키던 용도 하늘로 올라간다. 자식들 까불고 있어.

마침 객사문 방문한 날은 소방훈련 날. 수십 명의 소방관들이 뛰어다닌다. 어떤 놈이 숭례문에 불 질러가지고 생고생을 시키는 거야. 원위치. 출동. 원위치. 아이고 죽것다.

딸, 강릉에 온 김에 선교장 들렀다 가자. 그냥 갈 수 있나. 명품건축 두고. 효령대군의 11대손 이내번이 풍파를 피하고자 강릉 경포대로 이사온다. 가선대부를 지낸 분. 가선대부嘉善大夫는 종 2품의 무관으로 시쳇말로 대감님. 종 3품 이하는 영감나리고.

"아빠, 나리가 뭐야?"

"벼슬아치를 높여 부르는 말."

선교장

어느 날 족제비가 산으로 도망가 따라가 보니 명당明堂 좋은 집터 이다.
좌청룡 우백호에 바람을 품어 안은 지형.
"청룡靑龍은 뭐고 백호白虎는 뭐야?"
"청룡은 푸른색의 상상의 용. 백호는 흰색의 상상의 호랑이. 집 좌측
의 산은 이 용을 닮고, 집 우측의 산은 이 호랑이를 닮아야 좋은 거야."
안채 먼저 짓고 자리 잡으니 이름하여 선교장. 지금은 물이 많이 빠져
경포호수의 둘레가 4킬로미터밖에 안 되지만 당시는 둘레가 12킬로
미터에 달해 배를 타야 들어갈 수 있었다. 그래 배다리선교리船橋里 다.
이제 앞으로 한양에서 나라에 봉사한 내 후손들은 이곳에 와 거진출
진居塵出塵 속세에 살면서도 속세를 벗어남 하거라.
입장료 2천 원 내고 들어서니 대지만 3만 평. 당시 만석꾼이라 넓은
바깥마당에 소출所出 논밭에서 나는 곡식 온 쌀을 쌓고도 땅이 모자라 주문
진과 묵호에 별도의 창고를 두었다. 강원도가 대부분 효령대군 후손
땅이었다나 뭐라나.
일제시대 때 왜놈들도 못 건드렸다. 왜냐고요! 현실 떠났지. 바른 맨
이지. 학문 높지. 만석꾼이지. 이걸 어떻게 건드냐. 쌀을 좀 뺏어봤자

열화당

865미터의 대관령을 넘어 한양으로 가져가려면 운송비가 더 들어 엄두도 못낸 거다. 소가 끄는 달구지에 실어가 봐야 비 몇 번 맞으면 먹을 수도 없게 되고. 그래 대한민국을 침략한 놈들 중에 대관령 넘어온 인간 없었음.

솟을대문의 현판은 이렇다.

선교유거船橋幽居. 신선이 거처하는 그윽한 집.

"아빠, 왜 문을 들어 올렸어?"

"양반 집만이 솟을대문을 만들 수 있는데 종 2품 이상의 벼슬아치들이 타고 다니던 초헌이 들어가야되걸랑. 잘난 척 하기 위한 의도도 있고."

선교장의 전체 칸수는 99칸이었지만 화재로 소실되어 지금은 84칸만 현존. 기둥과 기둥 사이가 한 칸인 건 아시겠고. 조선시대의 칸 수는 엄격히 규제된다.

세종대왕 건축법 발표.

"일반 백성들의 집이 귀족들의 집을 지나치고, 귀족의 집이 궁궐을 능가하는 정도로 치장하려고 다투어대니 상하가 넘나들어 참으로 외람되다. 이제부터는 임금의 친형제나 왕자, 공주의 집은 50칸, 대군의 집은 거기에 10칸을 더하고, 2품 이상은 40칸, 3품 이하는 30칸, 백성의 집은 10칸을 넘지 않게 하라. 주춧돌말고는 다듬은 돌을 쓰지도 말고, 공포를 구성하지 말며, 진채眞彩 진하고 강한 채색 로 단청하지도 못하게 하여 검약을 무종하게 하라."

"아빠, 대군大君은 뭐고 군君은 뭐야?"

"중전이 낳은 아들은 대군이고, 후궁이 낳은 아들은 군."

"그럼 중전이 낳은 딸은 공주고, 후궁이 낳은 딸은 옹주야?"

"당근."

안마당 들어서면 정면에 사랑채. 현판 보자. 열화당悅話堂. 가까운 이들의 정다운 이야기를 즐겨 듣는 집. 도연명365-427 의 〈귀거래사〉에서 따온 이름.

세상과 더불어 나를 잊자.

다시 벼슬을 어찌 구할 것인가.

가까운 이들의 정다운 이야기를 즐겨 듣고

거문고와 책을 즐기며 우수를 쓸어버리리라.

"아빠, 어떤 방에 당堂이라는 현판을 거는 거야?"

"사랑채는 선비들이 모여 나라 일을 걱정하던 방이걸랑. 이처럼 공적인 일을 논의하는 방에 당堂을 사용하는 거야."

어라, 많이 듣던 이름이네. 그렇다. 그 유명한 출판사 열화당의 사장이 효령대군의 후손이다. 역시 그랬군. 효령대군의 13대손 이후가 1815년 건립. 이후의 별명이 산림처사山林處士. 산골에 파묻혀 글이나 읽고 지내는 사람. 부럽다. 열화당 좌측으로 작은 사랑채. 장손의 거처. 열화당의 아버님한테 처세술을 배운다. 까불지 마라, 아들아. 다친다.

"아빠, 선교장 국보지!"

"아니. 중요민속자료 제5호."

"왜 국보가 아니지? 객사문보다 훨 낫구만."

도갑사 해탈문

모든 속박으로부터 벗어난 건축

화영이 엄마, 나 절에 갈게. 그러세유, 당신은 현실과 안 어울려요. 어라, 안 말리네. 좋다. 2002년 속세를 떠나 백담사를 찾았다. 스님 저 머리 깎을게유. 몇 살인가? 43살. 마흔 넘으면 안 받음. 좀 일찍 오지 그랬나. 뭐하지. 택시기사 시작. 도를 닦겠다. 택시는 나에게 암자다. 2003년 택시 운전 중 틈틈이 쓴 글 모아 첫 번째 저서 〈좋은 물은 향기가 없다〉 발간. 대박. 조중동 비롯한 언론 난리가 났다. 택시기사가 책을 냈다고라. 그것도 전문서적을. 1,500권 팔림. 적자. 왜 안 팔릴까? 2005년 두 번째 저서 〈왜 이렇게 살기가 힘든 거예요〉 출간. 역시 1,500권. 적자. 한계군. 아직 먹물을 버리지 못한 거다.

다 버렸다. 2007년 〈딸과 함께 떠나는 건축여행〉 출간. 1년 만에 1만 5천 권 팔았다. 열 배. 그래도 적자. 답사비가 너무 많이 들어간다. 8도를 누벼야 되니. 숭례문 전소. 잘됐다. 이번 기회에 국보투어하자. 또 불 지르면 어쩌냐. 주행거리 1만 킬로미터. 한 번 가서 될 일이 아니다. 이번 책은 최초로 모든 사진을 내가 찍어야 되니. 필요한 사진 컷 수는 500장. 실제로 찍은 컷 수는 5천 장. 또 적자. 내가 왜 이 짓을 하고 있는 거지. 국보의 전국 현황 보자.

도갑사 폭포

1. 서울 – 경복궁, 창경궁, 창덕궁, 종묘, 숭례문. 6개.

2. 경기도 – 없음.

3. 강원도 – 강릉 객사문. 1개.

4. 충청도 – 수덕사, 법주사. 2개.

5. 전라도 – 금산사, 무위사, 진남관, 화엄사, 도갑사, 송광사. 6개.

6. 경상도 – 세병관, 통도사, 해인사, 부석사, 거조암, 봉정사. 7개.

"딸아, 월출산 가자. 국립공원."

"왜 산 이름이 월출月出이야? 달이 뜨나."

월출산 계곡

"당근."

"우리나라에 국립공원은 몇 개야?"

"보자. 1. 가야산 2. 소백산 3. 계룡산 4. 다도해해상 5. 한려해상 6. 북한산 7. 변산반도 8. 주왕산 9. 태안해안 10. 월악산 11. 오대산 12. 치악산 13. 지리산 14. 설악산 15. 속리산 16. 덕유산 17. 내장산 18. 한라산 19. 경주 20. 월출산. 20개구나."

도갑사 있는 영암군 가는 길. 멀고 먼 길. 아니 내가 절경에서 멀리 있는 거지. 깜박깜박.

"아빠, 왜 이 마을 이름이 영암靈巖이야?"

"월출산에는 움직이는 바위가 3개 있었는데, 중국 사람이 이 산의 기氣를 죽이려고 이 바위들을 산 아래로 떨어뜨렸어. 그 가운데 열 받은 바위 하나가 스스로 올라왔걸랑. 그 바위가 영암이야. 신령스러운 바위. 그래 마을 이름도 영암이고."

880년 도선국사가 창건한 절. 도선국사는 826년 전라남도 영암군 김 씨의 성을 가진 집안에서 태어났다. 어머니 최 씨는 신인神人에게 한 알의 밝은 구슬을 받아 삼키는 꿈을 꾼 뒤 잉태. 이에 최 씨는 달이 차 해산할 때까지 맵고, 냄새 나는 채소와 비린 음식을 멀리하고 지

도갑사 석조여래좌상 높이 3미터. 같은 돌에다 불상과 광배 조각. 나발 螺髮 (부처의 머리카락)에 육계 肉髻 (부처의 정수리에 상투처럼 우뚝 솟아오른 혹)가 크며 타원형 얼굴. 도톰한 눈두덩, 넓적한 코, 덤덤한 입에는 미소를 띠고 있다. 보물 제89호.

성으로 염불을 외웠다. 나무아미타불 관세음보살.

해산 때가 되어 아들을 낳았지만 어라, 아빠가 없네. 스캔들. 아기를 숲속 반석 위에 내다버렸다. 몹쓸 짓. 다시 바위를 찾으니 비둘기들이 모여들어 날개로 아이를 덮어 보호하고 있네. 아기를 다시 집으로 안고 가 키운다. 부처님, 감사하나이다.

15살에 출가. 23살에 혜철선사에게서 구족계 받는다.

"아빠, 선사禪師가 뭐야?"

"덕이 높은 스님."

"구족계具足戒는 또 뭔데?"

"출가한 비구가 지켜야 할 250계와. 비구니가 지켜야 할 348계의 계율."

"비구니는 여자 스님이지?"

"응."

"여자가 더 불리하네!"

"응."

대표적인 계율 보자.

1. 음행하지 말라. 2. 도적질하지 말라. 3. 사람을 죽이지 말라. 4. 큰 거짓말을 하지 말라.

음. 다 있군. 근데 사람들은 왜 사람을 죽이는 걸까. 먹을 것도 아니면서. 먹을 것도 아니면서 살생을 하는 유일한 동물. 작은 거짓말은 봐 주는군. 합리적. 부처님, 고맙습니다.

"아빠, 스님은 도대체 몇 분이나 돼?"

"1만 3천 명. 조계종만."

"남자 스님이 많아, 여자 스님이 많아?"

"반 반."

"절은 몇 개야?"

"2,400여 개."

"그렇게 많아?"

"절은 900여 개. 나머지는 암자."

이제 100여 개 다녔는데 900개를 언제 다 돌아 보지. 휘발유값도 없고. 신라 제49대 왕 헌강왕의 비서가 도선국사를 찾았다.

"큰 스님, 우리 신라가 영원하려면 우찌해야 되남유?"

"시주해라."

"알것습니다."

그래 도갑사라는 현판이 걸린다.

"아빠, 도갑道岬이 뭔 뜻이야?"

"산 계곡에 난 길. 부처님 찾아가는 길이기도 하고."

898년 이제 갈 때가 됐다. 유언은 이렇다.

"나 이제 간다. 인연을 따라 왔다가 인연이 다하면 가는 게 불변의 이치인데 어찌 이곳에 오래 머물 수 있겠는가."

세긴 세군. 그 자리에 앉은 자세로 입적.

"아빠, 입적入寂이 뭐야?"

"고요한 세계로 들어가다."

왕은 요공선사라는 시호를 내린다. 1457년 영암 출신의 또 다른 스타 수미왕사가 중건.

"아빠, 왕사王師는 또 뭐야?"

"수미대사가 조선 제4대 왕 세조의 스승이었걸랑."

딸과 함께 일주문 지나 오솔길 오르기 시작. 절경. 초행길. 헛살았군. 역광으로 해탈문이다. 눈부신 소품. 눈이 부셔 도대체 보이는 것도 없고. 아리아리. 1473년 작 명품. 나이 536살. 국보 제50호.

"아빠, 해탈解脫이 뭐야?"

"인간의 속세적인 모든 속박으로부터 벗어나 자유롭게 되는 상태."

자유. 다 버린다. 물론 불가능하지만. 불가능하기에 그리운, 갈 수 없는 나라. 죽어야 가능한.

"아빠, 일주문 다음에 불이문 오는 거 아니야?"

"그게 그거. 스님 맘."

심플. 검박한 해탈문. 아무것도 하지 않은 대교약졸의 경지.

"아빠, 검박儉朴이 뭐야?"

"검소하고 소박함."

"대교약졸大巧若拙은?"

대성약결 大成若缺 참으로 완성되어 있는 것은 어딘가 잘못 되어진 것
처럼 보이나,

기용불폐 其用不弊 아무리 써도 못 쓰게 되는 일이 없으며,

대영약충 大盈若沖 참으로 가득 차 있는 것은 언뜻 비어 있는 듯 보이나,

기용불궁 其用不窮 쓰고 또 써도 부족함이 없고,

대직약굴 大直若屈 참으로 곧은 것은 도리어 굽은 것처럼 보이고,

대교약졸 大巧若拙 참으로 잘하는 것은 어딘가 서툴러 보이며,

대변약눌 大辯若訥 참으로 잘하는 말은 어눌한 것처럼 들린다.

조승한 躁勝寒 분주하게 움직이면 추위를 이길 수 있고,

정승열 靜勝熱 고요히 있으면 더위가 물러가게 된다.

청정위천하정 淸靜爲天下正 그러므로 맑고 고요하면 천하의 기
준이 된다.

"아빠, 또 공자 왈이야?"

"아니 노자 왈."

"아빠, 해탈문 안에 누가 앉아 계신데?"

"금강역사. 불법을 수호하는 석가모니 경호원."

"그럼 이 문은 사천왕문 아니야?"

"스님 맘. 금강문이 될 수도 있고. 그게 그거. 우리
맘이 중요하듯이."

안마당 바글바글. 공사 중. 1977년 참배객의
실수로 다 전소. 1981년부터 중창 중. 신축

추사 고택 53칸의 추사 고택은 이미 화재로 흔적도 없이 사라졌고, 추사의 6대 종손 김완호는 가계가 기울어 1968년 추사 고택 매각, 1976년 예산군이 추사 고택을 문화재로 지정하고 매입, 1977년 도편수 이광규가 중건.

된 대웅전 앞에 서서 해탈문을 바라본다. 해탈문 너머로 월출산은 파도를 치고. 여기가 바다야, 산이야. 헷갈리네. 나 원 참. 그래 여길 호남의 소금강이라고 하는군.

"아빠, 소금강小金剛 어딨어? 수영이나 하러 가게."

"소금강은 강이 아니야. 오대산에 있는 명승지 이름."

"강이 아닌데 왜 강이라고 하는 거야?"

"빼어난 산세가 금강산을 닮아서. 작은 금강산. 이율곡 왈."

"그럼 영남의 금강산은 어딨어?"

"거제도."

"다 가 보자."

"휘발유 없다."

난 왜 사는 거지. 돈의 바다 떠야것다.

"딸아, 아빠 추사 고택 근처로 이사 간다. 같이 가자."

"싫어. 난 서울이 좋아."

그래 마누라, 딸 냅두고 어머니와 낙향. 언젠간 따라들 오것지. 안 오면 말고. 난 계속 남하 중. 바이 바이.

도선국사에게 전화를 드렸다.

"아니 국사님. 도대체 선禪이 뭡니까?"

"말을 하지 않아도 우레와 같은 침묵이 있고 소나기처럼 말을 쏟아내도 공허한 외침이 있을 수 있지. 침묵해야 할 때 침묵하고, 말해야 할 때 말하는 것이 바로 선이 아니겠나."

"아, 예."

이제 나 말 안함. 모 도서관에서 강의 요청이 왔다. 글쎄 나 말 안 한다니까. 강의료 30만 원. 그럼 할까?

도갑사 5층 석탑 전남 유형문화재 제151호.

무한한 생명의 건축

부석사 무량수전 및 조사당

딸, 부석사 가자. 차 안에 스비야토 슬라브 리히터의 망치 두드리는 소리 크게 틀어 놓고. 왜 건반을 정말 망치로 내리치는 걸까. 손가락은 냅두고. 화나셨나. 내가 사찰건축에 눈뜬 건 22살 때 지금은 돌아가신 스승 신기철 교수한테서다. 마흔 여덟에 떠나신 분. 경기중고, 서울대 건축과 박사, 펜실베이니아대 박사. 게다가 국비 장학생. 평생 2등 해보는 게 소원이셨던 천재.

스승의 가르침은 이렇다. 건축 갖고 장난치지 말 것. 다침. 20여 년 전 가는 길이 멀고도 험난하다는 소문에 못 갔다. 가봐야 자꾸 주눅이 드니. 그러다 돈의 바다를 유영하느라 못가고. 택시 운전하느라 못 가고. 센 사람들이 자꾸 무량수전 배흘림기둥을 붙잡고 울었다는 악소문은 꼬리에 꼬리를 물고. 그러니 나 같은 범부는 기절할 게 뻔하고.

"아빠, 범부凡夫가 뭐야?"

"번뇌에 얽매여 생사를 초월하지 못하는 평범한 아빠 같은 남자."

"번뇌煩惱는 뭔데?"

"버리지 못해 괴로워하는 마음."

"뭘 버려야 되는데?"

"욕심, 성냄, 어리석음."

택시회사에 또 사표를 쓰고 중앙고속도로를 미친 듯이 달렸다. 리히터의 망치소리를 계속 반복해 들으며. 택시회사는 지금까지 17번 들락날락. 붙잡는 사람도 오라는 사람도 없는 편한 직장. 용돈 떨어지면 또 들어가면 되고. 일부러 우리 시대의 대표 글쟁이들 최순우, 유홍준, 김개천의 글은 읽지 않고 갔다. 왜냐고요! 헷갈리니까.

당나라로 불교를 배우기 위해

천왕문

신라를 떠난 의상은 함경남도 등주의 해안에서 배를 기다리느라 어느 신도의 집에 며칠 머무르게 되었다. 그 집의 딸 선묘善妙가 의상을 사모해 청혼. 뭐라, 나 큰일해야 되걸랑. 의상은 오히려 선묘를 감화시켜 깨달음을 얻게 해 준다.

"영원히 스님의 제자가 되어 스님의 공부와 교화와 불사를 성취하는 데 도움이 되어 드리겠사옵니다."

"고마우이."

당나라에서 귀국하는 길에 의상은 다시 선묘의 집을 찾아 그동안 베풀어 준 편의에 감사를 표하고 뱃길이 바빠 곧바로 배에 올랐다. 선묘가 의상에게 전하고자 준비해 두었던 법복과 집기 등을 넣은 함을 전하기 전에 말이다. 버선발로 뛰었다. 어라, 벌써 멀리 가버렸네. 그럼 기도발.

"내 본래의 참뜻은 법사를 공양하는 데 있습니다. 원컨대 이 함이 저 배에 날아 들어가기를 기원합니다."

파도 위로 함을 던졌다. 때마침 거센 질풍이 불더니 함은 새털같이 날라 배 위에 떨어졌다. 감사합니다, 부처님. 정성을 다하면 못하는 일이 없는 법.

"이 몸이 큰 용龍으로 변해 저 배를 지키는 날개가 되어 대사님이 무사히 본국에 돌아가 법을 전할 수 있게 하리라."

웃옷을 벗어 던지고 바다에 뛰어들었다. 마침내 그녀의 몸은 용이 되어 혹은 약동하고 혹은 굽이치면서 배를 안전하게 이끌어 나갔다. 이제 선묘는 의상대사 경호실장. 이런 걸 좀 우리 시대 아녀자들이 배워야 할 텐데.

"딸아. 부창부수夫唱婦隨니라. 남편이 주장하고 아내가 이에 잘 따라야 된다."

"싫어. 내가 주장할 거야."

"아님 말고. 단난 가르쳐 줬다."

부석사 무량수전 앞 석등 石燈 화강석 8각 석등으로 높이는 2.97미터. 8각을 기본형으로 삼고 4각형 지복석地覆石 위에 역시 4각형의 지대석地臺石을 얹었고, 측면에는 1면에 2개씩 안상眼象 (안상연에 새긴 장식)을 두었다. 간주는 8각형으로 가늘고 높은 편이며, 그 위에 앙련석仰蓮石 (위로 향한 연꽃 장식)을 얹었다. 국보 제17호.

의상이 화엄을 펼칠 봉황산에 이르렀다. 어라, 500명의 도둑이 살고 있네. 용이 내려왔다. 너네 맞고 나갈래 그냥 나갈래. 도둑들 철수. 이 용은 바위로 변신, 부석淨石이 된다. 떠 있는 바위. 대사님, 제가 이 정토淨土 청정한땅 를 영원히 지킬게요. 까불면 바위가 떨어지니, 조용.

그래 676년 의상대사는 무사히 이 정토를 창건하게 된다. 자그마치 1333년 전 버전. 1980년 만든 일주문 계단을 터벅터벅 올라갔다. '나는 왜 살고 있는 거지. 왜 태어나 이 고생을 하는 거지. 안 태어나면 안되나.' 그럼 이게 몇 자냐. 19자다. 19계단 오르면 일주문.

"아빠, 왜 문 기둥이 두 갠데 이주二柱가 아니고 일주一柱라고 부르는 거야?"

"진리가 2개가 아니라서."

계단을 오르면서 계속 주문을 외웠다. 물론 난 불교도는 아니다. 마음

안양루

속의 불교도는 맞고. 나무아미타불 관세음보살. 사바세계를 벗어났다.

"아빠, 사바 세계가 뭐야?"

"우리 같은 중생들이 온갖 고통을 감내해야 되는 괴로움의 세상."

이제 안 나갈 거야. 날 좀 내버려둬라. 그럼 딸은 어떡하지. 진짜 딸 땜에 저 지옥 같은 사바세계를 못 벗어나는 걸까. 물론 아니다. 아직 경지에 이르지 못해서 그런 거다.

31계단 오르니 이제 사천왕문. 불법을 지키는 사천왕이 머무르는 곳. 천왕상들은 불거져 나온 부릅뜬 눈, 치켜 올려진 검은 눈썹, 크게 벌린 입 등 두려움을 주는 얼굴에, 갑옷을 걸치고 큰 칼을 들고 있으며 마귀를 밟고 있다.

먼저 통로 우측에 서서 동쪽을 지키는 '지국천왕'은 청색 옷을 입고 왼손에는 칼을 들고 오른손은 주먹을 쥐고 있다. 남쪽을 지키는 '증장천왕'은 붉은 옷을 입고 왼손에는 여의주를, 오른손은 용을 들고 있다. 통로 좌측에 서서 서쪽을 지키는 '광목천왕'은 흰색 옷을 입고 삼지창과 보탑을 들고 있다. 북쪽을 지키는 '다문천왕'은 검은 옷을 입고 비파 줄로 연주를 하고 있다. 여기부터 잡귀는 출입 금지.

사천왕이 날 밟는다.

"야, 인마. 니가 정말로 욕심을 버리기 위해 택시 하냐?"

"처음엔 그랬는디유. 자꾸 글이 뜨니까. 슬슬 욕심이 생기네유."

"버려, 인마."

"그게 그러니까 설라무네 잘 안 되네요. 나 원 참. 저는 대한민국 역사상 첨으로 전업작가로 먹고 사는 건축평론가에 등극해야 되걸랑요."

"꿈 깨라."

좀 틀어져 범종루다. 날아간다. 1746년 버전. 대한민국 현대건축의 걸작 김중업 선생의 주한프랑스대사관이 여기 다 있다. 음. 왔다 가셨구먼. 학이 춤을 춘다. 253년 동안 학무를 추고 있는 거다. 그래도 욕심 안 버릴래, 그래도 건축할 거냐. 북은 짐승을, 목어는 물고기를, 운

부석사 안양루 정면 3칸, 측면 2칸 규모의 팔작지붕 건물. 이 건물에는 위쪽과 아래쪽에 달린 편액이 서로 다르다. 난간 아랫부분에 걸린 편액은 '안양문', 위층 마당 쪽에는 '안양루'라고 씌어 있다. 하나의 건물에 누각과 문이라는 2중의 기능을 부여한 것. '안양'은 극락이므로 안양문은 극락 세계에 이르는 입구를 상징한다.

부석사 범종각 부석사에는 2개의 누각이 있다. 문의 성격을 겸한 안양루가 석축 위에 작고 날아갈 듯 지은 누각이라면 대석축단과 안양루 석축으로 구분되는 공간의 중심에 위치하고 있는 범종각은 지반에 견고하게 버티고 선 안정감 있는 건물이다. 특히 이 범종각은 그 건물의 방향이 여느 건물과는 달리 측면으로 앉아 있다.

판은 새를 깨운다. 다 깨달음의 경지에 오르고.

호랑이도 배가 부르면 먹을 걸 저장하지 않는다. 살찐 호랑이 봤나! 살찐 물고기 봤나! 살찐 새 봤나! 살찌면 곧 가나니. 자연의 섭리를 따른다. 그 많은 중생 중에 인간들만이. 아무리 범종을 쳐도 깨우치지 못하고 디룩디룩 살찐 채 재물을 탐하고들 있으니. 다이어트가 어떻고.

언뜻언뜻 안양루가 보인다. 안양安養. 아미타불이 살고 있는 정토淨土 청정한땅 다. 번뇌의 속박을 벗어난 극락세계 말이다.

"아빠, 그럼 안양시가 극락이란 뜻이야?"

"응."

또 12도 튼다. 왜냐고요! 언뜻언뜻 보이라고. 1611년 버전. 이제 곧 나이 400살. 그래도 까불래. 범종루보다 한 수 위. 이제 너울댄다. 승무를 춘다. 비상飛上 날아오름 이다. 상념을 끊고 삼매에 들어간다.

"아빠, 삼매三昧는?"

"마음을 하나로 모아 흔들리지 않는다."

버려라, 인간들아. 이처럼 건축은 하는 이에 따라 불경과 격을 같이 하기도 한다. 안양루 들어서면 파라다이스다. 이 세상이 아니다. 그래도

들어갈래. 안양루 타고 극락에나 갔다 올까나. 안양루 들어서서. 또 30
도 튼다. 이제 무량수전無量壽殿이다. 아미타불阿彌陀佛 모신 곳. 아미타
를 의역하면 무량수가 된다. 끝없는 지혜와 무한한 생명을 가지신 분.
10겁劫 전의 부처. 가장 길고 영원한 시간의 단위가 겁인 건 아시죠?
1016년 원융국사가 중창하지만 1358년 왜놈들이 불 지른다. 끝이 없
군. 1376년 원응국사가 주지로 왔다.

"어라, 부석사 어디 갔냐. 나 주지로 발령받았는데. 텅 비었네."

"다 날아갔습니다. 고려 공민왕이 안동으로 피난왔다가 쓴 편액만
남아 있고."

원응국사는 천막치고 부석사 살려낸다. 그럼 몇 살이야! 633살이군.
무량수전 들어가니 아미타불이 우측면을 바라보고 앉아 계시다. 왜
냐고요! 정토가 동쪽에 있기 땜에 그렇다. 왜, 기분 나쁘냐. 불자들이
계속 절을 해댄다. 아미타불 님. 돈 잘 벌게 해 주십시오. 제 자식 좋은
대학 들어가서 부자로 땅땅거리고 대를 이어 자손만대 잘 살게 해 주
십시오. 제가 1만 원 드릴게요. 좀 고마해라. 그래 대한민국이 자살률
이 세계 1위가 된 거다.

남을 해하지 않도록 해 주십시오 라든가. 백성들 행복하고 건강하게

부석사 고려각판 浮石寺 高麗刻板
크기는 24.3센티미터×45센티미
터. 3종 634장으로 된 고려각판은
13~14세기에 제작. 한역본漢譯本
의 《대방광불화엄경》을 새긴 고려
시대 목판. 크고 방정方正하고 넓은
이치를 깨달은 꽃같이 장엄한 경이
라는 뜻의 《대방광불화엄경》은 불
교 화엄종의 근본 경전으로 《법화
경》과 함께 한국 불교사상 확립에
큰 영향을 끼쳤다. 보물 제735호.

안양루

무량수전

더불어 살 수 있는 세상 만들어 주십시오 라든가, 뭐 이런 거 좀 빌어
라. 괜히 지옥 가서 혼나지 말고. 살아 있을 때 잘하자. 자녀 다친다.

안양루 지붕 너머로 태백산맥의 장관이 펼쳐진다. 하늘에서는 구름
이 춤을 추고. 땅에서는 안양루가 춤을 추고. 이런 게 건축이다. 자연
속에 들어가 자연을 완성하는.

산으로 돌아 올라가니 조사당이다. 1377년 건립. 정면 3칸, 측면 1칸
의 단출한 건물. 국보 제19호.

"아빠, 왜 건물 이름이 조사祖師야?"

"부석사를 창건한 의상국사의 영정을 모시고 있는 건물이라."

"왜 이렇게 조그만 게 국보야?"

"원래 센 건축은 아담해. 작은 고추가 더 매운 것처럼."

아미타불 님, 저 진짜 이제 건축 안 할 테니까 정토 데
려가 주세요. 괜히 왔다. 너무 세잖아. 딸아, 가자. 어디
로? 나도 몰라. 아무 데로나.

통영 세병관

출렁이는 바다 위의 건축

1593년 이순신은 최초의 삼도수군통제사로 통영시 한산도 도착. 왜놈들이 계속 들이댄다. 내 이것들을. 바닷가에 거북이 한 마리가 왔다리 갔다리 한다. 좋다. 얘들아, 거북선 만들어라.

"장군, 사천포에 또 왜놈들이 나타났습니다."

"가자."

왜놈들 혼비백산. 뭐라, 거북이가 총을 쏴? 신이 노했군. 돌아가자. 왜놈들 일본에서 대책 회의. 이순신은 거북선 안에 앉아 일기를 쓴다. 까불고 있어. 이게 이른바 난중일기亂中日記 전쟁 중에 쓴 일기. 국보 제 76호.

"그 요상하게 생긴 게 배냐 거북이냐?"

"배 아닌감유. 이번엔 함선을 두 배로 늘려가죠."

해군총사령부 한산도 전면 공격. 왜군 전멸. 거북이 맞네. 이제 전쟁으론 안 되겠고. 왜놈들은 정치력을 발휘한다. 이순신 모함. 투옥. 다시 공격. 해군총사령관 원균 전사. 이순신 없는 거북이는 힘을 못 쓴다. 우리 주인님을 잡아갔다고라. 이순신 장군 돌아오니 거북이는 달랑 13척.

해남의 항구 어란포에서 133척의 왜선 출발. 뭐라, 이순신이 돌아왔다고라. 이순신은 폭 484미터의 명량해협에 쇠줄을 걸고 13척을 일렬로 세우고 플래카드를 걸었다.

전군은 들으라.

"필사즉생必死卽生 필생즉사必生卽死."

"장군, 질문 있습니다. 고게 뭔 말인감유. 지가 까막눈이라."

"몰라도 된다. 공격!"

"아빠, 살고자하면 죽고, 죽고자하면 산다 아니야. 근데 왜 안 가르쳐 주는 거야?"

"설명해 줘도 못 알아들으니까."

이 명량해협의 물살 속도는 시속 79킬로미터로 아시아 최고로 빠르다. 어어, 하는 사이에 왜선들 쇠줄에 걸리고. 물살이 너무 빨라 제어가 안 되는 거다. 함포 사격. 왜선 31척 침몰. 왜군 1만 명 잠수. 안 올라옴. 아군 2명 사망. 역시 이순신은 유유자적 일기나 쓴다. 자식들, 전쟁은 인마 머리로 하는 거야. 인생도 그렇고.

1598년 노량해전에서 전사. 이제 간다. 이미 54살. 조선 왕의 평균 수명은 47살. 주치의가 따라 다녀도. 그러니 오래 산 거다. 덕장이라. 장군의 시신을 충남 아산시 음봉면에 모신다. 묘지 면적만 3천 평. 사적 112호.

"아빠, 왜 아산에 모시는 거야?"

"장군의 부친이 한량이라 먹고 살려고 어렸을 적에 외가가 있는 아산에 내려가 살았걸랑. 제2의 고향."

"한량閑良이 뭔데? 놀고먹는 사람인가."

"아니. 지식은 있으나 현실이 싫어 과거시험도 보지 않고 동네 후학들을 가르치는 선비. 물론 자원봉사. 애들아, 다친다. 조심하거라. 아빠도 한량이고."

1706년 아산의 선비들이 왕을 찾았다.

"이 충무공의 사당을 세워 달라, 홀라 홀라."

"아이고 시끄러워라. 땅하고 돈 내줘라."

숙종은 사액 '현충사顯忠祠 충렬을 높이 드러내는 사당' 하사.

"아빠, 사액賜額이 뭐라고 했지?"

"임금이 직접 이름을 지어서 새긴 간판. 반복 학습. 사액을 받는 건 가문의 영광."

1865년 대원군의 서원 철폐령으로 일시 폐쇄. 13대 종손 이종옥 가산 탕진. 경매. 난리 났군. 현충사 왜놈들이 공격. 뭐라, 우리 선조들을 그렇게나 많이 죽인 이 충무공의 현충사가 경매에 나왔다고나. 경매에 왜놈들 대거 등장. 복수전.

1932년 동아일보는 눈물로 호소한다. 국가는 부도 중이고. 국민 여러

분 돈 좀 내 주십시오. 충무공을 지켜야 합니다. 며칠 만에 지금으로
치면 수십 억 모금. 손가락지가 대부분. 엄마들 열 받았다. 뭐라, 왜놈
들이 현충사를 공격해! 눈물바다. 경매가 열렸다. 무조건 왜놈들이
쓴 금액에 0을 하나 더 붙였다. 왜놈들 철수. 이러다 다치겠군. 손가락
지 팔아 현충사 매입. 후손들은 다시 이 충무공 고택에서 살게 된다.
고맙습니다. 국민 여러분.

1969년 현충사 성역화 사업. 충무공 후손들 이사. 연면적 7만 5천 평.
사적 제 155호. 조선의 왕릉보다 더 큰 사당. 500원 내고 충무문 들어
서니 홍살문.

"아빠, 충무문은 왜 문이 3개야?"

"가운데 큰 문은 이 충무공의 영혼이 드나드는 문. 우린 우측 문으로
들어갔다가 좌측 문으로 나와야 된다."

"아빠, 왜 홍살문에 화살을 죽 박아 놓은 거야?"

"귀신이 들어오면 저 화살이 떨어져."

"정말?"

"응."

"그럼 왜 꼭 빨간색을 칠하는 건데?"

"귀신들이 빨간색 싫어하걸랑."

유물전시관에 들어섰다. 난중일기.

"한산섬 달 밝은 밤에 수루戍樓 적군의 동정을 살피려고 성 위에 만든 누각에 혼자 앉아

큰 칼 옆에 차고 깊은 시름 하는 적에

어디서 일성호가는 남의 애를 끊나니."

"아빠, 일성호가一聲胡茄가 뭐야?"

"한 곡조의 피리 소리."

정말 애를 끊게 하는군. 왜 미처 이걸 몰랐을까. 지천명에야아니, 참.

"아빠, 지천명知天命이 뭐라고 했지?"

"나는 나이 열다섯에 학문에 뜻을 두었고,

서른에 뜻이 확고하게 섰으며,

마흔에는 미혹되지 않았고,

쉰에는 하늘의 명을 깨달아 알게 되었으며,

예순에는 남의 말을 듣기만 하면 곧 그 이치를 깨달아 이해하게 되었고,

일흔이 되어서는 무엇이든 하고 싶은 대로 하여도 법도에 어긋나지 않았다."

"또 공자 왈이야?"

"당근."

통영 세병관. 몇 년 전 발발이 투어 때 들렀지만 당시는 그 깊이를 이해하지 못해 지나친 곳. 이제 까불다가 다시 나락. 발발이가 뭐냐고요? 건축발이 글발에 못 미치는 사람들의 모

수항루 受降樓 항복을 받아 들이는 누각. 임진 왜란 당시 왜군이 항복한 장소에는 모두 수항루를 지었다. 이 수항루는 1677년 57대 수군통제사 윤천뢰가 충무공을 기리기 위해 세웠으나 소실. 1699년 74대 수군통제사 이홍술이 복원. 일제 강점기 때 파괴. 수항루 앞마당에서는 매년 봄, 가을에 군점軍點 행사를 하면서 왜병으로부터 항복을 받는 의식을 거행했다. 1987년 복원.

임. 정규 멤버는 이렇다. 61학번 김원, 74학번 이필훈, 77학번 김개천, 79학번 나, 89학번 김주원. 지천명에 딸과 함께 통영으로 다시 달렸다. 어디로 가야할지 가르침을 얻기 위해. 대전-통영 고속도로 완공. 좀 쉬워졌군. 당시는 진주까지만 돼 있어 고생길. 가도 가도 끝이 없는 대한민국 최남단.

"아빠, 왜 이 동네 이름이 통영이야?"

"1603년 해군총사령부인 삼도수군통제사영이 여기 있었걸랑. 전라, 경상, 충청도를 지키는. 통제사영을 줄여 통영이라고 부르는 거야."

"여기 충무시 아니야?"

"1995년 충무시와 통영군이 합치면서 통영시가 된 거야."

1603년 해군총사령관 이경훈은 사령부를 두룡포에서 통영으로 이전시킨다. 어라, 초가집밖에 없네. 바다가 내려다보이는 여황산 자락에 사령부 신축 시작. 내 이 건물을 충무공에게 바치겠다. 수석 건축가 4성 장군 이경훈.

"아빠, 군인이 설계도 해?"

"응. 그만큼 학문이 높았걸랑. 인문학적인 군인. 전 세계에서 유일한."

이필훈 (1955-) 연세대 건축공학과 졸. 미국으로 건너가 이 시대의 명장 피터 아이젠만에 사사. 1990년 '태두건축' 설립. 현 '정림건축' 대표. 새건축사협의회 회장. 작품으로 '휘닉스 파크 리조트', '동대문 노인복지관 및 청소년 수련관' 등이 있다.

김주원 (1970-) 연세대 주거생활학과 졸. 홍익대 환경대학원 석사. 연세대 건축공학 박사. 2003년 한국실내건축가협회 신인상, 2006년 한국실내건축가협회 협회상 수상. 2001년 방송된 MBC-TV '일요일 일요일 밤에'의 '러브하우스' 출연으로 세상에 이름을 알림. 현 '이몽기가' 대표.

건축의 건자도 모르던 4성 장군은 아랫것들 몰래 진남관을 찾았다. 밤새 베꼈다. 뭐야 이거. 기둥 쭉 세우고 지붕 얹었군. 별 거 아니네. 통영으로 돌아 온 4성 장군 역시 기둥 세우기 시작. 전면에 9개, 측면에 5개.

"애들아, 지붕이 몇 개냐?"

"50개이옵니다."

"됐네. 지붕 올려라."

"장군."

"뭐야."

"진남관과 너무 비슷한 게. 저작권법에 걸리지 않을까요?"

"이런 무식한 놈 같으니라고. 야, 마루에 올라와 봐. 자, 여기서 바다를 봐라. 같냐?"

"완전 다르네유."

"됐냐."

"예."

혼자말로 투덜투덜. 베낀 거 같긴 한데. 나 원 참. 계급이 딸리니. 지붕
올리고 마루 깔기 시작.

"얘들아 중앙의 3칸은 10센티미터 올려라."

"왜유!"

"야, 인마 그럼 내가 너희들하고 같은 마루에 앉을까?"

"아, 그렇군요."

천장은 소란반자(격자천장). 3칸만 분합문을 달았다. 추우면 창 내리
고. 나만 따뜻하면 되지 뭐. 기분 나쁘면 승진해라. 1605년 완공. 국보
제305호.

후임 해군사령관 서유대 통영 도착.

"이 건물 이름이 뭐냐?"

"없는디유."

현판을 쓴다. 세병관洗兵館. 명필. 글이 출렁이는 바다와 같다. 학문이
높군.

"장군, 세병이 뭔 뜻입니까?"

망일루 望日樓 태양을 바라보는 누각, 1611년 통제사 우치적이 세운 세병관의 종루. 1748년 통제사 장태소가 직접 편액을 써 걸었다. 이듬해 화재로 소실. 1769년 통제사 이국현이 중건. 일제 강점기 때 소실. 2천 년 복원. 통영시는 600억을 들여 1만 2천 평의 통제영지를 전부 복원하고 있다.

"안득장사만천하 安得壯士挽天河 어떻게 하면 힘센 장사를 얻어 하늘의 은하수를 끌어다가

정세갑병장불용 淨洗甲兵長不用 병기를 씻어내어 길이 사용하지 못하게 한단 말인가!"

"어디서 많이 듣던 말인데."

"두보 왈."

세병관 덕에 인구 13만의 통영은 3인의 명장을 배출한다. 박경리, 김춘수, 윤이상. 센 도시군. 리아스식 해안의 통영. 장관.

"아빠 리아스식 해안이 뭐야?"

"하천에 의해 침식된 육지가 침강하거나 해수면이 상승해 만들어진 해안."

유인도 41개, 무인도 109개. 섬만 150개. 신안군 다음으로 섬이 많은 동네. 절경이라 1968년 이곳은 한려해상국립공원으로 지정. 한산도와 여수를 잇는 아트.

최근 완공된 미륵산 케이블카를 탔다. 길이 1,975미터의 대한민국 최장 케이블카. 세병관 위에서는 파도가 치고 한산도 앞바다에서는 새가 우나니.

꽃비가 내리는 건축

봉정사 극락전

절 뒷산 거무스름한 바위 밑에 천등굴이라는 굴이 있다. 어린 소년이 이 바위굴에서 계절이 지나는 것도 잊고 하루에 한 끼 생식을 하며 도를 닦았다. 나무아미타불 관세음보살. 춥거나 말거나. 지구가 돌거나 말거나. 아무 생각도 없고.

"아빠, 생식이 뭐야?"

"익히지 않은 쌀."

"밥 안 해 먹어?"

"응. 귀찮아서."

이렇게 10년 동안 도를 닦는데 어느 날 밤 홀연히 아리따운 한 여인이 나타났다. 흔들러 온 거다.

"안녕하세유, 낭군님"

옥이 굴러간다. 몸짱에 얼짱. 머리도 좋은 거 같고. 음, 예쁘군. 맘은 흔들리고. 아제 아제 바라아제.

"소녀는 낭군님의 지고하신 덕을 사모해 이렇게 찾아왔걸랑요. 낭군님과 함께 살아간다면 여한이 없을 것 같사옵니다. 부디 낭군님을 모시게 하여 주옵소서."

어쩐지. 여인의 향기는 죽이고. 아, 참 나 스님이지. 여기 넘어가면 10년 공불 도로 아미타불이고.

"나는 안일을 원하지 않으며 오직 대자대비 하신 부처님의 공적을 사모할 뿐 세속의 어떤 기쁨도 바라지 않는다. 썩 물러나 네 집으로 가거라!"

후회도 되고. 왔다리 갔다리.

"아빠, 대자대비大慈大悲가 뭐야?"

"넓고 커서 끝이 없는 부처와 보살의 자비."

여인이 돌아서자 구름이 몰려드

극락전 배면

는가 싶더니 여인은 사뿐히 하늘로 날아오르고.

"대사는 참으로 훌륭하십니다. 나는 하늘님 옥황상제의 명으로 당신의 뜻을 시험코자 하였습니다. 이제 그 깊은 뜻을 알게 되었사오니 부디 훌륭한 인재가 되기를 비옵니다."

여인이 하늘로 사라지자 산뜻한 기운이 내려와 굴 주변을 환히 비추었다. 그때 하늘에서 여인의 목소리가 울려온다.

"능인대사, 아직도 수도를 많이 해야 할 텐데 굴이 너무 어둡군요. 옥황상제께서 하늘의 등불을 보내드리오니 부디 그 불빛으로 더욱 깊은 도를 닦으시기 바라나이다."

우째 이런 일이. 그래 우린 유혹에 넘어가면 안 되는 거다. 능인은 그 환한 빛의 도움을 받아 더욱 열심히 수련. 드디어 득도해 위대한 스님이 되고. 그래 산 이름도 천등산으로 바뀐다. 이에 감복한 능인대사가 672년 종이 봉황을 날리니 진짜 봉황이 내려와 머물렀다. 좋다. 절 이름도 바꾸겠다. 봉정사. 스승님, 고맙습니다. 의상대사의 제자니.

봉정사 대웅전 대한불교 조계종 제16교구 본사인 고운사孤雲寺의 말사. 대웅전에는 석가모니 불상을 중심으로 좌우에 가섭존자, 아난존자 상이 있다. 다포집으로 난적亂積(돌을 다듬지 않고 그냥 쌓아 올림) 석기단石基壇에 정면 3칸, 측면 3칸 규모의 단층 팔작지붕. 앞면 기둥 앞으로 툇마루를 깔았는데, 본전本殿에 이와 같은 툇마루를 시설한 예로는 유일한 것. 1962년 해체 수리 때 발견된 묵서명墨書銘으로 보아 조선 초기의 건물로 추정된다. 보물 제55호.

딸과 떠나는 국보 건축 기행

"아빠, 왜 절 이름이 봉정鳳停이야?"

"이 천등산에 봉황새가 머무르고 있걸랑."

"천등天燈은 또 뭐야?"

"스님들이 정상에 올라 1천 개의 등불을 바쳤걸랑. 그래 산 이름도 대망에서 천등으로 바꾼 거야."

"대사大師는 또 뭐야?"

"위대한 스승."

"의상대사가 그렇게 센 스님이야?"

"응. 10명의 위대한 제자들을 배출할 정도로."

의상십철義湘十哲 명단 보자. 오진惡眞, 지통知通, 표훈表訓, 진정眞定, 진장眞藏, 도융道融, 양원良圓, 상원相源, 능인能仁, 의적義寂. 다 있군. 난 하나도 없고. 큰일. 시간은 없고. 부처님, 비나이다. 용재일철이라도 좀.

전화가 왔다.

"야, 인마."

"예."

"니가 대사냐?"

"아, 그렇군요."

봉정사 고금당 鳳停寺 古今堂 옛 금당. 극락전 앞뜰에 동향으로 세운 건축물. 원래는 맞배집 건축이나 북쪽 측면은 훗날 팔작지붕으로 개조. 남쪽은 지붕을 연장해 칸을 막고 부엌을 달았으며, 내부는 온돌을 놓고 요사寮舍 (숙소)로 사용. 방 앞에는 쪽마루를 깔았고 벽간壁間마다 외짝 띠살문을 달았으나 원래의 문짝은 아니다. 공포를 구성하는 첨차檐遮 (삼포三包 이상의 집에 있는 꾸밈새)의 형태가 이미 조선 전기의 특색을 잃고 변형된 점으로 미루어 건립 연대는 조선 중기에 속하는 것으로 짐작된다. 보물 제449호.

1260년 대장전 건립.

"아빠, 대장大藏이 뭐야, 첨 듣는데?"

"뭐라. 위대한 물건을 감추어 놓은 집."

"그게 뭔데?"

"대장경."

만세루 위로 올라섰다. 절경이군. 4물이 걸려 있고, 목어도 있군.

"아빠, 목어가 뭐야?"

"나무를 깎아서 잉어 모양을 만들고 속을 파내어 비운 다음 그 속을 막대로 두드려서 소리를 내는 불구."

"왜 목어를 만든 건데?"

옛날 덕이 높은 고승의 제자 하나가 스승의 가르침을 어기고 속된 생활을 하다가 그만 몹쓸 병에 걸려 죽었다. 어느 날 스승이 배를 타고 물을 건너는데 등에 커다란 나무가 있는 물고기가 나타나 전생의 죄를 참회

하며 눈물을 흘리고 자신의 등에 달린 나무를 없애 주기를 간청한다.
말썽을 부린 제자가 물고기로 다시 태어나 고통을 받고 있는 거다. 스
승은 수륙재를 베풀어 등에 난 나무를 없애 주었다. 그날 밤 제자는 스
승의 꿈에 나타나 자신의 업보를 벗겨 준 것에 고마움을 표하고 자신
의 등에 난 나무를 깎아 물고기 형상을 만들고 소리를 내면 그 소리를
듣는 수행자들에게 좋은 교훈을 주는 동시에 물에 사는 물고기들을
구원하는 소리가 될 것이라고 말하였다. 스승은 제자의 말대로 목어
를 만들고 여러 행사에 두루 쓰이는 법구로 삼았다.

조선시대 들어 대장전은 이름을 바꾼다. 극락전. 국보 제 15호. 대한
민국에서 젤 오래된 건축물. 나이 750살. 장난이 아니군.

"극락전極樂殿엔 석가모니 사셔?"

"아니, 아미타불."

서방 극락세계에 살면서 중생에게 자비를 베푸는 아미타불의 광명은
끝이 없어 백천억 불국토를 비추고無量光, 수명 또한 한량없어 백천억
겁으로도 헤아릴 수 없다無量壽. 그래 이 부처를 모신 전각을 무량수전
이라고도 한다.

1989년 배용균 감독이 봉정사 영산암을 찾았다. 어라, 이거 뭐여. 우

극락전 측면

화루雨花樓. 꽃비가 내린다고나. 장난 아니군. 고졸의 극치.

"아빠, 고졸이 뭐야?"

"기교는 없으나 예스럽고 소박한 멋이 있다."

배용균은 집을 팔았다. 여기서 〈달마가 동쪽으로 간 까닭은〉을 찍겠다. 감독, 촬영, 조명, 편집 혼자 다 한다. 대박 아니면 쪽박. 어차피 생은 공하며 태어나는 것도 사멸하는 것도 아니니.

"아빠, 달마가 도대체 누구길래 그렇게 유명한 거야?"

"중국 선종禪宗의 창시자."

"선종이 뭔데?"

"도만 닦는 거. 그럼 우린 따라가면 되고. 교종教宗은 살림하는 사람들. 우릴 꼬셔야 한다고 생각하는 사람들."

"어느 게 맞는 거야?"

"선종."

"아빠, 왜 스님들이 비싼차 타고 다니는 거야? 빌어먹어야 하지 않나."

"교종 스님들이야. 선종 스님들은 구름 타고 다니셔."

남인도 향지국香至國의 셋째 왕자. 돈도 권력도 여자도 다 싫다.

"아빠, 돈을 왜 싫어하는 거야?"

봉정사 영산암 鳳停寺 靈山庵 영산암은 봉정사 서쪽의 지조암知照庵 (깨닫고 관조하는 집)과 함께 봉정사의 동쪽에 있는 부속암자. 건립연대는 19세기 말로 추정. 봉정사 영산암은 봉정사의 요사채인 무량해회無量海會 에서 동쪽으로 100미터 정도 떨어진 곳에 있다. 영산암의 문루에는 초서로 '우화루雨花樓 (꽃비가 내리는 누마루)'라고 쓰인 현판이 걸려 있다. 우화루의 밑으로 영산암에 들어서면 지형의 고저차를 이용해 마당을 3단으로 구획. 경상북도 민속자료 제 126호.

만세루

봉정사 만세루 鳳停寺 萬歲樓 봉정
사의 극락전에 들어가려면 만세루
라는 중문中門을 통과해야 한다. 만
세루는 정면 5칸, 측면 3칸의 맞배
지붕으로 측면에 바람막이 판을 달
았다. 우하주는 누상주에서 사용한
것보다 더 굵은 부재를 사용해 견고
해 보인다. 누문은 대부분 2층으로
건축되며 아래층은 사찰의 중정으
로 통하는 통로의 기능을 하고, 위
층은 산사의 전망을 감상하거나 종
루鐘樓나 고루의 기능을 겸한다. 경
상북도 유형문화재 제352호.

"만지다 보면 다치걸랑."

"난 좋던데. 아빠, 전자사전 사게 30만 원 줘."

"뭐라, 돈 맡겨 놨니."

"응."

머리 깎고 520년 중국에 들어가 소림사에서 9년간 면벽좌선面壁坐禪.
사람의 마음은 본래 청정하군. 애들아, 까불지 말고 좌선해라. 너만
똑바로 가면 되걸랑.

"아빠, 근데 왜 달마는 동쪽으로 간 거야?"

"서쪽이 낭떠러지라서."

대박. 대박 이유? 아니 영산암에서 찍었는데 안 뜨고 배기겠나. 인산
인해. 안동 봉정사를 가긴 좀 멀고. 제 42회 칸영화제에서 '주목할 만
한 영화 Uncertain Regard' 부문 선정, 스위스에서 열린 로카르노 국제
영화제에서 그랑프리인 황금표범상 수상. 뭐야, 이거 우화루라고나.
덤으로 대한민국 건축 세계 진출. 대한민국이 센 이유를 그들도 알게

영산암

된 거다. 인문학으로 무장한 대한민국, 자나 깨나 조심하자.

안동시 난리가 났다. 영화 관객들이 우화루로 몰려들기 시작한 거다.
새로 도로 포장. 주차장 만들고. 음식점들 우후죽순 늘어나고. 돈은
날아다니고. 다치는 사람도 생기고.

근데 달마는 왜 동쪽으로 간 걸까. 아시는 분 없남유?

법회가 열렸다. 초청 강사 왈.

"나무는 비뚤어지지 않고 곧아야 쓸모가 있고 그릇도 찌그러지지 않
아야 쓸모가 있는 법이니라. 그렇듯이 사람도 마음이 불량하지 않고
착하고 정직해야 합니다."

우리 시대의 스타 경허스님이 강단에 올라가셨다.

"강사 스님의 말씀도 훌륭하고 좋으나 서울 가는 길도 여러 갈래가
있으니 이 길 저 길 알아두었다가 자기에게 맞는 길을 택하는 것이오.
비뚤어진 나무는 비뚤어진 대로 쓸모가 있고, 찌그러진 그릇은 찌그
러진 대로 쓸모가 있으며, 불량하고 성실치 못한 사람도 착하고 성실
한 면이 있습니다. 이 세상 만물이 다 귀한 것이니 모두가 부처님이요
관세음보살입니다."

그렇군. 나 원 참. 까불면 안되겠군.

어짊이 넘쳐나는 건축

창덕궁 인정전

딸, 창덕궁 가자. 안국역 하차. 종로구 와룡동臥龍洞 용이 누워 있는 마을. 돈화문. 목요일은 자유 관람. 입장료 1만 5천 원.

"아빠, 입장료가 왜 이렇게 비싸?"

"세계문화유산이라 하루 1천 명만 들어갈 수 있걸랑."

"창덕昌德이 뭔 뜻이야?"

"덕이 넘쳐난다."

"돈화敦化는?"

"중용에 나오는 대덕돈화大德敦化에서 빌려 온 말. 교화를 도탑게 한다."

"중용中庸이 뭔데?"

"어느 한쪽으로 치우치지 않는 평상심."

"공자님이 쓴 책이야?""

"아니. 공자의 손자 자사子思."

"경복궁 하나면 되지, 왜 또 창덕궁을 만든 거야?"

"경복궁에 전염병이 돌면 이사 오려고."

"어느 궁이 넓은데?"

"창덕궁은 17만 5천 평. 경복궁은 10만 평."

돈화문 들어가 우회전. 금천교를 건넜다.

"어라, 아빠, 왜 금천교 밑으로 물이 안 흐르는 거야? 바짝 말랐네."

"왜놈들이 북악산에서 내려오는 물줄기를 하수관에 연결했걸랑. 왕기 끊으려고."

"그럼 청계천 물은 가짜야?"

"응."

"왜 물줄기 안 살리는 거야?"

"서울시장이 바빠서. 돈도 없고. 생색도 안 나고."

1405년 태종이 건립. 1592년

돈화문

임진왜란. 소실. 1610년 다시 짓고. 1623년 인조반정. 조선의 제14대 왕 선조의 마누라 의인왕후가 아들을 못 낳는다. 피바람 불겠군. 후궁 공빈 김 씨 아들 둘 출산. 임해군. 광해군. 뒤늦게 계비 인목왕후 영창대군 출산. 그럼 적자지만 너무 늦었다. 광해군 세자 옹립. 서자에 그것도 둘째가.

북인은 광해군을 지지하는 대북파와 적자인 영창대군을 지지하는 소북파로 분당. 갑자기 선조 승하. 1608년 광해군 얼떨결에 제15대 왕에 오른다. 광해군 친형 임해군 사형. 적자 8살 영창대군 사형. 영창대군의 엄마 계모 인목대비 폐위. 그래 광해군 패륜아 등극.

어라, 동인이 남인 북인으로 가르더니 지네끼리 소북파 대북파로 갈려 난리네.

"아빠, 헷갈려. 도대체 서인은 뭐고 동인은 뭐야?"

"서인은 쿠데타로 정권을 잡은 공신들로 구성된 기득권 세력. 동인은 과거시험을 통해 관리가 된 개혁파. 조선 600년사는 이들 동서인의 쌈질로 날이 지고 날이 새나니. 지금도 그렇고."

"그럼 우리 집안은 동인이었나 보지."

"응."

이귀 (1557–1633) 본관 연안. 1603년 정시문과에 병과로 급제. 1623년 김류와 함께 광해군을 폐하고 선조의 손자 능양군綾陽君을 추대해 호위대장에 올랐다. 정묘호란 때 왕을 강화도에 호종하고 화의和義를 주장하다 대간의 탄핵을 받았다. 영의정에 추증.

이귀가 능양군을 찾았다. 능양군의 부친은 광해군의 배다른 동생인 정원군. 같은 서자.

"아빠, 머리 아파. 선조의 아들이 도대체 몇 명이야?"

"14명. 그중 막내인 영창대군만 적자."

이를 지켜보던 서인 이귀, 열 받았다.

"마마, 뒤집죠."

"그러지 뭐. 패륜아 큰아버지를 용서할 수 없음."

1623년 능양군은 직접 쿠데타 세력 7천 명 이끌고 창의문 부수고 경복궁 공격. 광해군 내시 등에 업혀 의관 안국신 집으로 피신. 쿠데타군 창덕궁 도착. 왕 어디 갔어! 몰라유. 얘들아, 다 불 질러라. 창덕궁 전소. 우째 이런 일이. 다음날 광해군 체포. 광해군 제주도로 유배. 거기서 간다. 그리도 죽이더니만. 서자를 서자의 아들이 치고. 돌고돈다.

"아빠, 경호원들은 뭐했어?"

"경호실장 이흥립이 반란군에 붙어버렸걸랑."

"이흥립의 본관이 어딘데?"

"광주."

"어라, 우리 집안이네."

"그러게 말이다. 뭐야 이거. 본관 뒤지니까 다 나오잖아. 착하게 살아
야지."

쿠데타에 성공한 능양군과 반란군은 혁명의 출구였던 창의문을 나와
세검정에 앉아 막걸리 한잔 하면서 피 묻은 칼을 냇물에 씻는다. 동인
들 까불고 있어! 책상물림들이. 그래 이 정자는 세검정洗劍亭이 되고.
1647년 대책회의가 열렸다.

"전하, 창덕궁 살려야 하지 않을까요? 전염병 돌면."

"돈 없다."

"제게 좋은 생각이 있습니다."

"뭔데?"

"광해군이 만들다 만 인경궁을 다 뜯어다 옮기는 겁니다."

희정당 熙政堂 바른 정치가 빛나는 집. 조선 후기에 국왕이 평상시에 거처하던 곳. 임진왜란 때 소실. 1834년에 중건. 1917년 다시 소실. 1920년 중건. 정면 9칸, 측면 3칸을 거실로 꾸며 좌우에 각각 한식, 양식 응접실을 두었다. 양식 목욕탕도 갖추고 있고, 보물 제815호.

"그러지 뭐."

인정문 앞 도착. 좌회전. 틀고 틀고 숨기는 게 우리 건축의 맛.

"아빠, 인정문 앞마당이 왜 이렇게 넓은 거야?"

"왕 즉위식 때 이 문 앞에서 옥새를 받고 인정전으로 들어가야 되걸랑."

1804년 인정전 완공. 돈이 없어 중건하는 데 150년 걸린 거다. 국보 제249호. 대한민국 최초로 품계석 설치.

"아빠, 인정전仁政殿은 뭔 뜻이야?"

"어진 정치를 펼치는 집."

2층의 웅장한 전각. 2단의 월대를 올랐다.

"아빠, 중국 가보니까 자금성은 월대가 3단이던데."

"황제의 나라만 3단 가능."

"인정전 옆에 있는 이 통은 뭐야?"

"드므."

"그게 뭔데?"

"물통."

"왜 물통이 여기 있는 거야?"

"불귀신이 이 물통을 들여다보고 물 위에 비친 자기 얼굴을 보고 무서워서 도망가걸랑."

인정전 들여다보니 바닥이 널마루다. 서양문물이 들어오면서 전돌 뜯어내고 교체. 커튼도 달리고. 인정전 현판 글씨는 서영보 솜씨. 죽석竹石 서영보는 1789년 식년문과에서 장원급제 한 명필.

"아빠, 인정전은 왜 5칸이야? 7칸 지으면 안 되나."

"응. 황제만 5칸 넘을 수 있어."

1908년 창덕궁에 전기가 들어왔다. 귀신이 곡할 노릇. 뭐라, 왕은 나가 자빠지고. 고놈 참 신기하다. 깜빡깜빡. 1910년 나라 망하고. 이제 창덕궁은 궁이 아니고 이 왕가의 집이 된다. 한 집안 장손의 집일 뿐.

인정전 뒤로 대조전. 여긴 구중궁궐. 아줌마들의 공간. 외부인 출입 금지.

"아빠, 구중궁궐九重宮闕이 뭐야? 많이 들었는데."

"겹겹이 문으로 막은 깊은 궁궐. 대조전에 들어가려면 최소한 5개 이상의 문을 통과해야 되걸랑."

"대조전大造殿이 뭔 뜻인데?"

"위대한 왕자를 생산하는 곤전."

"곤전坤殿이 뭔데?"

"중전이 사는 집."

"왜 왕비를 중전이라고 불러?"

"왕궁의 중앙에 사시면서 왕궁을 다스리는 왕비라서."

"왕궁은 왕이 다스리는 거 아냐?"

"아니, 왕은 나라 다스리느라 왕궁에 신경 못써."

중전 열 받았다. 후궁 전부 대조전 뒷마당 집합. 너네 까불래. 박아. 원위치. 박아. 원위치. 왕도 못 말린다. 고려대학교 박물관을 찾았다. 창덕궁을 그린 동궐도 보러. 국보 제249호. 화가 미상. 명품.

선정전 宣政殿 바른 정치를 베푸는 집. 1804년 중건. 창덕궁 외전의 편전. 조선 후기에 희정당이 편전으로 이용되면서 별로 활용되지 못했다. 당초에는 조계청이라는 건물이었는데 1461년 선정전으로 개명. 사면에는 흙벽 없이 사분합四分閤의 광창光窓과 문짝으로 벽을 쳐서 방안이 유독 밝다. 보물 제814호.

대조전

"아빠, 왜 그림 이름이 동궐이야?"

"정궁인 경복궁 동쪽에 있는 왕궁이라."

1926년 조선의 마지막 왕 순종. 대조전에서 승하. 이제 다 갔다.

"아빠, 저기 웬 한옥이 있네. 뭐야?"

"낙선재樂善齋. 선함이 있어 즐거운 집."

1897년 대한제국의 선포로 영친왕은 1907년 황태자에 오르고. 그해 12월 조선의 초대 통감 이토 히로부미는 영친왕의 이복형인 조선의 마지막 왕 순종 협박. 영친왕은 시모노세키 가는 관부연락선에 오른다. 이제 11살. 어머니 엄상궁 졸도. 1920년 나시모토 마사코와 강제 결혼. 이제 종친회에서도 연락 두절. 뭐라, 일본여자와 결혼을 해! 영친왕이 뭔 죄가 있나.

그나마 부인 마사코 집안이 황족인 게 불행 중 다행. 먹고는 산다. 마사코 여사 이름 개명. 이방자. 1931년 아들 구玖 출산. 이름에 아예 왕王자를 섞는다. 아들아, 잃어버린 왕권을 되찾아라. 뭐 이런 거다. 1945년 일본 패망. 이방자 부친 전범으로 구속. 전 재산 몰수. 거지가 된다.

대한민국의 정권을 잡은 이승만. 양녕대군의 17대손. 영친왕의 환국 금지. 왕권 달라고 하면 골치 아프니. 조선의 마지막 중전 순종비 효황후는 낙선재에서 홀로 버틴다. 두고 보자.

이구는 미국으로 건너가 매사추세츠 공과대학 건축과 졸. 세계적인 거장 아이엠페이 사무실 입사. 좋다. 난 이제 왕세손 아니다. 인문학적인 건축가가 되겠다. 1959년 미국인 줄리아 멀록과 결혼. 고생길. 뭐라, 왕세손이 미국 여자와. 나 왕세손 아니라니까. 도와주는 것도 없으면서 씹어만 대니.

1961년 탱크로 권력 잡은 군사정권. 영친왕 귀국 전격 허용. 군사정권의 정통성도 확보할 겸. 영친왕이 왕권 내놓으라고 하면 어쩔 거냐고요! 1963년 김포공항에 프로펠러 비행기가 내렸다. 공항은 기자들로 바글바글. 어라, 영친왕이 안 나오시네. 뇌졸중으로 쓰러진 영친왕은 구급차 타고 병원으로 직행. 이미 영친왕은 70세의 중환자. 걱정 안 해도 됨. 낙선재로 주거 제한. 1970년 영친왕 지구 떠나고.

연이어 다시 미국에서 비행기 도착. 역시 기자들로 바글바글. 왕세손 이구 귀국. 낙선재에 둥지 틀고 건축 관련 사업. 연이어 부도. 아니, 왕세손이 대한민국의 악랄한 사기꾼들 등쌀을 이겨낼 수 있겠나! 1979

연경당 演慶堂 경사스러움이 널리 미치는 집. 조선 제23대 왕 순조는 왕위에 오르지만 어린 나이라 정순왕후 수렴청정. 15세에 직접 국사 돌보기 시작. 세도가들 탓에 무기력. 1827년 순조는 장남 효명세자에게 정권 위임. 순조는 기오헌에서 쉰다. 효명세자 대리청정 3년 만에 지구 떠나고, 의욕을 잃은 순조는 연경당에서 말년을 보낸다. 다 싫어.

년 도일. 아니 도피. 대한민국이 싫은 거다. 1982년 이혼. 부인이 자식을 못 낳으니.

1989년 이방자 여사 타계. 너무 힘든 거다. 이제 낙선재는 문을 닫는다. 다 갔으니. 왕세손은 어디 가셨나. 2005년 도쿄 아카사카 프린스 호텔 객실에서 변사체 발견. 누굴까요! 이구다. 사인. 영양실조. 곡기를 끊은 거다. 이 호텔 자리는 이구가 태어난 곳. 고향 찾아 떠난다. 시신 낙선재로 이동. 마지막 국장國葬. 국무총리를 비롯한 대한민국의 벼슬아치들이 줄을 섰다. 죄송합니다, 전하.

1847년 건립된 ㅁ자 형식의 낙선. 솟을대문 위 현판 보자. 장락문長樂門. 오래도록 즐겁게 사는 집의 문이라. 작명이 잘못됐군. 고해문苦海門으로 바꿔 달아야 할 듯. 고통의 바다로 들어가는 문. 대문 들어서니 장대한 마당이 펼쳐진다. 왕실 가족의 흥망에 이 마당은 관심이 없다. 그냥 지켜볼 뿐.

낙선재

금산사 미륵전

모든 걸 받아주는 담대한 건축

599년 백제 제29대 법왕 즉위. 완전 불교 맨. 오죽하면 이름도 불법佛法. 모든 매를 풀어 줘라. 글구 사냥 금지. 난리가 났다. 다음해 부처님이 법왕 델고 간다. 너무 시끄러워서리. 재위 기간 달랑 2년. 너무 앞서 간 거다. 금산사 창건. 법왕을 기리는 자복사찰.

"아빠, 자복사찰資福寺刹이 뭐야?"

"왕실의 안녕을 비는 절."

"왜 절 이름이 금산金山인데? 금으로 만든 산을 말하는 건가?"

"당근."

"이 산 이름은 뭐야?"

"모악산."

"모악母岳은 또 뭔데?"

"산 정상에 어미가 어린아이를 안고 있는 모양의 바위가 있걸랑."

718년 김제에서 진표율사 태어남.

"아빠, 국사國師는 왕의 스승이고. 율사律師는 뭐야?"

"계율에 정통한 높은 스님."

"계율戒律이 뭔데?"

"불자가 지켜야 할 규범."

"변호사도 율사 아냐?"

"사법고시에 합격한 판, 검사, 변호사가 정치를 할 때 그 출신 성분을 일컬어 율사라고 하는 거야. 스님들로서는 열 받는 일이지만."

아빠는 사냥꾼. 어느 날 진표는 사냥을 나가 짐승을 쫓다가 잠시 밭둑에서 쉬었다. 어라, 개구리 많네. 개구리 잡아 버드나무 가지에 꿰어 물속에 담가 두었다. 사냥 끝. 어라, 개구리 어따 뒀더라. 열 받네. 분실. 맛있을 텐데.

이듬해 봄 다시 사냥을 나갔다. 물속에서 30여 마리의 개구리가 꿰미에 꿰인 채 그때까지 살아서 울고 있는 거다. 누가 날 이렇게 만든 거야? 충격! 내가 죽일 놈이군. 개구리를 풀어 주었다. 속세를 떠나야

일주문

겠군. 깊은 산으로 들어가 스스로 머리를 깎았다. 우째 이리 부러운
지. 나도 일찍 들어가는 건데. 나 원 참. 이제 들어갈까. 딸은? 핑계. 합
리화. 바보. 오늘부터 내 호는 바보다.

신라 제35대 경덕왕이 진표율사를 찾았다.

"스님, 가르침을 주십시오. 애들이 자꾸 덤빕니다."

"그래! 왕 노릇 그만둬. 너 아니어도 지구 돌걸랑."

"그건 좀."

"좋다. 그럼 너 오늘부터 보살 시켜 줄게."

"영광이옵니다. 스님."

경덕왕은 전 재산 시주. 어라, 이 돈 다 뭐하지. 금산사 중창. 법주사
창건. 그래 우린 2개의 국보를 갖게 되는 거다. 돌리고 돌리고. 시청에
전화. 소녀가장 없남유. 매달 5만 원씩 지원할게유. 고맙습니다, 선상
님. 제 돈 아니걸랑요. 그럼 훔친 거? 훔친 건 아니고. 부처님한테 빌
린 겁니다. 그럼 불자신가요. 아니요. 죄가 많아 종교 없음. 또 어따 전
화할까. 아가, 그 돈은 내것 아니란다. 씩씩하게 자라다오.

935년 견훤이 금산사를 찾았다. 후백제 초대 왕. 이미 69세의 노구.
놀러 왔나? 아니. 아들 신검이 유폐시킨 거다. 그것도 맏아들이.

금산사 대장전 金山寺 大藏殿 정면 3칸, 측면 4칸 단층, 겹처마, 팔작지붕. 금산사의 불상·경전 등을 보관하기 위해 장경각藏經閣으로 건립. 지금 건물은 1635년 중건한 것. 원래는 목조 탑파형塔婆形 (상부를 탑형으로 자른 가늘고 긴 판형의 돌) 건물. 용마루 위에는 석조 복발覆鉢 (주발을 엎어 놓은 모양의 장식)과 보주寶珠 (구슬 모양의 장식)가 중첩 설치돼 있다. 보물 제 827호.

"스님, 억울합니다. 자식이 이럴 수 있습니까?"

"업. 니 탓. 머리 깎으셔유."

"싫어유."

"아빠, 업業이 뭐야?"

"미래에 선악의 결과를 가져오는 원인이 되는 선악의 소행. 항상 말 조심해라. 우리 후손들 다친다."

씩씩. 누가 이기든 골육상쟁.

"아빠, 골육상쟁骨肉相爭이 뭐더라?"

"가까운 혈족끼리 서로 싸움."

"그럼 아빠가 엄마랑 싸우는 것도 골육상쟁이야?"

"응. 그러니까 설라무네."

입이 10개라도 할 말이 없군. 견훤, 왕건을 찾았다. 전하, 저에게 군대를 주십시오. 지가 아들 좀 손 봐야 되걸랑요. 신검이 잡혀왔다. 누가 승자이고 누가 패자일까요. 견훤이 승자인가. 신검인가. 웃기는 세상. 지금도 그렇고. 무현이 형이 맞을까요, 명박이 형이 맞을까요. 나라가 망해가는데. 미친 세상. 나도 미치고. 견훤, 신검 다 떠나도 금산사는 살아남았다. 명심하셔유. 다 갑니다.

1597년 왜놈들이 금산사를 찾았다. 뭐야 이거 넘 멋있잖아. 스님들

전부 사형. 불 지르고. 두고 보자. 이놈들이 손 안댄 데가 없는 거다.
부글부글. 1635년 수문대사가 다시 중건. 미륵전 다시 살아난다. 불
질러라. 난 짓는다. 또 질러! 그럼 또 짓는다. 누가 이기나 해 보자, 뭐
이런 거다.

호남고속도로 금산사 나들목 빠져 좌회전. 4킬로미터만 가면 된다.
오늘은 좀 쉽군. 금산사 가는 길. 비단옷을 입고 있는 절.

"아빠. 스님이 지켜야 할 계율이 뭐라고 했지?"

1. 불살생不殺生 살아 있는 걸 죽여서는 안 되고.

2. 불투도不偸盜 도둑질해서는 안 되고.

3. 불사음不邪淫 남녀의 도를 문란케 해서는 안 되고.

4. 불망어不妄語 거짓말을 해서는 안 되고.

5. 불기어不綺語 현란스러운 말을 해서는 안 되고.

6. 불악구不惡口 험담을 해서는 안 되고.

금산사 미륵전 겉모양이 3층으로 된 한국의 유일한 법당으로 내부는 통층通層. 가구架構 방식을 보면 1층은 고주高柱 4개와 20개의 기둥을 주위에 세워 고주와 이 기둥들 커다란 퇴보로 연결. 2층은 이 퇴보 위에 가장자리 기둥을 세워 그 안쪽 고주를 퇴보로 연결. 3층은 몇 토막의 나무를 이어서 만든 고주를 그대로 우주를 삼아 그 위에 팔작지붕을 올렸다. 규모가 웅대하고 상부의 줄어든 비율이 크기 때문에 안정감을 준다.

7. 불양설不兩舌 이간질을 해서는 안 되고.

8. 불탐욕不貪欲 탐욕스러운 짓을 해서는 안 되고.

9. 부진不瞋 화를 내서는 안 되고.

10. 불사견不邪見 그릇된 견해를 가져서도 안 된다.

"아빠, 이걸 다 지키면서 어떻게 살아? 다 안 되잖아."

"그러니 넌 속세에 나가지 마라."

"그럼 어디서 살아!"

"자연 속에서. 새들과 함께. 새들은 너 안 해치걸랑."

"싫어, 나 나갈거야."

"그럼 놀다 와라."

올라가는 다리는 힘이 없고. 이제 어쩌지. 다칠텐데.

"아빠, 석가모니가 쎄, 미륵이 쎄?"

"미륵은 석가모니 제자야."

"알았어. 미륵 언제 오신대?"

"바빠서 못 오신단다."

가 봐야 인간들이 내 말 들을 것도 아니니. 뭐야 이거 3층 전각이 모악산과 맞먹잖아. 국보 제62호. 높이 15미터. 그런데도 날아갈 듯이 경쾌하고. 세군. 들여다보았다. 11.82미터의 미륵불, 왼쪽은 법화림法花

활주를 받치고 있는 초석

林 보살, 오른쪽은 대묘상大妙相 보살. 3층 미륵전의 현판이 층마다 다르지만 내용은 같은 뜻.

1층. 대자보전 - 가장 자비로운 미륵불의 집

2층. 용화지회 - 미륵불이 온 이후의 용화세계를 만드는 일꾼들이 모이는 집

3층. 미륵전 - 미륵불이 사는 집

"아빠, 얘들이 벽에 낙서해 놨어. 나쁜 놈들 같으니라고."

"딸 남 욕하면 안 된다. 너만 안 그러면 돼. 글구 부처님은 건축은 다 받아 줘. 낙서도."

대적광전을 중심으로 한 화엄신앙과 삼층 미륵전을 중심으로 하는 미륵신앙 교차. 이 두 개의 불전은 남과 북 그리고 동과 서를 가르며 교차 건립된다. 교종과 선종이 하나가 되는 거다. 이 광대한 마당에서는 화합의 노래가 울려 퍼진다. 인간들아, 좀 고만들 싸워라. 날 샌다. 난 넋을 놓고 미륵전 옆 방등계단方等戒壇을 올랐다. 보물 제26호. 세군. 여긴 도솔천.

"아빠, 방등계단이 뭐야? 계단 이름이 희한하네."

"그 계단이 아니고. 모든 중생은 평등하다는 거야. 이 계에만 오르면."

"도솔천은 어디야?"

"부처가 될 보살이 사는 곳. 현재 미륵보살이 성불을 기다리고 있는 극락."

불교는 계戒, 정定, 혜慧다. 어떤 게 젤 중요할까요! 물론 계다. 지키자. 정진하자. 뭐 그렇게 어려운 게 아니다. 거짓말하지 말고 남을 해하지 않으면 된다. 근데 이게 당최 쉽질 않으니. 그래 우린 절을 찾아 머리를 조아리는 거다.

"방법이 없을까요, 부처님."

"나도 모름. 그거 되면 너도 부처임."

"아, 예."

"아빠, 서평 올라왔어."

금산사 대적광전 金山寺 大寂光殿
대적광전은 1986년 화재로 불탄 걸 1994년 복원. 대적광전은 줄여서 대광전大光殿이라고도 불리는데, 이 집의 주인인 비로자나불이 두루 비치는 빛, 즉 적광의 성질을 갖고 있어 이렇게 이름 지어진 거다. 이곳에는 아미타―석가―비로자나―노사나―약사여래의 5부처와 대세지―관음―문수―보현―일관―월광보살의 6보살을 다 모셨다. 대웅보전과 대적명전, 극락전, 약사전 등의 여래 전각들이 한군데 합쳐진 종합 사찰.

"올려라."

네티즌 왈.

"아빠가 딸에게 조선의 시작부터 일제시대를 거쳐 6 · 25를 지나 현대에 이르기까지의 일련의 일들을 이야기해 주고 있었다. 나도 아빠의 이야기 속에 푹 빠져서 역사해설가의 해설을 듣는 것처럼 재미있게 들었다. 맞아, 이런 식으로 아이에게 들려주면 조선의 계보를 잡는 데는 금상첨화겠다는 생각을 하면서 읽어나갔다.

이렇게 술술 조선의 역사를 쉽게 꿰뚫을 수 있단 말인가. 감탄을 하면서 읽어내려 가던 중 어느덧 종착역에 이르렀다. 이야기 속 딸이 어려운 한자말을 질문하면 아빠는 뜻을 풀이해 주면서 쉽게 설명을 해 준다. 이용재 선생은 건축학을 전공하고 딸아이와 전국의 건축물을 보러 다닌다고 한다. 참좋은 아빠다."

마누라와 딸은 나 싫어하던데. 나 원 참.

생육신 김시습이 이 방등계단을 찾았다. 세상도 싫고. 살기도 귀찮고.

"구름 기운 아물아물, 골 안은 널찍한데,

매월당 기념관 김시습 (金時習, 1435~1493) 본관 강릉, 호 매월당梅月堂. 생육신. 삼각산 중흥사에서 공부하다 수양대군이 단종을 내몰고 왕위에 올랐다는 소식을 듣고 통분, 책을 태워버리고 중이 되어 이름을 설잠이라 하고 전국으로 방랑의 길을 떠났다. 한국 최초의 한문소설 〈금오신화金鰲新話〉를 지었다. 그는 끝까지 절개를 지켰고, 유교와 불교를 넘나드는 탁월한 문장으로 일세를 풍미. 1782년 이조판서에 추증. 바른맨.

엉킨 수풀이 깔린 돌에는 여울소리 들려오네.

중천에 별들은 금찰金刹 금산사 을 밝히는데,

밤중에 바람과 우레가 석단石壇 방등계단 을 감싸 도는구나.

낡은 짐대幢 엔 이끼 끼어 글자가 희미한데,

마른 나무에 바람 스치니 저녁 추위가 생기누나.

초제招提 객실 에서 하룻밤 자고 가니,

연기 속 먼 종소리에 여운이 한가롭지 않다."

역시 세군. 시습이 형, 곧 갈게요. 연기. 연기. 연기. 난 뭐야 그럼.

금산사에 플래카드가 걸렸다.

"지구촌의 고통받는 사람을 도웁시다."

어라, 그럼 난데.

방등계단

경복궁 근정전

검소하지만 누추하지 않은 건축

1392년 이성계는 고려의 옛 수도인 개성의 수창궁에서 조선 제 1대 왕에 오른다.

"얘들아, 왜 이리 도시가 좁냐. 새로운 수도를 찾아 봐라!"

"예, 전하."

"아빠, 왜 서울을 수도首都라고 불러?"

"왕이나 대통령이 살고 있는 도시가 수도야. 나라의 우두머리가 되는 분이 살고 있는 도시다, 뭐 그런 뜻이야."

"그럼 도시都市는 무슨 뜻이야?"

"도都는 왕이나 대통령이 살고 있는 정치중심지란 뜻이고, 시市는 상품이 거래되는 '시장'이란 뜻이야. 도시의 반대말이 뭐니?"

"시골."

"그래 맞아. 농촌에서 생산된 쌀이나 어촌에서 생산된 물고기들을 도시에 와서 팔고 사면서 나라가 돌아가는 거야. 나라에서는 이처럼 물건을 팔고 사는 시장을 많이 만들어서 백성들이 안전하게 장사를 할 수 있도록 만들어 주고, 일정액의 세금을 걷어 나라를 꾸려 나가는 거야."

"그럼 도시에서 가장 중요한 게 할인마트라는 거야?"

"응. 도시는 기본적으로 시골에서 생산된 물품을 소비하는 곳이야. 그래 요즘엔 배급제로 버티던 북한의 도시에서도 장사가 중요한 직업이 되고 있는 거야."

1393년 이성계는 충청남도 계룡산으로 갔다. 어라, 산이 바위로 이루어진 게 잘생겼네.

"계룡산 아래에 수도 만들어라. 나 개성에 가서 기다릴게."

"예, 전하."

"아빠, 왜 왕을 전하殿下라고 불러?"

"대한민국에서 가장 큰 집에 사는 높은 분이니까 백성 모두가 왕 앞에 가

면 무릎 꿇으라고."

"안 꿇으면!"

"맞고 싶으면 뭔 짓을 못 하겠니."

"그럼 아빠, 왕세자는 뭐라고 불러?"

"저하邸下."

"전하, 큰일 났습니다."

"왜!"

"아무래도 계룡산은 포기해야겠습니다."

"뭐라고나."

"그러니까 설라무네, 저희 조선은 고속도로도 고속전철도 없잖습니
까?"

"그렇지. 우리가 가진 교통수단이래야 말밖에 더 있냐."

"그러니 전 국민으로부터 세금을 부지런히 거둬들이려면 말이 끄는
수레로는 택도 없습니다."

"그럼 우찌 하라고."

"최첨단의 운송수단이 있습니다."

"뭐라. 그게 뭔데?"

무학대사 (1327~1405) 18세에 소지 선사의 제자로 승려가 되어 구족계 具足戒 (비구니가 지켜야 할 계율) 받고, 혜명국사에게서 불법을 배웠다. 1353년(공민왕 2년) 원元나라 연경燕京 (지금의 베이징)으로 유학. 1356년 귀국해 1373년 고려의 왕사 王師 (왕의 스승)가 된다. 1392년 조선 개국 후 회암사檜巖寺 (경기도 양주시 회암동 천보산에 있는 절)에 서 지냈다. 이듬해 태조를 따라 계룡산과 한양을 오가며 도읍을 한양으로 옮기는 데 힘을 보탰다. 1402년(태종 2년) 회암사 감주監主 (절에서 가장 높은 스님)가 되었다가 이듬해 사직. 금강산 금장암에서 입적入寂 (스님이 돌아가심).

"조선에서 가장 큰 강인 한강 옆에 수도를 정해 나룻배로 실어 나르는 겁니다."

"그러지 뭐. 조선은 평야보다 산이 많으니 말보다는 수레가, 수레보다는 배가 물건 실어 나르기에 유리하것지."

"그리하옵니다. 전하."

1394년 이성계는 무학대사와 함께 왕십리 근처에 도착했다.

"야, 여기 좋네. 힘들어 더는 못가것다. 여기다 왕궁 만들어라. 뒤에는 청계천, 앞에는 한강이 흐르네. 명당明堂 햇볕잘드는 집터 이군."

지나가던 도사가 한마디 한다.

"야, 인마 여기는 터가 안좋아. 10리만 더 가."

그래 10리를 더 들어간 곳이 지금의 경복궁이다. 10리를 더 가라고나. 그래 여긴 갈 왕往자를 써 왕십리往十里가 되고.

"아빠, 10리가 몇 킬로미터야?"

근정전

"약 4킬로미터. 정확하게는 1리가 393미터니까 3,930미터."

1396년 경복궁이 완공되어 이성계는 보따리 싸서 개성에서 경복궁으로 이사 온다.

"야. 이 도시 이름이 뭐시더냐?"

"1101년 고려가 이 도시 이름을 남경이라고 지었습니다. 고려시대의 정치 중심도시 사경四京의 하나이옵고."

"뭐 그렇게 많냐. 사경은 어디 어디냐."

"남경은 여기고, 동경은 경주, 중경은 좀 전까지 전하가 사시던 개성이고요. 또 하나 서경은 어디더라. 하도 많어서리. 애들아, 서경이 어디냐? 지금 김정일이 살고 있는 평양이랍니다."

"야, 지금이 고려시대냐 조선시대냐?"

"조선시대입니다."

"이름 바꿔라."

"뭐로 할깝쇼?"

정도전 (1342–1398) 본관은 경북 봉화. 1362년 과거의 예비 시험인 소과小科의 복시에 합격, 진사進士가 된다. 1375년 친원배명親元排明(원나라와 친하게 지내고 명나라와 배척)정책을 반대하다가 전라남도 나주에 유배. 이후 8년 동안 유랑하면서 학문에 정진하며 때를 기다리다 1383년에야 이성계의 막료幕僚(정책 보좌관)가 된다.
1391년 벼슬이 정당문학政堂文學(행자부 장관)에 이르지만 구세력의 우두머리 정몽주의 탄핵으로 다시 고향 봉화로 유배. 정몽주가 살해당하자 유배에서 풀려나 조선 개국공신이 된다. 조선의 도읍 한양의 도시설계를 주도하고 척불숭유斥佛崇儒(불교를 물리치고 유교를 숭상)를 국시國是(국가의 기본 정책)로 삼게 해 유학의 발전에 공헌.
1398년 이성계의 셋째아들 이방원이 제 1차 왕자의 난을 일으켜 왕세자 이복동생 이방석을 살해하고 이방석의 후견인이던 군총사령관 정도전도 함께 참수.

"한양漢陽 어떠냐?"

"무슨 뜻인지요?"

"햇볕 잘 드는 따뜻한 동네."

그래 서울은 한양이 된다.

"야, 누가 왕궁 이름을 경복궁이라고 지었냐?"

"정도전이 했는디유."

"무슨 뜻이래냐?"

"군자가 영원토록 큰 복을 누리리라."

"군자君子가 나냐?"

"그러하옵니다."

"나를 전하라 부르잖냐?"

"행실이 점잖고 어질며 덕과 학식이 높은 사람을 군자라고 하니 같이 쓰시죠 뭐."

"그럼 나 맞네. 어디서 베꼈대냐?"

"〈시경詩經〉의 '군자만년 개이경복 君子萬年 介爾景福'에서 끝의 두자만 베낀 걸로 아옵니다."

"자식들 눈치는 빨라 가지고. 〈시경〉이 누가 엮은 책이더라. 요새 나이가 들어 자꾸 깜박깜박하네."

"공자 선생께서."

"아 참, 그렇지."

"저 2층짜리 전각은 이름이 뭐냐?"

정도전 가라사대.

"근정전勤政殿과 근정문勤政門에 대하여 말하오면, 천하의 일은 부지런하면 다스려지고 부지런하지 못하면 폐하게 됨은 필연의 이치입니다. 작은 일도 그러하온데 하물며 정사와 같은 큰일이겠습니까? 〈서경書經〉에 말하기를, '경계하면 걱정이 없고 법도를 잃지 않는다.' 하였고, 또 '편안한 것만 가르쳐서 나라를 유지하려고 하지 말라. 조심하고 두려워하면 하루 이틀 사이에 일만 가지 기틀이 생긴다. 여러 관원들이 직책을 저버리지 말게 하라. 하늘의 일을 사람들이 대신하는 것이다.' 하였으니, 순임금과 우임금의 부지런한 바이며, 또 말하기를, '아침부터 날이 기울어질 때까지 밥 먹을 시간을 갖지 못해 만백성을 다 즐겁게 한다' 하였으니, 문왕文王의 부지런한 바입니다.

임금의 부지런하지 않을 수 없음이 이러하니, 편안하게 봉양하기를 오래 하면 교만하고 안일한 마음이 쉽게 생기게 됩니다. 또 아첨하고 아양 떠는 사람이 있어서 이에 따라서 말하기를, '천하에서 나랏일로 자신의 정력을 소모하고 수명을 손상시킬 까닭이 없다.' 하고, 또 말하기를, '이미 높은 자리에 있는데 어찌 혼자 비굴하게 노고를 하겠는가?' 하며, 이에 혹은 여악女樂으로, 혹은 사냥으로, 혹은 구경거리로, 혹은 토목土木일 같은 것으로써 무릇 황음무도荒淫無道 주색에 빠져 사람으로서 마땅히 할 도리를 돌아보지 않음 한 일을 말하지 않음이 없으니, 임금은 '이것이 나를 사랑함이 두텁다.' 하여, 자연으로 태만해지고 거칠어지게 되는 것을 알지 못하게 되니, 한漢, 당唐의 임금들이 예전 삼대三代 때만 못하다는 것이 이것입니다. 그렇다면 임금으로서 하루라도 부지런하지 않고 되겠습니까?

그러나 임금의 부지런한 것만 알고 그 부지런할 바를 알지 못한다면, 그 부지런한 것이 너무 복잡하고 너무 세밀한 데에만 흘러서 볼 만한 것이 없을 것입니다. 선유先儒들이 말하기를, '아침에는 정사를 듣고, 낮에는 어진 이를 찾아보고, 저녁에는 법령을 닦고, 밤에는 몸을 편안하게 한다.'는 것이 임금의 부지런한 것입니다. 또 말하기를, '어진 이를 구하는 데에 부지런하고 어진 이를 쓰는 데에 빨리 한다' 했으니, 신은 이로써 이름 하기를 청하옵니다."

"아빠, 경복궁의 면적은 얼마나 돼?"

"10만 평."

"그럼 중국의 자금성은!"

겨레의 집

"22만 평."

"왜 우리 왕궁은 이렇게 작아!"

"크다고 무조건 좋은 건 아니야. 우리 조선의 왕들은 '검소하지만 누추하지 않고, 화려하지만 사치하지 않는다. 검이불루 화이불치 儉而不陋 華而不侈.' 조선의 가장 위대한 철학이야. 외워라."

"평계 아니야?"

"아냐. 너 독립기념관 가봤지?"

"응."

"그 중앙에 기와지붕 얹은 겨레의 집 있지?"

"응."

"그 문은 중국의 천안문보다 커. 그렇다고 우리가 중국보다 커지는 건 아니지."

"알았어. 검이불루 화이불치."

"아빠, 이성계의 본관本貫 개인의 시조가 태어난 곳 이 어디야?"

근정전 측면

"전라북도 전주."

"근데 왜 북한에 살았어?"

"1250년 이성계의 할아버지 이안사가 관청의 접대부인 관기와 사랑에 빠졌다가 포도청에 발각됐어. 조선시대의 경찰서가 포도청인 건 알지?"

"응."

"감옥 가게 생기자 고려의 동북면지금의 북한 함경도 지방 으로 야반도주해서 당시 이곳을 점령하고 있던 몽골군에 투항. 함경도를 통치하는 몽골의 관리가 된 거야."

"아빠, 몽고 요즘 잘 살아?"

"몽고라고 부르면 안 돼. 몽고는 우리가 일본을 왜놈이라고 비하하듯이 중국이 몽골을 비하해 부르는 말이야."

"알았어."

"지금 몽골은 아주 가난해."

"왜 못살아!"

"중국의 등쌀에 1947년 무력으로 내몽골이 중국 땅이 되면서 완전 쇠락의 길로 접어든 거야."

"그럼 몽골도 우리나라처럼 두 개로 갈라져?"

"응. 내몽골과 외몽골로. 인구 2,300만 명의 내몽골이 중국 땅이 되면서 240만 명의 외몽골은 완전 왕따."

"수백 년 동안 우리나라를 못 살게 굴더니 일장춘몽一場春夢 인생의 부귀영화도 봄날에 꾼 꿈 이네."

그로부터 100년이 흘러 이안사의 증손자 이자춘은 다시 조국 고려에 투항. 이제 함경도를 고려에 바치고 이곳 총사령관이 된다. 이분이 바로 조선을 건국한 이성계의 부친. 뛰어난 칼잡이로 용맹을 떨치던 이성계는 1388년 명나라를 도와 요동을 정벌하라는 명령을 받고 4만 명의 군대를 이끌고 북진. 엄청난 장마를 만나 압록강을 건너기는 역부족. 먹을 것도 없고. 위화도에서 말을 돌린다.

중국 요동성 가서 죽나, 고려의 수도 개성 가서 쿠데타하다 죽나 매한가지. 이판사판.

"아빠, 이판사판理判事判이 뭐야?"

"절에서 도만 닦는 스님은 이판승. 돈 걷어 절을 관리하시는 스님은 사판승. 돈을 안 만질 수도 만질 수도 없는 상태의 스님의 어려움을 빗대 막다른 궁지에 몰린 상태를 이판사판이라고 하는 거야."

역성혁명에 성공한 이성계는 고려의 마지막 왕 공양왕 몰아내고 1392년 조선 건국.

"역성혁명易姓革命이 뭐야?"

"고려 왕들의 성은 뭐니?"

"왕건의 후손들이니까 왕 씨겠지."

"조선 왕들의 성은?"

"이성계의 후손들이니까 이 씨겠지."

경복궁 교태전 조선 태조가 건국한 지 3년 후인 1394년 경복궁의 역사와 더불어 창건했으나 화재로 소실. 1555년 다시 지었으나 역시 임진왜란 때 소실. 현재의 건물은 1869년 창건한 것. 음양이 조화를 이루고, 남녀가 서로 만나 교통해 아들을 생산하는 집.

"왕의 성이 왕 씨에서 이 씨로 완전히 바뀐 걸 역성혁명이라고 하는 거야."

"아빠, 도대체 대한민국에 이 씨는 몇 개나 돼?"

"21개."

"제일 많은 이 씨는?"

"260만 명의 전주 이 씨."

"그럼 우리 광주廣州 이 씨는 몇 등이야?"

"15만 명으로 5등."

"나라 이름이 왜 조선朝鮮이야?"

"기원전에 북한과 중국 요동 근처에 존재했던 대한민국 최초의 국가 체제 이름이 고조선古朝鮮이었던 건 알지?"

"응."

"웅대했던 고조선의 정신을 계승하려고 지은 이름이야."

"광화문光化門은 뭔 뜻이야?"

"왕의 큰 덕德이 온 나라를 비춘다."

"근데 왜 다 뜯었어?"

"한국전쟁 때 소실된 걸 1969년 복원하면서 돈이 없어 콘크리트로 지었걸랑. 위치도 좀 틀어졌고. 그래 목구조로 다시 복원할 거야."

잡지사에서 전화가 왔다. 광화문 이전작업을 총지휘하고 있는 도편수 신응수를 인터뷰해서 글을 써달란다. 경복궁 현장사무실에서 기다리고 있는데 신 선생이 들어오신다. 자그마한 키에 인자하신 얼굴. 나도 한 때 수십 채 지어본 경험으로 현대건축 목수들을 많이 봐왔지만 분위기가 다르다.

건축평론가 이용재입니다. 그래요! 전 신응수라고 합니다. 악수하는 손이 의외로 따뜻하다. 대개 목수들은 군살 박힌 차가운 손인데. 20년 전에 망치 놓으셨단다. 1941년 충북 청원군 오창면 성재리에서 구 남매 중 여덟 째로 태어나신다. 아버님은 농부고. 그럼 이건 뻔한 스토리. 매년 보릿고개다. 우리 아버님은 군인이셨다. 그래 난 쌀밥 먹고 자랐다. 신 선생은 꽁보리밥 드셨고. 그래 난 택시기사를 하면서 이제야 고생하는 거고 신 선생은 도편수가 돼 편안하게 사는 거다. 억울하냐고? 아니. 그냥 그런 거다. 그래 젊었을 때 고생은 사서도 한다고 하는 거다.

병천 중학교 마치고 서울로 무작정 상경. 17살에 사촌형한테 망치질을 배운다. 28살에 천안 아가씨와 결혼. 2남 3녀를 둔다. 1년 365일 중 300일은 전국을 떠돈다. 휴대폰도 없던 시절. 서울의 부인과는 편지로 필담을 나누고. 출산일이 다가온 부인의 편지가 없으면 그건 딸 낳았다는 거다.

1960년 우리 시대의 명인 이광규 도편수의 문하생이 되고. 불국사로 내려간다. 일당 1,500원. 은행에 지로라는 게 없던 시절. 월급 받으면 스승의 우체국 통장에 입금. 집에 언제 간다는 보장이 없다. 6개월 만에 집에 가면서 스승한테 돈 받아 부인 갖다 준다. 그럼 부인은 쌀독에 숨겨놓고 생활하고.

이광규의 스승 조원재가 남대문 보수공사 도편수로 선정된다. 워낙 중요한 프로젝트라 대한민국 최초로 국가에서 직접 두둑한 월급을 목수들에게 지불한다. 그래 조 선생은 염천교 지나 애고개 건너 마포 자택으로 걸어가면서 계속 막걸리 드시다 월급 다 날린다.

1975년 대목으로 독립. 1982년 청와대 영빈관인 상춘제 도편수로 지명된다. 12월 한겨울에 30여 명 목수들과 함께 6시 반 청와대로 출근. 주어진 공사기간은 4개월. 원래 땡전 성격이 좀 급하다. 그것도 한겨울에. 아침참부터 저녁참까지 다섯 끼 전부 도시락 배달. 음주 금지. 밤 10시 퇴근. 휴일 없고. 옆에는 권총 찬 경호원들이 따라 다니고. 대한민국 역사상 이렇게 빨리 완공된 한옥이 없다. 그래 준공 후 모든 목수들은 청와대 만찬에 초대돼 일동 막걸리 실컷 얻어먹고 표창장도 받는다.

한옥은 적송으로 짓는다. 좋은 적송을 구하는 사람이 좋은 건축을 하는 거다. 스트레스다. 1980년대 초반 강원도의 적송 많은 산 50만 평이 매물로 나왔다. 소유주는 한국석탄공사. 입찰자는 신응수 달랑 혼자다. 아파트 짓지 못하는 땅이라 손님이 없는 거다. 그래 평당 1,300원에 구입. 싸다. 이 소나무 산에 큰아들이 제제소를 차린다. 그래 최고의 엄선된 적송이 가장 싼값에 신 선생 현장에 속속 도착한다. 선견지명先見之明 어떤 일이 일어나기 전에 미리 앞을 내다보고 아는 지혜 이 있다. 그래 신 선생은 대한민국 최고의 자리에 오르게 되는 거다. 자동차 만드는 회사가 최고의 이윤을 내려고 자동차용 철판 만드는 공장을 차리는 것과 같은 이치다. 이걸 이미 20여 년 전에 신 선생은 알고 있었다.

1991년 드디어 중요 무형문화재 기능보유자가 된다. 이제 53살. 문화재청에서 매달 1백만 원의 품위 유지비가 나온다. 갑근세도 안 뗀다. 이제 대한민국 최고의 명품 경복궁 보수공사의 도편수다. 지금 17년째 경복궁 후원 현장에 상주한다. 김대중 대통령으로부터 대한민국 역사상 목수로서는 최초로 옥관 문화훈장도 받는다. 이제 국가도 대목을 인정한다. 대한민국 대목 중 무형문화재는 몇 명일까요? 3명이다.

전두환 (1931–) 경남 합천 생. 1980년 광주민주화운동을 강제 진압하고 정권 장악한 군인. 1981년 체육관 선거로 제 12대 대통령 취임. 재임 시절 공영방송인 KBS 저녁 9시 뉴스는 매일 이렇게 시작했다. 9시를 알려드리겠습니다. 뚜 뚜 뚜 땡 전두환 대통령은 오늘 청와대 화장실에서 용변을 봤습니다 로 시작. 7년 동안. 그래 우린 전두환의 호를 땡전으로 작명하고 안주거리를 삼았다.

그럼 선생님은 한옥에서 살까요? 아니다. 아파트에서 산다. 퀴즈. 대한민국 최고의 대목 신 선생은 운전면허 있을까요? 참 궁금해 여쭤봤다. 1982년 면허다. 처음 자가용이 포니 2였단다. 한복에 수염을 길게 기르시고 걸어다닐 거라는 나의 소박한 꿈은 산산이 무너졌다. 대목도 대한민국의 평범한 샐러리맨과 다름없는 삶을 산다. 그럼 선생님, 대한민국 최고의 건축물은 뭡니까? 명함을 주신다. 명함 전면의 사진은 근정전이고. 아, 예.

그럼 꿈이 있으시다면? 한옥박물관 짓는 거란다. 수백억 짜리. 지금 청주에 땅을 알아보고 계신다. 아니 선생님 한옥 직접 지어서 살아 보지 않으실 겁니까? 남의 것만 지어 주지 말고. 한옥박물관 옆에 지을 거예요. 왜 그런 말 있잖냐. 스님이 자기 머리 못 깎는다고. 젊은이들이 목수하겠다고 구름처럼 모여든다. 취직 어려우신 분은 경복궁에 가보세요. 돈도 벌고 아트도 하고 훈장도 받고 좀 좋습니까. 미국 뉴욕에 절을 짓고 있답니다. 인터뷰가 끝나고 인물 촬영을 위해 현장으로 나갔다. 아니 선상님, 이 적송 하나 가격이 얼맙니까? 두께 36밀리미터 길이 8미터 적송의 가격은 자그마치 하나에 300만 원. 이걸 말리는데 만 1년 6개월 걸리고. 그늘에서 말려 다 터지고 갈라질 때까지 기다리는 거다. 그래 좀 비싸다. 정말 세상엔 쉬운 일이 없다. 난 택시나 해야것다.

교태전 후원 아미산

수덕사 대웅전

마음과 덕을 닦는 건축

홍주마을에 수덕이란 도령이 있었다.

"아빠, 도령이 뭐야?"

"아직 결혼하지 않은 총각."

수덕도령은 어느 날 사냥을 나갔다가 몸짱, 얼짱의 낭자 발견. 뿅 간다.

"방자야, 저 낭자가 누구냐?"

"건넛마을 사는 덕숭낭자이옵니다."

뭐라. 작업 들어간다. 낭자는 조건을 걸었다. 절 하나 지어 주면 결혼함. 좋다. 절 짓기 시작. 절 준공식. 화재. 전소. 아직 마음을 비우지 못한 거다. 뭐야 이거. 목욕재계 후 다시 절 짓기 시작. 준공식. 화재. 전소. 아직도 욕심을 버리지 못한 거다. 장난 아니군. 다시 절 짓기 시작. 이제 다 버렸다. 완공. 결혼. 어라, 낭자가 손도 못 대게 하네.

뭐야 이거. 낭자를 강제로 끌어안자 뇌성벽력. 어라, 낭자 어디 갔지. 버선 한 쪽만 남아 있고. 낭자는 관음보살의 화신. 그래 이 절은 수덕도령의 이름을 따 수덕사가 되고 산은 덕숭낭자의 이름을 따 덕숭산이 됐다나 뭐래나.

"딸아, 수덕사 가자."

"아빠, 왜 절 이름이 수덕修德이야?"

"마음과 덕을 닦는 절이라서."

중국 진나라에서 건너 온 인도승 마라난타가 백제에 불교를 전파하자 597년 지명법사가 수덕사 창건. 지명知命. 명命을 안다. 세군.

"아빠, 법사法師가 뭐야?"

"중생을 이끄는 불법에 정통한 높은 스님."

"중생衆生은 뭔데?"

"인간을 포함한 생명을 가진 모든 생명체."

이렇듯 불교는 모든 생명체를 사랑한다. 그래 스님은 돼지고기나 닭고기 같은 생명체를 먹어서는 안 된다. 풀만 가능. 1308년 대한민국 최고의 명품 대웅전이 건립된다.

마라난타 마라난타는 백제 땅에 불교를 처음 전파한 파키스탄 간다라 지방 출신의 스님. 마라난타는 브라만 계급 출신으로 생의 앞날이 보장돼 있었지만 스님이 되어 구도의 길에 나선다. 백제 침류왕 원년인 384년 영광군에 도착한 마라난타 스님은 왕의 지원 아래 백제에 불성을 전파한다. 지금 영광군은 마라난타 불사 건립에 나서고 있다.

수덕사 대웅전 修德寺 大雄殿 고려 충렬왕 34년(1308년)에 지은 대웅전은 백제 계통의 목조건축 양식을 이은 고려시대 건물로, 건립 연대가 분명하고 형태미가 뛰어나 한국 목조건축사에서 매우 중요한 문화재. 앞면 3칸, 옆면 4칸 크기이며, 지붕은 옆면에서 볼 때 사람 인자 모양을 한 맞배지붕으로 꾸몄다. 국보 제49호.

"아빠, 대웅大雄이 뭐야?"

"위대한 영웅인 석가모니."

지구사령관인 석가모니는 현실에 관여하지 않는다. 그저 담대하게 바라볼 뿐. 지구 돌리느라 워낙 바쁘기도 하시고.

"아빠, 그럼 몸 아픈 사람이 대웅전에 들어가서 병을 낫게 해달라고 해도 소용없는 거야?"

"응. 들은 척도 안 하셔."

"그럼 어느 방에 들어가서 빌어야 되는 거야?"

"병 고쳐주시는 부처님인 약사불이 앉아 계신 약사전."

1592년 왜군이 쳐들어온다. 열 받은 스님들이 승병을 조직해 왜군과 붙었다. 죽이고 살리고. 그래 수덕사는 전부 불에 타고 대웅전 한 동만 살아남는다. 불행 중 다행.

"아빠, 스님이 사람 죽여도 되는 거야?"

"불법을 지키기 위한 살상은 봐줘."

스님이 되면 5가지 계율戒律 불자가 지켜야 할 규범 을 따라야 한다.

1. 사유재산을 모으지 않고 걸식하며 살아간다.

2. 번뇌, 망상을 깨뜨려버린다.

3. 탐욕과 분노와 무지無知로 불타고 있는 집에서 뛰쳐나와 해탈解脫

모든 속박으로부터 벗어나 자유롭게 되는 상태 의 자리에 머무른다.

4. 계율을 청정淸淨하게 지킨다.

5. 외도外道와 악마를 두렵게 여긴다.

1984년 수덕사는 덕숭총림이 된다. 수덕사는 차령산맥 끝자리의 덕숭산에 자리하고 있어 앞에 덕숭이 붙었고.

스님이 되는 방법 보자. 우선 행자 생활 6개월. 설거지만 6개월. 찬물에 손등 터지며 결심해야 된다. 계속 갈 건지 말 건지. 싫으면 나가면 되고. 붙잡는 사람도 없고 ㄱ릇 잘 닦으면. 마음 잘 닦으면 이제 사미승.

"아빠, 사미승이 뭐야?"

"불문에 든 지 얼마 안돼 불법에 미숙한 어린 남자 수행자."

4년간 교육 받는다. 그럼 구족계 준다.

"구족계가 뭔데?"

"스님이 평생 지켜야 할 계율."

이제 비로소 스님. 체발. 머리와 수염을 깎고 속세와의 인연을 끊어버린다.

절에 들어갈 때 처음 만나는 문이 일주문이다. 기둥이 하나인 문이라는 뜻일까! 아니다. 부처님을 향한 모든 진리는 하나라 하여 일주문이다. 이 문을 들어서면 이제 이곳은 대한민국이 아니다. 부처님의 땅.

일주문 지나면 금강문. 보통 절에는 일주문, 사천왕문, 불이문 세 개의 문이 있는데 수덕사는 특이하게 하나의 대문을 더 갖고 있다. 부처님 경호원인 금강역사가 머무르는 곳. 부처 우측에 있는 이가 나라연금강으로 힘이 장사다. 좌측에 있는 이는 밀적금강으로 지혜의 무기인 금강저를 들고 부처를 경호한다.

다음은 1992년 새로 지은 황하정루. 부처님의 정신이 큰 강이 되어 흐르는 누각. 이제 이 절의 중심에 2000년 금강보탑이 새로이 만들어진다. 1988년 스리랑카에서 수입해 온 석가모니의 전신사리를 이곳에 모신다.

"아빠, 전신사리가 뭐야?"

"참된 불도 수행의 결과로 생긴 구슬 모양의 석가모니 유골. 다비茶毘 화장 하기 전의 전신사리全身舍利와 다비 후의 쇄신사리碎身舍利로 분류."

전면에 드디어 대웅전. 나이가 벌써 700살이 넘어 가고. 대웅전 전면 보자. 세 칸. 왜 세 칸일까? 중앙에 부처님이 드나드시는 문을 만들기 위해 그렇다. 일반 중생이나 스님조차도 이 문을 사용하면 안 된다. 우측 문으로 들어갔다가 좌측 문으로 나온다.

세 칸인 두 번째 이유는 홀수가 양이고 짝수는 음이라서 그렇다. 태양의 숫자가 양이고 달의 숫자가 음. 그래 우리 건축은 3, 5, 7의 홀수를 선호한다. 따뜻한 태양의 건축.

이 대웅전의 가장 큰 자랑은 주심포건축의 아름다움을 보여준다는 점. 주심포건축이 뭘까! 당시 지붕은 경사진 목구조에 합판 깔고 진흙 올리고 그 위에 또 무거운 기와를 얹어야 하기 때문에 엄청나게 무거웠다. 이 엄청난 무게의 지붕을 가냘픈 나무기둥이 들고 서 있기에는 구조적으로나 시각적으로 무리. 그래 지붕과 기둥 사이에 스프링을 끼워 무게를 가볍게 한다. 이 스프링을 당시에는 공포라고 했다. 이를 서양에서는 오더라고 하고. 기둥과 지붕 사이에 스프링이 하나면 주심포건축. 이 스프링이 여러 개 사용되면 다포건축.

기둥을 자세히 보면 기둥 중간이 배불뚝을 하고 있다. 기둥 위에서 중간으로 가면서 기둥배가 불렀다가 땅으로 내려가면서 다시 기둥이 가늘어진다. 이를 배흘림이라고 한다. 서양에서는 이를 엔타시스라고 하고. 왜 그랬을까! 시각 교정 때문이다. 멀리서 보면 기둥 중간이 홀쭉하게 보이는 걸 방지하기 위한 과학적인 기술.

대웅전 좌측에 명부전. 명부전은 지장보살을 모시고 죽은 이의 넋을

인도해 극락왕생하도록 기원하는 전각. 대웅전 아래 좌우측에 청련당, 백련당. 스님들이 주무시는 요사채. 청련당 아래 조인정사는 사무실이고. 그 옆에 법고각. 법고, 목어, 운판, 범종을 모신 곳.

새벽 3시 예불 때 스님은 이 4물을 순서대로 친다.

1. 법을 전하는 북인 법고는 가축이나 짐승을 깨운다.

2. 물고기 모양의 나무로 만든 목어는 물고기를 깨우고.

3. 구름 모양의 얇은 청동판인 운판은 새를 깨우고.

4. 범종은 지옥에서 고통받고 있는 중생의 고통을 덜어 준다. 저녁예불 때 이를 다시 치면 전부 취침.

불교에서 종은 번뇌를 벗어나 지혜를 깨닫게 해 준다. 수덕사의 범종은 무게가 3.9톤이나 되고 높이가 2.7미터, 둘레가 4.5미터. 한 번 치면 소리가 2분 30초 동안 울리고, 멀리 12킬로미터 떨어진 곳에서도 이 소리를 들을 수 있다.

둥 둥 둥. 인간들은 들으라. 제발 거짓말 좀 고만해라. 내가 보고 있다. 그래도 할래? 그럼 다친다. 언젠가는.

"아빠, 수덕사 앞의 저 초가집은 뭐야?"

명부전冥府殿 명부란 염마왕이 다스리는 유명계를 통틀어 이르는 말이고, 명부전은 지장보살을 모시고 죽은 이의 넋을 인도해 극락왕생하도록 기원하는 전각. 지장보살을 주불로 모신 곳이므로 지장전이라고도 한다. 지장보살은 도리천에 살면서 미륵불이 성불하여 중생을 제도하는 용화삼회를 열 때까지 중생을 구제하는 보살. 명부전은 대개 대웅전 오른쪽 뒤에 자리한다.

"수덕여관."

1967년 이응노 앞으로 초청장이 한 장 왔다. 멀리 이국에서 대한민국의 미술 혼을 펼치느라 얼마나 고생이 많습니까. 청와대 와서 식사나 하고 가시죠. 뻥이었지만 순진한 예술가 34명은 고국 가는 비행기에 몸을 싣는다. 고국이 보고 싶은 거다. 공항에서 바로 안기부로 끌려갔다. 이미 64세의 이응노는 돌아버렸다. 너 김일성하고 친하지? 전 그림밖에 모르는디유. 그래? 물고문 시작. 조강지처를 버린 죗값. 난 뜨더라도 이혼하지 말아야지.

64세의 백발노인은 눈물로 호소한다. 아들이 살아 있다는데 그럼 어쩌냐. 모른 척하란 말이냐. 조영수 사형, 윤이상과 이응노 무기징역, 이응노는 대전교도소로 들어간다. 이를 간다. 두고 보자. 본처 박귀옥이 대전 교도소를 찾았다. 젊은 부인은 무서워서 파리 체류 중. 빨간 딱지가 붙었으니. 애기 아빠, 안녕하셨지라우. 미안하네. 매일 수덕여관에서 대전 교도소로 출근 도장. 순애보. 눈물은 이미 마른 지 오래고.

여론이 안 좋다. 1969년 집행유예로 석방. 이응노는 11년 만에 수덕여관을 찾았다. 너무 미안하군. 매일 전복죽이 밥상에 올라온다. 조강지처는 말이 없고. 뭐 이럴 수 있습니까 라든가, 너 죽고 나 죽자라든가. 이미 박귀옥 여사는 도인. 미안한 이응노는 뒷마당 바위에 글을 새긴다. 여보, 미안하오가 아니라. "이 그림 속에 삼라만상 우주의 모

윤이상 (1917–1995) 경남 충무 생. 17세 때 일본으로 유학. 작곡 전공. 1956년 유럽으로 유학을 떠나 파리 음악원에서 음악이론과 작곡 전공. 1962년 관현악곡〈바라婆羅〉가 베를린 라디오 방송관현악단에 의해 초연. 1963년 북한 방문. 1967년 동베를린 간첩단 사건으로 귀국. 무기징역 선고. 1969년 독일 정부의 도움으로 석방. 복권이 이루어진 1994년 한국에서 열린 윤이상 음악축제에 참석하려 했지만, 한국 정부와의 갈등으로 끝내 귀국하지 못했다. 독일연방공화국대공로훈장, 괴테메달 등을 수상했다.

든 이치가 다 들어 있다." 이 무슨 귀신 씨나락 까먹는 소리인가.

"아빠, 씨나락이 머야. 많이 듣긴 들었는데."

"다시 벼농사를 지을 때 볍씨로 쓰기 위해 남겨둔 벼. 씨나락 까먹으면 내년 벼농사 불가."

11년간 여관 운영하면서 독수공방獨守空房 혼자서 빈방을 지킨다 한 대가가. 1년간 교도소 출근한 대가가. 삼라만상이 뭐라고나. 그림이나 몇 점 주고 가지. 그냥 간다.

여권이 나왔다. 비행기 탄다. 박귀옥 여사는 가타부타 말이 없다. 안녕히 가세유. 몸 건강하시고요. 이 그지 같은 나라. 다시는 오나 봐라. 이제 이응노는 1960년대의 서예추상에서 문자추상으로 간다. 세상이 싫다. 더구나 조국이 그를 주워 팼으니.

1980년대 들어 군상 연작으로 간다. 이제 대한민국 안 간다. 갈까. 1989년 꿈에 그리던 귀국전 준비 중 급서. 파란만장.

박귀옥 여사는 장례식 불참. 오라는 사람도 없고. 너무하는군. 갈 명분도 없고. 이혼녀. 그냥 여관 마룻바닥 닦는다. 박박. 2001년 눈을 감는다. 사인? 가슴이 시커멓게 탔음. 묻어 줄 사람도 없고. 뭐야 이거. 동네장. 수덕여관 문 닫는다. 폐허. 이제 다 간 거다.

2007년 대전시는 수십억 투자 이응노미술관 개관. 2007년 수덕사가
수덕여관 사들여 리노베이션. 초가집. 회한. 이응노전. 개관기념식
끝나면 템플스테이 도장으로 활용 예정. 우리 시대 가장 여러분, 조강
지처 버리지 마서유. 보셨죠. 혼납니다.

박귀옥 여사 묘지는 어딨나. 가봐야것다. 소주 한 잔 올려야지. 할머
니, 고생하셨습니다. 할머니 편히 주무세유. 저 같은 놈들에게 큰 가
르침을 주셨잖습니까. 전 이응노화백의 그림보다 할머니의 정절이
더 좋아유.

수덕여관

법주사 팔상전

항상 살아 움직이는 건축

정숙

의신대사 인도로 넘어가 경전 구입. 나귀 타고 귀국. 귀국 기간 2년.
세월은 가고. 나무아미타불. 나도 가고.

"아빠, 세월歲月이 뭐야?"

"해가 뜨고 달이 지는 거. 시간이 흘러가는 구나."

경전 하나 달랑 들고 속리산 찾아 553년 법주사 창건.

"아빠, 왜 절 이름이 법주法住야?"

"법이 안주할 수 있는 탈속의 절이라."

"탈속脫俗이 뭔데?"

"속세를 벗어나는 거."

"속세俗世가 뭔데?"

"나쁜 세상."

"그럼 우린 나쁜 세상에 사는 거야?"

"응. 그래 속세를 사바세계라고 하는 거야."

"사바세계娑婆世界가 뭔데?"

"참고 살아야 하는 세상."

"왜 세상이 나쁜 거야? 난 좋던데."

"그런가. 아님 말고."

살아 봐야 알겠지. 784년 진표대사 속리산 입구 도착. 밭을 갈던 소들이 무릎을 꿇었다. 스님, 저희 좀 델고 가주세유. 만날 밭일 시키다

일주문

가 힘이 없어지면 인간들이 잡아먹네유. 그래 가자. 이를 지켜보던 농부들도 무릎을 꿇었다. 뭐라, 소들이 다 법주사로 들어간다고나. 그럼 나보고 밭 갈라고. 난리가 났다.

난 미륵불을 모시겠다. 왜 꼭 석가모니만 모시냐! 누굴 주불로 모실지는 스님 맘.

금강문

"아빠, 미륵이 누구더라? 저번에 듣긴 들었는데."

인도 생. 석가모니의 교화를 받으며 수도. 도솔천으로 올라간다. 나
이 세상 싫어.

"도솔천兜率天이 뭐야? 온천인가."

"미륵이 사시는 세상. 욕계 6천중 제 4천."

"욕계欲界는 또 뭐야?"

"저번에 얘기해 줬는데. 이 세상은 3가지로 나눠
져 있걸랑. 욕심의 세계인 욕계, 욕계에서 벗어난
깨끗한 물질의 세계인 색계, 욕심도 없고 물질도
없는 무색계. 반복 학습."

"그럼 우린 욕계에 사는 거야?"

"응."

"아빠는 색계에 가는 게 꿈이지?"

팔상전 현판

"아니. 아무 생각 없어."

"미륵은 언제 내려오신데?"

"57억 년 후에."

"그럼 나하고 상관없네?"

"응. 안 오실지도 몰라. 도솔천의 물이 너무 좋아서."

"비겁하다. 그지."

"인간을 구할 방법이 없어서 그래."

팔상전.

"아빠, 왜 건물 이름이 팔상이야?"

"부처가 중생을 제도하려고 이 세상에 나타내 보인 모습相이 여덟 개 걸랑."

1. 강도솔상降兜率相 인간을 구제하기 위해 도솔천에서 하강하는 모습

2. 입태상入胎相 흰 코끼리를 타고 와서 마야부인의 왼쪽 옆구리로 들어가 잉태되는 모습

3. 주태상住胎相 모태에 머물러 있는 기간 동안의 모습

4. 출태상出胎相 4월 8일 마야부인의 오른쪽 옆구리로 출생하는 모습

5. 출가상出家相 29세에 왕궁에서 나가서 산에 들어가 도道를 구하는 모습

금강문에서 바라본 팔상전

6. 성도상成道相 6년 동안 수도를 하고 35세에 보리수 아래서 성불하신 모습

7. 전법륜상轉法輪相 45년간 설법하면서 인간 세상을 널리 제도하는 모습

8. 입열반상入涅槃相 80세에 사라쌍수 아래서 열반에 들어간 모습

"아빠, 법륜이 뭐야?"

"진리의 말씀을 전하다."

"근데 왜 진리에다 바퀴를 붙인 거야?"

"진리는 항상 살아 움직이걸랑."

"근데 왜 옆구리로 들어갔다가 나오는 거야?"

"모름. 단 딸아, 지혜를 등불로 살아가라."

누구 아시는 분 없나요? 이제 벅참. 죽것음. 먹고 살자고 이 짓을 계속해야 되니. 부처님이 여러 사람 먹여 살리는군. 고맙습니다. 근데 딸의 등불이 꺼지면 어쩌지. 내 등불은 이미 꺼졌고.

1597년 정유재란. 왜놈들 전략회의.

"야, 왜 까까중들이 칼 들고 설치냐. 승병의 요충
지가 어디냐?"

팔상전 처마

연등에 파묻힌 팔상전

"법주사인디유."

"다 불 질러. 까불고 있어."

법주사 완전 전소. 흔적도 없이. 1602년 사명대사가 법주사를 찾았
다. 팔상전 다시 지어라. 내 이것들을. 사명대사1544-1610. 본관 풍천.
호 사명당四溟堂 바다에 떠 있는 집 1561년 승과에 급제. 서산대사의 법을
이어받았다. 1593년 승군도총섭僧軍都攝攝 스님 총사령관 에 올라 도원수
권율과 의령에서 왜군 격파.

"아빠, 스님이 전쟁도 해?"

"불법 지켜야 되걸랑."

그래 사명당의 법명은 아예 유정惟政이다. 정사를 생각한다. 1602년
중추부동지사 中樞府同知使 종2품의 군사령관. 1604년 국왕의 친서를 휴대
하고, 일본에 건너가 도쿠가와 이에야스를 만나 강화를 맺고 조선인

포로 3,500명을 인솔해 귀국. 1626년 팔상전 완공. 국보 제 55호. 정사각형의 돌로 만든 기단부 위에 목조로 5층 탑신부를 쌓고 지붕 꼭대기에는 쇠붙이로 만든 상륜부 설치. 높이 22.7미터. 대한민국에서 유일한 5층 목조건축물. 기단은 돌로 낮게 2단을 쌓고, 그 위에 갑석甲石 돌로 만든 갑옷 을 얹었으며 4면에 돌계단이 있다. 지붕의 처마를 받치고 있는 공포는 층마다 공포 양식이 다르고. 장난이 아니군. 도대체 이 팔상전의 설계자는 누구일까! 이름을 남기지 않았으니 알수도 없고.

법주사 원통보전 圓通寶殿 1624년 벽암선사가 중건. 관세음보살 봉안. 지붕 정상부에 절병통節瓶桶 (기와로 된 항아리 모양의 장식)을 얹은 정면, 측면 3칸의 아담한 건물. 중앙에서 4면으로 똑같이 경사가 진 사모지붕이 특징. 보물 제 916호.

"아빠, 왜 건축가 이름을 밝히지 않는 거야? 건물에 써 놓으면 되잖아."

"군자는 이름을 함부로 쓰는 게 아니걸랑."

"큰 스님, 우째 인생을 살아가야 되남유?"

사명당 왈.

답설야중거 踏雪野中去 비록 눈이 내린 들판을 가더라도

불수호난행 不須胡亂行 발걸음을 흩뜨리지 말지니

금일아행적 今日我行跡 오늘 내가 가는 길은

수작후인정 遂作後人程 바로 뒤에 오는 사람들에게 이정표가 될 것이니라

"눈길을 걸을 때 함부로 밟지 마라. 자녀들이 보고 있다. 술을 먹었
더라도 비틀거리지 마라."

"아, 예."

"아빠, 팔상전은 왜 5층인 거야?"

"단층이야. 지붕만 5개. 다 뚫려 있어. 진리가 뚫려 있듯이."

난 팔상전을 돌고 돌았다. 석가모니는 왜 오셨을까. 왜 가셨을까. 난
왜 왔을까. 언제 갈까. 딸은 왜 왔을까. 딸이 가면 어쩌지. 팔상전은
건축이 아니다. 지혜의 등불이다. 내가 돌고 있는 게 아니다. 지구가
돌고 있다. 왜 돌까.

1361년 머리에 붉은 두건을 두른 홍건적 10만 명 고려 침공. 공민왕
안동으로 도망. 1362년 개경 수복. 개경으로 돌아가던 공민왕이 법
주사를 찾았다. 어라, 왜 법주사에 사리탑이 없남유. 사리가 없어서.
야, 통도사 가서 사리 하나 가져 와라. 미륵불님, 좀 도와주서유. 홍
건적 땜에 못살것습니다.

1872년 흥선대원군이 법주사를 찾았다.

당간지주

"어라, 저거 뭐냐? 금빛찬란하네."

"금동미륵불상이옵니다."

"저거 한양으로 옮겨라. 금 녹여서 화폐 만들게. 철당간지주도."

"아빠, 당간지주幢竿支柱가 뭐야?"

"절의 행사나 법회 등을 알리는 안내문을 세운 깃대."

1910년 높이 22미터의 당간지주 복원. 1964년 황태자비 이방자 여사가 법주사를 찾았다.

"마마, 부탁이 있습니다."

"말씀하세요."

"금동미륵불상 만들게 돈 좀."

이방자 여사가 박정희 대통령을 찾았다.

"각하. 시주 좀 하시죠. 그래야 오래도록 대통령 할 수 있걸랑요."

"야, 돈 보내라."

1964년 높이 33미터, 무게 160톤의 미륵불상 완공. 2002년 불상 표면에 금을 입히는 개금불사改金佛事. 7억 원 투입. 너무 심한 거 아닌가. 집에 돌아온 난 법주사에서 사온 전대법륜轉大法輪이라고 쓰인 한지를 액자에 넣

어 걸었다. 전부 집합. 야, 오늘부터 우리 집 가훈이다. 외워라.

"아빠, 뭔 뜻이야?"

"거대한 법의 수레바퀴가 돌아간다."

들은 척도 안 하는 딸. 게임 삼매경 중이고. 설거지하러 부엌으로 간 마

누라 왈.

"뭐야, 가훈이 뭔 뜻인지 알아야 따라가든지 말든지 할 거 아냐."

난 돌아버렸다. 18년간 같이 살았는데. 난 뭐 한 거지.

금동미륵불상

송광사 국사전

밝고 지혜로운 건축

신라 말기 혜린스님 송광산에 길상사 창건.

"아빠, 왜 산 이름이 송광松廣이야?"

"송松은 '十八(木)＋公'을 가리키는 글자. 18명의 큰스님. '광廣'은 불법을 널리 펴는 것. 18명의 큰스님들이 불법을 크게 펼 절. 불법이 광활하게 펼쳐진 곳. 소나무가 스님이고, 스님이 소나무고. 그게 그거. 생각하기 나름."

"길상吉祥은 뭐야?"

"길하고 상서롭다."

"아빠, 저번에 우리가 갔던 성북동에 길상사라는 절 있었잖아?"

"응. 송광사의 말사야. 워낙 좋은 이름이라 전국에 수백 개의 길상사가 있어. 이름은 중요하지 않단다. 우리의 마음이 중요할 뿐."

보조국사 지눌이 길상사에 들렀다. 어라, 왜 이렇게 가난하지. 정혜사에 있던 전각 다 철거. 이사. 나라의 스승이라 맘대로.

"아빠, 지눌知訥 1158-1210 이 뭔 뜻이야?"

"입이 무거워 말을 하지 않는다."

"그럼 벙어리야?"

"응."

네티즌의 항의가 들어왔다. 왜 딸이 아빠한테 반말하냐. 동방예의지국에서. 대한민국에서 나한테 반말하는 사람은 딱 두 사람이다. 어머니와 딸. 무한한 책임을 져야 되는 관계라. 반말해도 된다.

일주문

조계종曹溪宗의 개조開祖. 속성 정鄭. 호 목우자. 시호 불일보조佛日普照. 황해도 서흥 생.

"목우자牧牛子는 뭔 뜻이야?"

"스스로 소 먹이는 사람."

"근데 보조普照는 뭐야? 많이 들었는

데."

"널리 비추다."

1165년 출가. 1182년 승과에 급제.

"아빠, 스님도 과거시험 봤어?"

고려는 958년 처음으로 과거제도를 실시하면서 승과 설치. 승과에 합격하면 대덕大德 덕망이 높은 스님. 나라에서 월급 받는 스님. 좋은 시절. 존경도 받고.

"아빠, 그럼 대전시 대덕구도 그런 뜻이야?"

"응."

1504년 중단. 1545년 다시 시행. 1565년 완전 중단. 유생들이 하도 들이대서. 지눌 스님 출세 포기. 어차피 망가질 거.

"아빠, 그럼 시험은 왜 본 거야?"

"인간은 원래 깜박깜박하걸랑. 아빠도 그렇고."

"근데 출세出世가 뭐야? 돈 많이 버는 거 말하는 거야?"

"아니. 숨어 있던 사람이 세상에 나가는 거. 풍파에 드러나면 다치는 거 알지?"

"응."

"넌 나가지 마라."

"알았어. 아빠, 나 이태리 갔다 올게."

"뭐라."

"엄마 출장가는데 따라갈려고."

나도 못 가봤는데. 1188년 팔공산 거조사에 머물면서 정혜사 조직. 〈권수정혜결사문勸修定慧結社文〉 발표. 중생은 들으라. 돈 그만 세고 불도에 정진해라. 다친다. 세상 뒤집어짐. 뭐야, 그럼 난 이제껏 왜 산거지.

"아빠, 정혜定慧가 뭐야?"

"선정과 지혜."

"선정禪定은 뭔데?"

"한마음으로 사물을 생각해 마음이 하나의 경지에 정지해 흐트러짐이 없음."

1200년 송광산 길상사에서 설법. 지눌 왈. 중생을 떠나서는 부처가 존재할 수 없다. 난리가 났다. 이 쉬운 걸 이제껏 모른 거다. 애들아, 이제 돈오점수다. 중생이 구름처럼 모여들고.

"아빠, 돈오점수頓悟漸修는 또 뭐야?"

"거울을 닦아야 깨달음의 경지에 오를 수 있다."

"아빠, 절에 가면 왜 만날 스님들이 마당을 쓸고 있는 거야? 깨끗하던데."

"마음 닦는 거야. 너도 쓸어라."

"나보고 마당 쓸라고?"

국사전

"아니, 독서하라고."

1097년 대각국사가 창건한 천태종과 붙었다. 뭐라 스님이 결혼을
해? 미친놈들. 구산선문 통합. 조계종 창건. 이제 절 이름도 바꾼다.
송광사. 18명의 선승이 태어나리라.

"아빠, 구산선문九山禪門이 뭐야?"

"신라 말기 선종禪宗을 산골짜기에서 퍼뜨리면서 당대의 사상계를
주도한 아홉 갈래의 대표적 승려 집단. 동리, 구산, 희양, 수미, 실상,
성주, 가지, 사굴, 사자, 봉림선문."

"선종禪宗이 뭔데?"

"참선으로 자신의 본성을 구명해 부처님의 깨달음을 중생에게 전하
는 거."

"그걸 전하려고 스님들은 사는 거야?"

"응."

"그럼 우린 왜 사는 거지?"

"아빠도 몰라."

송광사는 16명의 국사 배출. 삼보 사찰의 경지에 오른다.

송광사 약사전 1622년 건립. 모든 질병을 고쳐주는 약사불을 봉안한 불전. 앞면과 옆면이 1칸씩으로 간결하고 평면은 정사각형. 건물 규모에 비해 기둥이나 평방과 같은 부재들은 굵직한 목재를 사용하였다. 이 약사전은 현재 우리나라 법당 가운데 가장 작은 건물. 보물 제302호.

"아빠, 삼보三寶가 뭐야?"

"세 가지의 보배. 부처님, 가르침, 스님. 부처님의 진신사리를 모시고 있는 통도사는 불보사찰. 팔만대장경을 모시고 있는 해인사는 법보사찰. 여긴 승보사찰. 대한민국에서 가장 센 세 개의 절 중 하나."

"그럼 삼보컴퓨터라는 회사 이름도 이 삼보야?"

"응."

16명의 국사 영정을 모신 전각은 국사전國師殿. 국보 제56호. 국사 명단 보자.

1세 보조국사 지눌. 2세 진각국사 혜심. 3세 청진국사 몽여. 4세 충경진명국사 혼원. 5세 원오국사 천영. 6세 원감국사 충지. 7세 자정국사. 8세 자각국사. 9세 담당국사. 10세 혜감국사 만항. 11세 자원국사. 12세 혜각국사. 13세 각진국사 복구. 14세 복암정혜국사. 15세 홍진국사. 16세 고봉화상.

"아빠, 절에 다니면서 국사전은 첨인데!"

"응. 나라의 스승들을 모신 집. 워낙 센 스님들이 많이 나온 절이라 대

국사전

웅전보다 등급이 높아."

"건물은 별론데."

"그런가. 보이는 건축을 보지 말고 정신을 봐라."

"아빠, 아까 18명이라고 하지 않았나. 근데 왜 16명밖에 안 모셔?"

"2명은 앞으로 나올 거야. 안 나오면 말고."

효봉 스님 덕에 송광사는 현대사에 이름을 각인한다. 효봉선사는 1888년 평안남도 생. 평양고보 졸. 일본의 와세다 대학에서 법학 전공. 10년간 서울과 함흥에서 법관으로 활동. 1923년 최초로 내린 사형선고 앞에서 고민. '이 세상은 내가 살 곳이 아니다. 내가 갈 길은 따로 있을 것이다.' 사직. 신계사 석두 스님으로부터 사미계 받고 속세를 떠난다.

1930년 토굴에 들어간다. 깨닫기 전에는 죽는 한이 있더라도 토굴 밖으로 나오지 않으리라. 1년 만에 토굴의 벽이 무너지고 필사적인 정진 끝에 깨달음을 얻는다. 1937년 스님의 발길이 마침내 송광사에 이르렀다. 개울을 막아 만든 연못에 장주석을 세우고 누마루를 덧붙인 육감정과 우화각이 물속에 비친 모습에 효봉선사 뿅 간다. 말뚝.

"아빠, 육감정六鑑亭이 뭔 뜻이야?"

"거울처럼 집착 없이 밝고 지혜롭게 지켜보는 정자."

"우화각羽化閣은?"

"날개를 달고 훨훨 날아 극락세계로 들어가는 집."

"아빠, 우화각이 문이야 집이야? 헷갈려."

"둘 다."

"여긴 불국사하고 비슷해 보여. 규모는 좀 작아도."

"여기가 한 수 위란다."

"왜?"

"연못에 비친 또 하나의 우화각이 있잖아."

"아빠, 우리 여자 선수가 또 미 LPGA 우승했대. 왜 우리 선수가 이렇게 잘하는 거야?"

"외국 선수들은 즐기면서 치고 우리 선수들은 목숨 걸고 치걸랑."

현 방장인 보성 스님이 달라이 라마를 만났다.

"오늘 우리가 서로 만나게 된 것은 모택동 덕이오. 모택동은 당신에게도, 나에게도 원수요. 그러나 오늘날엔 그가 당신에게는 큰 은혜인이 되었소. 그가 아니었다면 당신의 놀이터가 이만큼 넓어졌겠소? 지금 당신은 온 지구촌이 좁다 하고 누비고 다니지 않소. 라싸티베트 수도에 있었다고 해 보소. 지금처럼 되었겠소. 모택동 죽었을 때 조전 보냈소?"

"그렇소, 보냈지요."

"나는 당신에게 그 말 들으러 왔소."

보통 내공이 아니다. 보성 스님 화났다.

"잘 먹고 잠 잘 자면서 공부한 사람은 아무도 없다. '부처님 은혜 갚아라'는 소리할 필요도 없다. 지금 우리, 부처님 제자라 자처하는 우리를 살펴보자. 지금처럼 하는 짓을 창건주가 본다면 절을 지었겠는가. 고불고조古佛古祖 옛큰스님들 를 따르라는 말도 할 필요 없다. 똥 만드는 기계는 면해야 하지 않겠나. 지금 보면 부처님을 은행장으로 모시지 부처님으로 모시지 않는다. 그러면 결국 우리는 똥 만드는 기계인 제분기밖에 더 되겠나. 참 불쌍한 존재들이야. 제분기, 제분기….."

이제 효봉선사의 열반송 들어 보자.

내가 말한 모든 법

그거 다 군더더기

오늘 일을 묻는가

달이 일천강에 비치리

내 글도 다 군더더기. 직접 가서 느껴보서유. 너무 센 놈이 많군. 나 원 참. 피해 다녀야지.

요사채의 천창

연꽃으로 가득한 건축

화엄사 각황전

일본의 젊은 여자 아나운서 자살. 난리가 났다. 차에 연탄불을 피웠대나 뭐라나. 올라갔다. 지장보살 이하 10명의 판사가 7일 만에 재판을 열었다. 죄질이 나쁘군. 자살했다고라. "넌 뱀으로 다시 내려가라." 하늘의 형벌은 6가지.

1. 지나친 욕심을 가진 놈은 뱀으로 윤회. 살던 곳으로 돌아가 헤매야 함.

2. 축생으로 윤회. 네발로 헤매야 하고. 단 높은 하늘을 보지 못함. 땅만 볼 것.

3. 귀신으로 태어나 계속 번뇌 속에 살 것.

4. 평생 먹을 것만 찾아서 계속 먹어야만 하는 굶주린 귀신으로 태어난다. 이 형벌을 받은 인간은 목구멍이 바늘구멍 크기. 계속 먹어도 배부르지 않음. 단 수챗구멍으로 내려 보낸 음식만 먹을 것.

5. 비로소 인간으로 다시 태어남. 착한 맨들만.

6. 스님으로 윤회. 조금 노력하면 해탈해 극락에 감.

매주 한 번 일곱 번 재판을 열었다. 자살한 여자 아나운서는 연속으로 뱀형. 최악의 형벌. 지금 이 여자 아나운서는 뱀으로 돌아와 헤매고 있음. 그래도 자살할 거면 난 모름. 그래 우린 7×7=49재를 올리는 거다. 좀 봐주십시오 뭐 이런 거다. 49일 동안 구치소 대기 중. 난 어떤 형벌을 받을까? 혹 개로 태어나지 않을까. 제가齊家를 못했으니.

우리나라 자살률 보자. 가히 세계 일류다. 우리나라 자살률은 26.1명2005년 기준. 인구 10만 명당 자살자 수. 44분마다 1명. 하루에 33명, 1년에 1만 2,047명이 자살을 한다. 지난 10년간 자살로 사망한 사람들은 8만 3천 명. 웬만한 중소 도시 주민

일주문

이 전부 자살한 수치. 자살로 인한 사망이 교통사고로 인한 사망자보다 많고. OECD 국가 중 타의 추종을 불허하는 자살률. 나라 이름을 바꿔야겠다. '자살 공화국' 일본의 1년 자살 수는 3만 명을 넘어 섰고. 큰일이군.

"딸, 가장 큰 불효는 뭘까?"

"공부 안 하는 건가?"

"아니. 부모보다 먼저 죽는 거. 공자 왈."

자살 방지법 알려 드릴까요. 자녀 손잡고 인문학적인 건축 찾아나서세요. 늦기 전에. 딸과 함께 화엄사를 찾아 떠났다. 30년 만에 구례군 탐사. 너무 정신없이 사느라.

"아빠, 왜 동네 이름이 구례求禮야?"

"예를 구하는 동네라."

낙산사 洛山寺 671년 의상대사가 창건. 1254년 몽골군의 치략으로 대부분 전각 소실. 세조가 행차해 사찰 중건 지시. 학열 스님이 중창. 임진왜란으로 대부분 소실. 다시 중건. 한국동란. 전부 소실. 또 중창. 2005년 대형 산불. 또 불타고, 지금 복원 중. 슬픈 절. 강원도 유형문화재 제35호.

544년 인도 승려 연기조사 화엄사 창건.

"아빠, 조사祖師가 뭐야?"

"한 종파를 세워서, 그 종지宗旨 종파의 근본이 되는 뜻 를 펼친 사람을 높여 이르는 말."

670년 의상대사가 화엄사를 찾았다. 음, 아트군. 장육전 건립. 석경도 만들고.

"아빠, 화엄華嚴이 뭐야?"

"만행萬行과 만덕萬德을 닦아 덕과德果를 장엄하게 함."

"장육전丈六殿은?"

"키가 1장 6척인 석가모니가 사시는 집."

"석경石經은?"

"부처님의 말씀을 새긴 돌."

"아빠, 의상대사625~702가 그렇게 세? 좀 자세히 알려 줘. 자주 등장하시네."

속성은 김 씨. 한국 화엄종의 시조. 19살 때 경주 황복사에 출가出家 세속의 집을 떠나 불문에 듦. 650년 원효대사와 함께 구법求法 법을 구함 을 위해 당나라로 가던 중 난을 당하여 뜻을 이루지 못하고 귀국. 661년 당나라 사신의 배를 타고 중국에 들어가 양주에 머물렀다. 그 뒤 종남산 지상사로 지엄智儼을 찾아가 그의 문하에서 구도求道에 정진. 화엄의 이치를 깨달았다.

670년 귀국. 낙산사 관음굴에서 신라에 화엄대교가 퍼지기를 기원하며 〈백화도량발원문 白花道場發願文〉을 지어 관세음보살에게 바쳤다.

'세세생생토록 관세음을 칭송하겠다. 그리고 관음보살이 아미타불을 떠받치고 있듯이 본인 역시 관세음보살을 떠받들면서 살아가겠다.'

"아빠, 백화도량이 뭐야?"

"꽃으로 가득찬 절. 부처나 보살이 사시는 극락 세계."

"그게 어딘데?"

"마음속."

676년 왕의 뜻을 받아 태백산에 부석사 창건. 이후 화엄대교를 전하기 위해 부석사를 포함하여 화엄 10찰 창건. 보자.

1. 팔공산 미리사美里寺

2. 지리산 화엄사華嚴寺

3. 가야산 해인사海印寺

4. 웅주 보원사普願寺

5. 계룡산 갑사甲寺

6. 삭주 화산사華山寺

7. 금정산 범어사梵魚寺

8. 비슬산 옥천사玉泉寺

9. 전주 국신사國神寺

"아빠, 다 가보자."

"부석사, 화엄사, 해인사, 범어사는 가 봤고. 휘발유 값은 자꾸 오르고. 큰일이군."

"근데. 의상대사는 여길 다 걸어 다니신 거 아냐. 갔다가 맘에 안 들면 또 떠나고. 몇 군데나 다니셨을까?"

"1백군데는 되것지. 나 원 참. 가까운 갑사나 가자."

"아빠, 왜 어디는 돈을 받고 어디는 공짜야?"

범어사 梵魚寺 금정산은 동래현의 북쪽 20리에 있다. 금정산 산마루에 세 길 정도 높이의 돌이 있는데 그 위에 우물이 있다. 그 둘레는 10여 척이며 깊이는 7촌쯤 된다. 물이 항상 가득 차 있어서 가뭄에도 마르지 않으며 그 빛은 황금색이다. 한 마리의 금빛 나는 물고기가 오색구름을 타고 하늘나라梵天에서 내려와 그 속에서 놀았다고 하여 '금샘金井'이라는 산 이름과 '하늘나라의 고기梵魚' 라고 하는 절 이름을 지었다.

갑사 甲寺 불법의 갑옷을 입은 절.백제 구이신왕 1년(420년) 아도화상이 창건. 679년 의상이 중건. 859년, 889년에 새로 지었으나 정유재란(1597년)으로 모든 전각 소실. 선조 37년(1604년)에 다시 지었다. 갑사 대웅전은 지방유형문화재 제105호. 법당 안에 있는 삼신불 쾌불탱화는 국보 제298호.

"전국의 절 중에서 68개의 절만 입장료 받아. 1년에 걷어 들이는 돈은 300억. 문화재 관리비로 800억 들어가니."

"500억 모자라네."

"그래 우리가 시주하잖아."

"주차료도 받잖아?"

"그건 나랏돈."

제자만 3천 명. 아예 대한민국을 들었다 놨다 하시는군.

임진왜란. 왜놈들 화엄사 도착. 뭐야 이거, 너무 세잖아. 불 지르고. 스님들 학살. 석경 들고 철수. 섬진강 건너는 배에 석경을 실었다. 일본으로 갖고 가야지. 우리도 극락 가야 될 거 아니냐. 번개가 배를 쳤다. 석경 잠수.

"아빠, 왜 돌에 글을 새기는 거야? 자연 파괴 아니야?"

"불법을 지키기 위한 행위는 봐줘."

1630년 변암대사가 화엄사를 찾았다. 어라, 화엄사 어디 갔지? 초석만 널브러져 있고. 왜놈들이. 뭐라, 내 이 사무라이들을.

"아빠, 사무라이가 뭐야?"

"칼잡이. 원래는 가까이에서 모신다는 뜻."

"아빠, 일본 안 가봤지?"

"재수 없어서 안 가."

"난 세 번 가봤는데 일본 애들 칼 안 차고 다니던데."

"마음속에 차고 다녀. 우린 덕을 차고 다니고."

"그럼 우리가 만날 지는 거 아냐?"

"아니 붓이 칼이겨."

"난 일본 좋던데."

"아님 말고."

스님들 잠수복 입고 섬진강 잠수. 석경을 찾아 나섰다. 어디쯤 있을까. 잠수경도 내비게이션도 뭐 아무것도 없이 섬진강을 뒤진다. 눈물겨운 잠수. 부처님, 도대체 어디 계신 겁니까. 몇몇 스님은 익사. 깨진 석경 1만 조각 찾아 화엄사로 돌아 왔다. 물론 삼보일배. 가도 가도 끝

화엄사 대웅전 華嚴寺 大雄殿 임진왜란 때 소실된 것을 1636년 벽암대사碧巖大師가 재건. 대웅전의 현판은 선조의 여덟째 아들 의창군이 썼다. 대웅전 앞에는 대석단大石壇 (거친 돌을 거침없이 쌓아 만든 제단)과 대석계大石階 (거친 돌을 거침없이 쌓아 만든 계단)가 있고 전면 주간柱間 (기둥 사이)에 각각 세 짝으로 된 문짝을 달았으며 그 위로 교창交窓 (가로로 긴 채광창)을 냈다. 천장은 우물천장이며 불단 위에는 비로자나불을 비롯해 3구의 금동불 안치. 보물 제299호.

이 없는 길. 난 왜 살고 있는 거지.

계파대사는 스승인 벽암대사의 지시로 장륙전 중창 시작. 깨진 석경
을 모셔야 되니. 깨진 내 마음도 모셔야 되고. 어라, 돈을 안 주시네.
그래 밤새 대웅전의 부처님께 가서 빌었다. 부처님, 살려 주십시오.
비몽사몽간에 한 노인이 나타났다.

"그대는 걱정 말고 내일 아침 화주(化主 중생을 교화하는 주인 를 떠나 맨 처음
만나는 사람에게 시주를 권하라."

대사는 다음날 아침 아무도 몰래 절을 나섰다. 한참을 가다 보니 만날
절에 와서 일을 돕고 밥 얻어먹곤 하던 거지 노파가 절 쪽으로 걸어왔
다. 뭐야, 이거. 저 누더기 노인이 왜 맨 첨으로 나타나는 거야. 참 재
수도 없군. 그렇다고 지나칠 수도 없고. 하는 수 없이 노인에게 시주
를 청했다. 나 돈 없는디유. 보면 몰라유. 나도 안돼유. 부처님 명령이
걸랑요. 맞아 죽나 여기서 죽나 매한가지.

"이 몸 죽어 왕궁에 태어나 불사를 성취하리니 문수대성지혜의 보살 은
가피(加被 보살이 자비를 베풀어 중생에게 힘을 줌 를 내리소서."

말을 마침과 동시에 노인은 곁에 있는 늪에 몸을 던졌다. 그동안 밥 먹
여 주셔서 고마워유, 부처님. 뭐야, 이거 도로아미타불이군.

몇 년 후 걸식을 하며 한양에 나타난 대사는 궁궐 밖에서 유모와 함께 나들이하던 어린 공주를 만났다. 공주는 대사를 보자마자 반가워 어쩔 줄 모르며 우리 스님이라 매달렸다. 공주는 태어날 때부터 한쪽 손을 꼭 쥔 채 펴지 않았는데 대사가 안고서 쥔 손을 만지니 신기하게도 손이 펴졌다. 손바닥에는 장륙전이란 세 글자가 씌어 있고. 뭐라, 우리 딸의 손을 펴 줬다고라. 숙종은 계파대사를 불러 장륙전 건립비를 전액 지원한다.

1703년 완공. 숙종이 현판을 내렸다. 각황전. 길이 30미터 높이 20미터에 이르는 엄청난 규모. 그러면서 단아하고. 보통 실력이 아니군. 국보 제 67호. 마침 간 날은 부처님 오신 날. 수많은 연등이 안마당에 연등 그림자를 만든다. 1만 원짜리 수만 개의 그림자. 부처님 도대체 저 많은 중생을 우찌 다 제도하실 겁니까? 아이고 머리 아파라. 게다가 북한에서는 우리 백성들이 굶주리고 있고. 밥도 안 주는 나라. 우리 시대의 바른 맨 백기완 선생 사재 털어 2천만 원 내났다. 북한에 쌀 백 가마니 보내겠다. 가난한 좌파 단체들 십시일반 순식간에 5천만 원이 더 들어왔다. 이제 7천만 원. 북한에서는 소식이 없고. 그럼 우파 재벌 정몽준 하는 꼴 보자. 재산 수조 원. 물었다. 마을버스 삯이 얼만 감유? 70원. 내 이것들을. 타 봤어야 알지. 정몽준 왈. 서민을 대변하는 딴나라당 대표가 되겠다.

"아빠, 각황覺皇이 뭐야?"

"깨달음의 황제."

"그게 누군데. 석가모닌가?"

"아니. 비로자나불."

"근데 도대체 황제가 뭐야?"

"전 세계는 중국에 있는 곤륜산崑崙山을 중심으로 동, 서, 남, 북을 각각 청제青帝, 백제白帝, 적제赤帝, 흑제黑帝가 다스리고 중앙은 황제黃帝가 다스리걸랑. 젤로 높은 임금의 우두머리."

딸과 떠나는 국보 건축 기행

화엄사 보제루 華嚴寺 普濟樓 보제루란 두루 모든 중생을 제도한다는 뜻으로 만세루萬歲樓, 구광루九光樓라고도 부른다. 초기 가람 형태에서 보제루는 금당金堂의 뒤쪽에 있었던 강당의 기능을 금당 앞쪽에서 대신해 대체로 모든 법요식法要式(법회의 주요 의식)을 행하던 건물. 이 누각은 불이문不二門의 기능을 함께 하고 있다. 전라남도 유형문화재 제49호.

"아빠, 왜 중국은 나라 이름이 중국이야?"

"세상의 중앙에 있는 나라라."

"중국의 인구가 몇 명이지?"

"13억. 전 세계에서 5명 중 1명은 중국 사람. 무서운 나라."

"중국 우리보다 잘 살아?"

"1인당 국민소득 1천 불. 우린 2만 불. 하지만 곧 따라올 거야. 이번 가을에 만리장성 갔다 와라. 2,700킬로미터의 성곽."

"우리 한양성곽은 몇 킬로미턴데?"

"18킬로미터."

"세긴 세군."

지리산 노고단에 올랐다. 원효대사한테 전화가 왔다. 비일비이非一非
異 세상의 이치는 하나가 아니라 서로 다르지도 않다. 예, 알겠습니다.

"아빠, 산 이름 희한하다. 지리智異가 뭔 뜻이야?"

"어리석은 사람이 머물면 지혜로운 사람으로 달라진다."

"노고단老姑壇은 뭐야?"

"나라의 어머님인 할미에게 제사지내는 제단."

할멈, 제 딸 잘 살게 해 주실 거죠. 착하게. 비나이다 비나이다. 그게
될까마는.

노고단에서 화엄사를 내려다보았다. 어라, 이거 뭐야? 그럼 이 화엄
사의 건축가는 여기 와서 내려다보며 무전기로 작업 지시한 거 아냐.
나 원 참. 장관. 난 무너지고. 왜 이렇게 센 놈이 많은 거야. 난 만날 얼
굴만 보고 예쁘네, 안 예쁘네 한 거 아니야.

부처님은 날 만날 내려다보고 있을 테고.

"이놈 오늘도 까불고 있군. 자식. 올라오기만 해봐라."

우째 살아가야 되나.

근데 파도는 왜 치는 거지.

건축은 춤을 추고. 흔들흔들. 내 맘도 흔들리고.

가람 안마당의 연등 그림자

통도사 대웅전 및 금강계단

생 멸 에 무 심 한 건 축

大雄殿

1910년 서울에 각황사 창건. 원흥사에 있던 조선불교중앙회사무소 각황사로 이사. 일본 총독부 조선사찰령 선포. 모든 사찰은 일본사원인 장충단의 박문사에 귀속시킨다. 뭐라. 이것들이. 해인사 주지 회광, 마곡사 주지 만공, 그리고 용운스님 등이 31본산주지회의를 열었다. 야, 이러다 우리 쫄딱 망하게 생겼다. 대책을 세우자.

"아빠, 박문사 어디 있었어?"

"장충동 신라호텔 자리에."

"누굴 모셨는데? 부처님인가."

"아니. 이토 히로부미."

"그게 누군데?"

"뭐라. 학교에서 안 배웠니?"

"기억 안나."

"조선의 초대 통감. 대한민국의 철천지원수徹天之怨讐 하늘에 사무치도록 한 이 맺히게 한 원수. 1909년 안중근 의사가 총을 쏴 죽였단다."

1929년 전국에서 모인 104명의 승려가 각황사에서 '조선불교선교양종승려대회'를 열어 종회법宗會法 제정. 1937년 각황사를 현재의 조계사로 옮기고 절 이름을 태고사로 개명. 1941년 조선불교 조계종 발족. 제 1대 종정에 한암스님 취임. 1945년 해방. 1954년 이승만 대통령〈사찰정화담화문〉발표. 왜색화된 불교를 척결하고 비구 스님 중심의 전통을 회복하겠다. 태고사는 다시 조계사로 개명. 결혼하는 대처승과 결혼하지 않는 비구승 전쟁. 죽이고 살리고 불 지르고. 좋다. 그럼 비구승은 조계종으로 대처승은 태고종으로 가라. 나라가 흔들거리니.

"아빠, 왜 스님은 결혼하면 안 되는 거야?"

"돈 많이 벌어야 되잖아. 자녀도 키워야 되고. 그러다 보면 욕심도 생기고. 이혼하려면

법원에 가야 되는 사상 초유의 일도 겪어야 되니."

"월급 받아서 살림하면 되잖아!"

"스님 월급 없어. 빌어먹어야 되걸랑."

자장율사는 590년에 진골 출신으로 소판 벼슬지금의 4급 공무원 을 지낸
김무림의 아들로 태어났다. 늙도록 자식이 없던 김무림은 부인과 함
께 천수관음보살 앞에 나아가 자식 낳기를 지성으로 발원해 자장을
얻었다. 부모를 일찍 여읜 자장은 인생의 무상함을 깨닫고 원녕사라
는 절을 짓고 수도의 길로 들어섰다.

"아빠, 진골이 뭐더라?"

"신라의 신분제도는 8개의 신분층으로 구성. 왕족은 성골聖骨, 전왕
족이나 병합된 큰 국가의 왕족은 진골眞骨, 기타 등등은 6 - 1두품으
로 분류."

조정에서 전화가 왔다.

"벼슬해라."

"나 싫걸랑요."

"뭐라, 취임하지 않으면 사형."

"내 차라리 계戒를 지키고 하루를 살지언정, 파계하고 100년 살기를 원치 않는다."

선덕여왕 항복. 세군. 636년 당나라로 유학. 문수보살이 머무는 오대산에 가서 기도하던 중 꿈에 노스님이 나타나 게송偈頌을 주었다, 문득 깨어나니 꿈은 선명하나 게송이 모두 범어梵語 고대인도어 였으므로 그 뜻을 전혀 알 수 없고.

제행무상 諸行無常

시생멸법 是生滅法

생멸멸이 生滅滅已

적멸위락 寂滅爲樂

이게 뭔 말이지. 멋있는 말인 건 같은디. 나 원 참. 이튿날 아침, 스님 한 분이 오셨다.

"우찌하여 수심에 싸여 있습니까?"

"꿈에 대성인에게서 사구게四句偈 네 개의 구로 된 게송 를 받았으나 뭔 말인지 도대체 알 수가 없네유."

모든 현상은 한시도 고정됨이 없이 변하여 돌아가니,

이것이 곧 생하고 멸하는 법이다.

이 생멸에 집착하지 않으면,

곧 고요한 열반의 경지에 이르게 된다.

덤으로 가사와 발우 한 벌, 부처님 정골 사리 등을 주신다.

"이것은 부처님의 도구이니 잘 간직하고, 당신의 나라 동북방 명주 땅에 오대산이 있는데, 그곳에 일만의 문수보살이 늘 거주하니 가서 뵙도록 해라."

"거시기, 존함이."

"나, 문수보살."

643년 선덕여왕 전화가 왔다.

"들어와라."

"예."

돌아와 오대산에서 월정사 창건하고 팔각9층석탑 조성. 부처님 진신 사리 37과 봉안. 동, 서, 남, 북과 중앙에 암자를 세운다.

1. 만월봉 아래에 동대 관음암

2. 장령봉 아래에 서대 염불암

3. 기린산 아래에 남대 지장암

4. 상왕봉 아래에 북대 미륵암

5. 지로봉 아래에 중대 사자암 연이어 창건.

그래 이 산은 오대산이 되고.

"아빠, 진신사리가 뭐야?"

"신령스러운 구슬. 석가모니가 전생에 7마리의 새끼를 낳은 호랑이 가 굶어 죽으려 하자 스스로 호랑이의 먹이가 돼 그 굶주린 호랑이를 살렸걸랑. 그래 그 뼈를 거두어 칠보탑을 쌓았는데 그 뼈가 사리가 된 거야."

"그럼 진신사리는 월정사에만 있어?"

"아니. 1. 월정사 2. 통도사 3. 봉정암 4. 정암사 5. 법흥사."

통도사 개산조당 開山祖堂 통도사 를 창건한 자장율사를 모신 해장보 각으로 들어가는 문. 1727년 창건. 일반 사당의 문인 솟을삼문의 형태 를 하고 있다. 해장보각 안에 모셔 진 가로 1미터, 세로 1.7미터의 자장 율사 영정은 1804년에 그려졌다.

신라의 최고위직 대국통에 오른다.

"아빠, 대국통大國統이 머야?"

"나라를 다스리는 최고 어른."

"그럼 왕이 높아 대국통이 높아?"

"대국통."

선덕여왕 전화가 왔다.

"스님, 나라가 9개로 분열돼 머리가 아픈데 무슨 방법이 없을까요?"

"황룡사에 9층 목탑 건립하면 하나가 되나니."

자장율사 영축산 통도사 도착. 금강계단 건립. 진신사리를 모신다.

"아빠, 왜 절 이름이 통도通度야?"

"모든 진리를 깨달아 중생을 제도해야 되걸랑."

"영축靈鷲은 또 뭐야?"

"신선과 독수리로 가득한 산. 부처님이 영축산에서 설법說敎 가르침을 쉽게 설명함 하셨걸랑."

통도사를 찾았다. 역시 휘어지고 틀어지고. 냇가를 따라 올랐다. 대웅전의 합각이 4면에 다 있다.

"아빠, 어디가 정면이야? 헷갈려."

"우측의 금강계단 쪽이 정면이야."

"어라, 아빠 대웅전에 불상이 없네."

"금강계단에 진신사리를 모신 절은 불상 두면 안되걸랑."

현판이 4개.

동. 대웅전 - 위대한 영웅이 사시는 전각.

서. 대방광전 - 법신불이 사시는 전각.

남. 금강계단 - 불법을 모신 제단.

북. 적멸보궁 - 석가모니의 진신사리를 모신 전각.

세군. 국보 제 290호. 해인사, 송광사, 수덕사, 백양사와 더불어 5대

금강계단

총림 중 한 곳.

"아빠, 총림叢林이 뭐야?"

"참선수행 전문도량인 선원禪院과 경전 교육기
관인 강원講院, 계율 전문교육기관인 율원律院을
모두 갖춘 사찰. 나무로 가득한 숲. 스님이 곧 나
무고."

모든 스님은 금강계단에 무릎 꿇어야 스님이 된

다. 계를 주십시오, 부처님. 난 대웅전에 들어가 금강계단을 향해 무릎 꿇었다. 유리창 너머로 법이 춤을 춘다. 부처님, 책 대박나게 해 주서유. 좋은 일에 쓰겠습니다.

1956년 법회가 열렸다. 어라, 한밤중에 계단 사리탑에서 광명이 뻗어 올라 통도사가 대낮처럼 밝아졌다. 모든 스님들이 일어나 무릎을 꿇었다. 부처님 오셨습니까. 50리 떨어진 양산 소방서에 비상이 걸렸다. 통도사에 불이 났나 뭐래나. 삐웅삐웅. 뭐야 이거 멀쩡하잖아. 철수.

"아빠, 근데 땡초승이 뭐야?"

"절을 떠나 속세로 다시 들어간 파계승破戒僧 계율을 깨뜨린 중."

한 바라문에게 딸이 있었는데, 소녀는 열다섯 꽃다운 나이로 얼짱에 몸짱에 머리짱. 그런데 소녀는 몹쓸 병에 걸려 치료도 제대로 받아보지 못한 채 죽고 말았다. 아버지는 정신이 혼미하다. 우째 이런 일이. 부처님에게 전화.

"저는 무남독녀 외동딸 하나만 믿고 온갖 근심을 잊은 채 살아왔습니다. 그런데 그 애가 갑자기 몹쓸 병에 걸려 저를 버리고 떠났습니다. 그 애 일만 생각하면 가엾어 미칠 것 같습니다. 원컨대 저를 굽어 살피시고 깨우쳐서 이 근심의 매듭에서 풀려나게 해 주십시오."

부처님 왈.

"이 세상에는 오래가지 못하는 4가지 일이 있다. 영원한 것은 반드시 덧없이 되고, 부귀는 반드시 빈천하게 되며, 한번 만난 사람과는 반드시 헤어지게 되고, 건강한 사람도 언젠가는 반드시 죽는다."

"아, 예."

나도 전화를 드렸다.

"부처님, 전 왜 살고 있는 거죠?"

"빨랑 와라. 너 없어도 지구는 잘 돌걸랑."

"아, 예."

요사채

창경궁 명정전

밝음이 넘쳐나는 건축

모 대학 미대로 특강을 갔다. 학생들이 인사한다. 나 아냐? 〈딸과 함께 떠나는 건축여행〉 저자시잖아요. 뜬 거 맞군. 커피숍에 지도교수와 마주 앉았다. 지도교수는 대학교 후배. 야, 조교한테 전화해서 의자를 동그랗게 돌리라고 해라. 난 일방통행식 강의는 질색이걸랑. 토론식 강의. 대한민국의 위대한 유산 인문학적인 건축 역시 선비와 목수간의 토론의 산물이고.

강의실에 들어가니 죄다 여학생. 40명 중 남학생은 단 둘.

"아빠, 근데 왜 유명한 화가는 다 남자야?"

옆에 있던 엄마 왈.

"남자는 목숨 걸고 그림 그리걸랑."

지도교수가 최근 나온 〈딸과 함께 떠나는 건축여행 2〉 5권을 상품으로 가져왔다. 내가 내는 퀴즈 맞히는 학생에게 이 책을 주겠다. 학생. 예. 공자의 본명이 뭔가? 몰라유. 뭐라, 학생. 예. 대웅전이 뭔 뜻인가? 몰라유. 학생. 조선 27대 왕 외워 보세유. 몰라유. 뭐라고나. 퀴즈 대회 실패. 1명도 없는 거다. 지도교수에게 물었다. 도대체 뭘 가르치고 있는건가? 결국 종이 상자 속에 든 종이 5장 뽑아 책 나눠 주고 사인회.

"선상님, 질문 있습니다. 유명한 화가가 되려면 우찌해야 되남유?"

"오늘부로 산으로 들어가 그림 그린다. 안 팔려? 그럼 대로변에서 굶어 죽어라. 그럼 뜬다. 물론 너 간 다음이지만."

"질문 있습니다. 그림 잘 그리려면 우찌해야 되남유?"

"독서해라. 붓 자꾸 흔들어대지 말고. 그래도 그림이 안 돼? 그럼 택시 운전하고. 나처럼. 나도 50년 걸렸걸랑. 아직도 갈 길은 멀고. 바닥을 기어 봐라."

학생들은 배꼽 잡고 웃는다. 어라, 나 웃기려고 한 말 아닌데. 학생들은 내 앞에 몰려 사진 찍기 바쁘고. 큰일이군. 다시 인문학 공부 시작. 될 때까지 한다. 안 되면 말고.

1396년 초 전국에서 11만 8천 명이 동원됐다. 당시 한양의 인구가 10만 명이니까 한양은 아예 난리가 났다. 대부분의 한양 백성들은 밥 해주기 바쁘고. 잠은 천막 치고 대충 해결. 한겨울에. 전체 성곽을 180미터씩 97개 공사구역으로 나눠 동시다발적으로 진행. 두 달 만에 공사가 끝날 리가 있나. 3월 백성들을 농사지으라고 고향으로 보냈다가 다시 8, 9월 마무리 공사를 위해 7만 9천 명을 한양으로 불러 들여 18.2킬로미터에 이르는 한양 성곽 완성. 이제 됐군. 왜적들 막으려다 보니 도성 안이 시끄럽다.

1398년 제 1차 왕자의 난이다. 좀 맛이 간 이성계는 서자 방석에게 왕위를 물려주려다 셋째아들 이방원1367-1422 의 쿠데타를 부른다. 동생 방석, 방번 사형. 다들 조심할 것. 댐비면 다 죽임 뭐 이런 거다. 열받은 이성계 함흥으로 낙향. 이른바 함흥차사咸興差使다. 아버님 문안인사 대신 간 사신들은 목만 돌아오고. 그 아비에 그 아들. 아무래도 둘 다 B형인 것 같음.

이방원의 둘째 형 이방과가 잠시 왕위에 오름. 이 친구가 조선 2대 왕 정종. 수도를 다시 개성으로 옮김. 재천도 이유? 골육상잔骨肉相殘의

명정전 용상

피비린내가 독해서. 재위기간은 이방원이 군사력을 완전히 장악할 때까지다. 정치에 무관심한 정종은 이방원을 자꾸 채근한다. 이거 빨리 가져가라. 나 사냥하면서 놀아야 되걸랑.

1400년 이방간이 제 2차 왕자의 난 일으킴. 유배 보냄. 물론 죽을 때까지 못 돌아옴. 1400년 11월 정종은 이방원에게 대권 넘기고 개성 인덕궁에서 사냥하면서 여생을 편안하게 지냄. 1401년 조선 제 3대 왕에 등극한 이방원은 이제 눈에 뵈는 게 없음.

우선 1404년 다시 수도를 완공된 한양의 경복궁으로 옮기고. 1405년 별궁인 창덕궁 완공. 전성기다. 민가보다 왕궁이 더 많던 시절. 후사가 문제임. 셋째아들 충령군이 맘에 드는디. 눈치 빠른 큰아들 양녕대군, 둘째아들 효령대군 알아서 현실 떠남. 먼저 세종한테 댐빌 만한 인물들 손봄. 장인 민제가 양녕대군을 편들면서 댐빔. 장인, 처남 전부 사형. 또 댐벼 봐. 세종의 장인인 심원이 댐빔. 사형. 형이고 동생이고 개국공신이고 장인이고 사돈이고 가리지 않고 댐비면 다 죽임.

시쳇말로 하는 '너 죽을래' 라는 명구는 이방원이 시작. 다 쳐죽이고. 이제 힘들다. 너무 많이 죽인 거다. 나 왕 안한다. 1418년 세종에게 왕

명정전 배면 화랑

위 넘김. 병권은 아직 안 줌. 이왕 손에 피 묻힌 거 아들에게는 그 업을 넘기고 싶지 않았다나 뭐라나. 그래 세종에게 댐비는 놈 없었음. 태평성대. 그래 훈민정음이 만들어지는 거다.

아들아, 넌 죽이지 마라. 내가 다 할게. 세종은 부랴부랴 창덕궁 동쪽에 수강궁 건립. 아비를 모신다. 무서운 태종과 창덕궁에 같이 있을 수는 없고.

"아빠, 수강壽康이 뭔 뜻이야?"

"건강하게 오래 오래 사십시오."

이방원은 사냥으로 시간을 보낸다. 너무 죽였어. 너무. 이제 살기도 싫고. 그러면서 또 죽이러 간다. 거대한 의장 깃발인 둑기纛旗를 앞세워 살곶이다리를 건넌다. 원래 이름은 평평한 평지를 걷는 것과 같다 하여 제반교濟盤橋.

"아빠, 근데 왜 살곶이로 바꾼 거야?"

열 받아 함흥으로 떠났던 이성계가 한양으로 돌아온다. 불효자식 이방원이 제반교 남단까지 마중 나오지만 나무 기둥을 여러 개 세워 몸을 숨긴다. 명궁 이성계가 화살 난사. 제반교 남단으로 하도 활을 쏘

아대서 아예 살이 꽂힌 다리. 살곶이가 된다.

눈물도 나고. 꿩의 꽁지로 만든 둑기가 나타나면 모두 다 동작 그만. 땅에 코를 박아야 된다. 그래 둑섬 둑섬 하다가 여긴 뚝섬이 된다. 둑기가 휘날리는 섬.

"아빠, 여기 내 고향이지."

"응."

"근데 여긴 섬이 아닌데 왜 섬이라고 부르는 거야?"

"북쪽은 중랑천과 남, 서쪽은 한강과 면하걸랑."

1422년 이방원 간다. 56세. 신료들이 모였다. 야, 이방원 어디다 묻을까! 동생 3명 죽인 패륜아. 부친한테도 댐비고. 한강 건너편에 갖다버리자. 좋다. 부친이 묻힌 동구릉 반대편. 죽어서 이방원은 유배 떠난다. 아들 세종도 막지 못한다. 지금의 내곡동에 헌릉 조성. 쓸쓸. 습기도 많고.

조선 제9대 왕 성종이 서거정을 찾았다.

서거정1420-1488 본관 달성. 호 사가정四佳亭 4개의 아름다운 정자. 시호 문충文忠 충성스러운 선비. 1444년 식년문과에 급제. 1451년 사가독서賜暇讀書 후 집현전 박사 등을 거쳐 1456년 문과중시에 급제, 1457년 문신정시文臣庭試 정3품 이하 문신에게 임시로 실시한 과거 에 장원.

1460년 이조참의 때 사은사謝恩使 외교특사 로 명나라에 다녀와서 대사헌에 올랐으며, 1464년 조선시대 최초로 양관대제학이 되었다.

"아빠, 양관대제학兩館大提學이 뭐야?"

"예문관과 홍문관을 관장하는 우두머리."

1466년 다시 발영시拔英試 세조가 문무백관에게 임시로 실시한 과거 에 급제한 후 육조六曹의 판서를 두루 지내고 1470년 좌찬성左贊成 지금의 국무조정실차관. 45년간 여섯 왕을 섬겼다. 그 흔한 유배 한 번 안 간 바른 맨.

"야, 서거정."

"예, 전하."

"지금 궁에 할머니들이 너무 많걸랑. 좀 방법이 없겠냐. 내 마누라가
기를 못 펴니. 여기가 뭐 양로원도 아니고."

"알것습니다."

1484년 버려져 있던 수강궁 재건축에 나선다. 경복궁, 창덕궁에 이은
한양의 세 번째 궁궐. 세조 마누라 정희왕후, 덕종 마누라 소혜왕후,
예종 마누라 안순왕후 창경궁으로 이사.

"아빠, 창경昌慶이 뭔 뜻이야?"

"기쁨이 넘쳐난다."

1592년 임진왜란. 소실. 두고 보자. 1616년 재건축. 1910년 나라 망
하고. 왜놈들이 창경궁을 찾았다. 음, 넘 멋지군. 꽃나무 가득 채운다.

"아빠, 왜 꽃나무를 많이 심어 놓은 거야?"

"일본의 나라 꽃이걸랑."

동물원도 만들고. 그래 창경궁은 창경원이 된다. 그래 난 1960년대

홍화문

옥천교

후반 초등학교 소풍을 창경원으로 갔다. 궁궐인지도 몰랐고. 가르쳐 주는 이도 없고. 1983년 동물원 과천으로 이전. 비로소 왕궁 살아난 다. 딸과 함께 창경궁을 찾았다. 정문은 홍화문. 보물 제 384호. 작명 자는 전부 서거정. 이 문으로는 왕이나 왕족, 종 2품 이상만 다닐 수 있는 거 아시죠. 아랫것들은 다른 문으로 다니서유. 맞기 싫으면.

"아빠, 홍화弘化가 뭐야?"

"널리 교화하다."

홍화문 들어서니 옥천교. 옥구슬 흘러가는 다리. 보물 제 386호. 궁궐 다리로는 유일한 보물.

"아빠, 왜 왕궁 들어갈 때 꼭 다리를 건너는 거야?"

춘당지 1909년에 조성된 원지苑池 (정원과 연못) 두 개의 연못으로 구성되어 있는데 위의 것은 340평, 아래 것은 2천 평. 연못 속의 섬은 1986년에 조성한 것. 원래 이곳은 연산군이 서총대 앞 대지를 파다가 중종반정으로 중단한 곳. 그 후 임금이 직접 농사지으면서 흉년과 풍년을 가능하던 권농장勸農場이 있던 곳. 권농장을 살려내야 할 텐데.

"귀신은 냇가를 못 건너걸랑."

명정문 들어서니 장관. 좌우로 24개의 품계석이 늘어서고. 임금을 중심으로 왼쪽엔 문반, 오른쪽엔 무반이. 그래 벼슬아치들을 양반이라고 부르고.

"아빠, 조선의 벼슬은 문무 9품씩 18품 아니야? 근데 왜 품계비가 24개지?"

"1품과 3품은 정正종從으로 나누어서 좌우 6개씩 12개야. 4품부터는 정종 구분 없이 12개고. 그래 품계석은 24개야."

"왜 꼭 24개로 나눈 거야?"

"우리나라는 농경사회라 24절기를 상징하는 거야."
명전전과 명정문, 회랑이 만들어내는 장대한 빈 공간.
이게 건축이다. 만날 형태만 바라보지 말고. 좀 좋냐.
하늘과 땅이 맞닿아 있고. 바람 넘실거리고. 새도 울고.
아늑하면서 웅장하고. 빈 듯하면서 차 있고. 차 있는 듯
하면서 비어 있고. 중앙의 높혀진 길은 어로. 임금만 다
니는 길. 이 길 밟으면 삼족을 멸한다. 이중 월대 위에
명정전明政殿이 앉아 있다. 밝은 정치를 펼치는 집. 국보
제 226호. 다듬지 않은 박석薄石 얇고 넓적한 돌 이 죽 깔려
있고.

관덕정觀德亭 이 정자는 춘당지 동북쪽 야산 기슭에 있는
사정射亭 (활터)으로 1642년 취미정翠微亭이란 이름으로
창건되었으나 1664년 지금의 이름으로 개명. 관덕觀德이
란 문무의 올바른 정신을 본받기 위해 '사자소이관성덕야
射者所以觀盛德也'에서 따온 말로, 평소에 마음을 바르게
하고 훌륭한 덕을 쌓는다는 뜻을 가지고 있다.

"아빠, 왜 월대가 2층이야?"

"가장 높은 분이 사는 집이라."

"왜 박석은 다듬지 않은 거야? 반듯하지도 않고."

"우린 어떤 인위적인 기법도 싫어하걸랑. 자연 속에 사는 게 선비들
의 꿈. 생긴 대로."

안을 들여다보았다. 까만 전돌이 깔려 있군. 용상 뒤로 일월도 병풍이
자리 잡고.

"아빠, 일월도日月圖가 뭐야?"

"해와 달, 그리고 중국의 5악岳 중 하나인 서왕모西王母가 살고 있다는
쿤룬산崑崙山을 주제로 그린 그림. 화면의 대부분을 점하는 5개의 큰
봉우리와 그 아래 소나무, 폭포, 파도, 상단 좌우에 해와 달을 포치鋪置
넓게 늘어놓음 시켜 좌우균형을 갖춘 그림. 임금은 천명을 받아 삼라만상
을 통치하며, 하늘의 보살핌으로 자손만대로 왕실과 나라의 무궁함
을 기원하는 의미도 담고 있단다."

명정전 좌측으로 문정전文政殿. 바른 정치를 공부하는 방. 왕의 숙소
인 편전便殿 편안한집 이기도 하고.

"아빠, 왕은 마누라 방에서 자는 거 아냐?"

"아니, 보고 싶으면 마누라 방에 갔다가 빨랑 돌아와야 돼. 군자는 몸을 함부로 하는 게 아니걸랑."

"왕 해 먹기 힘들겠다."

"응. 살아도 사는 게 아니란다. 비가 와도 걱정. 안 와도 걱정."

"근데 왜들 청와대 가려고 난리인 거야?"

"아직 정신을 못차려서 그래. 딸, 시청 앞 가자. 이명박은 물러가라, 물러가라 홀라 홀라."

이명박 왈.

"야, 저 초 누가 사 줬는지 조사해 봐라!"

"자기들끼리 푼돈 모아 샀다네요."

숭문당

"뭐라, 큰일 났군. 야, 내 임기 언제까지지?"

"이제 100일 됐으니까 설라무네. 아직 세월이네유."

"뭐라, 그만 둘 수도 없고. 나 원 참. 국회에 전화해라. 제발 나 좀 탄핵
해 달라고."

"싫다는디유."

"내 이것들을."

"무현이 형 요새 뭐 한대나?"

"다리 쭉 뻗고 수박 화채 먹고 있다네요."

"좋겠다."

명정전 뒤로 숭문당崇文堂. 학문을 숭상하는 집. 왕의 술집이기도 하
고. 애들아, 열심히 공부해서 나라를 반석盤石 넓고 평평한 큰 돌 위에 올
리자. 예, 전하. 빈양문賓陽門 귀한 손님들을 모시는 문 들어서니 이제 아줌마
들의 공간. 이제 엄격한 출입 통제구역. 함인정涵仁亭 인자함을 담는 정자.
1633년 인경궁의 함인당을 이전해 온 거다. 장원급제 한 친구들 접견
하던 곳. 인경궁은 인왕산 아래 사직단 뒤편에 광해군이 짓다 만 이
궁. 공사 중 광해군이 쿠데타로 쫓겨나는 바람에 죄다 뜯어 창경궁으
로 옮긴 거다. 애들아, 이제부터 까불지 마라. 다친다. 백성들이 너희
보다 더 똑똑하걸랑. 이제 내전 보자.

1. 경춘전景春殿 봄을 우러르는 집 정조, 헌종이 태어난 집.

영춘헌, 집복헌 영춘헌은 내전 건물
이고 집복헌集福軒 (복으로 가득찬
집)은 영춘헌의 서행각. 집복헌에서
는 사도세자와 순조가 태어났으며
정조는 영춘헌에서 승하. 1830년 소
실. 1834년 중건. 1983년 창경원 관
리사무소로 사용되다가 1986년 중
건 공사 때 변형된 부분 보수.

식물원 1909년 준공된 우리나라 최초의 식물원. 건축 당시 한국 최대의 목조구조 식물원이었으며, 열대지방의 관상식물을 비롯한 희귀한 식물을 전시하였다. 등록문화재 제83호. 이것도 옮겨야 되는데. 문화재청장 뭐하나.

2. 환경전歡慶殿 경사스러움을 기뻐하는집 중종이 승하한 집.

3. 통명전通明殿 밝음을 알리는집 침전. 보물 제818호.

4. 양화당養和堂 화목을 기르는집 철종비 철인왕후가 승하한 집.

교수님들, 제발 부탁합니다. 좀 가르칩시다. 인문학. 나 교수 안 시켜주나. 자, 이제 6만 5천 평의 창경궁은 가르쳐 준다. 건축을! 아니, 왜 만날 건축의 잣대로만 건축을 보나. 공포가 어떻고, 회랑이 어떻고. 그런 거 말고 600년 역사의 덧없음을 보라. 만날 왕궁에서 칼싸움이나 하고 아줌마들은 아줌마들대로 질투에 이를 갈고. 아랫것들은 떡고물 챙기기 바쁘고. 그제나 이제나.

다 욕심이 부른 화다. 창경궁은 가르쳐 준다. 제발 고마하라고. 좀 버려라. 버리고 버려도 또 차? 그럼 찰 때마다 창경궁에 가봐라. 그럼 창경궁은 이렇게 말한다. '까불지 말 것' 창경궁에 도도하게 흐르는 선조들의 가르침을 좀 배우자. 건축 그까이거는 안 배워도 좋다. 자연이 건축이고 건축이 자연인데 뭘.

불 타 는 건 축

서울 숭례문

한양에는 동대문, 서대문, 남대문, 북대문의 4대문이 있다. 1396년 건립된 동대문의 원래 이름은 흥인지문興仁之門이고.

"왜 대문 이름에 인仁자를 넣었어?"

"공자 가라사대 사람이 지켜야 할 5가지 덕목이 있단다."

"뭔데?"

"인의예지신仁義禮智信. 자고로 인간은 어질고, 의롭고, 예의 바르고, 지혜롭고, 믿음직해야 한단다."

"자고로는 뭔 말이야?"

"자고이래自古以來의 준말로 예로부터 내려오면서라는 뜻."

"그럼 정말 흥인지문이 600살이 넘었단 말야?"

"아니 1869년 중건重建 고쳐 새로 지음 한 거야."

"문밖에 둥그런 성이 있네. 다른 문에선 못 본 거 같은데."

"유난히 흥인지문으로 왜적의 침입이 빈번해서 성문을 보호하기 위해 쌓은 옹성甕城 항아리 모양의 성 이야."

"그럼 흥인지문은 뭔 뜻이 되는 거야?"

"인자함이 넘쳐나는 산맥처럼 높은 문."

보물 제 1호.

"아빠, 우리나라 보물은 전부 몇 개야?"

"현재 1,818개. 그중 건축물은 120개고."

흥인지문

1396년 건립된 서대문에는 의義자를 넣어 돈의문이 되고.

"돈의문敦義門은 뭔 뜻이야?"

"도탑고 의로운 문."

"왜 돈의문이 없어진 거야?"

"1915년 왜놈들이 도로 넓힌다고 헐어버렸걸랑."

"돈의문 복원해야 되는 거 아냐?"

"돈 없댄다. 숭례문 중건에 200억 들어가야 되고."

1398년 건립된 남대문에는 예禮자를 넣어 숭례문이 되고.

"아빠, 왜 숭례문이 국보 1호야?"

"가장 먼저 지정됐걸랑."

"우리나라 국보가 전부 몇 개야?"

"현재 303개."

"그럼 1호가 가장 중요한 보물 아냐?"

"아니. 번호는 지정된 순서에 불과한 일제의 잔재야. 번호 다 없앨 거
야. 문화재에는 등급이 없걸랑. 자기만의 보물이 중요."

"국보 2호는 뭐야?"

"1467년 건립된 원각사지십층석탑."

"어디 있는데?"

"종로 파고다공원에."

"그럼 3호는?"

"568년 건립된 북한산신라진흥왕순수비."

"그럼 이건 북한산에 있어?"

"아니. 자꾸 훼손돼서 지금은 용산 국립중앙박물관으로 옮겨 전시 중."

"순수비巡狩碑가 뭐야?"

"왕이 민심을 살피러 왔다간 걸 기념해 세운 비석."

"그럼 아빠가 생각하는 건축에서 가장 중요한 국보는 어떤 거야?"

"1등 종묘. 2등 병산서원. 3등 면앙정. 4등 청암정. 5등 녹우당. 6등 관
가정. 7등 소쇄원."

1396년 건립된 북대문에는 정靖자를 넣어 숙정문이 되고.

"아빠, 이번에는 인의예지신의 지智자 넣을 차례 아닌가?"

"맞아. 북문을 열어 놓으면 음란한 기가 들어와 도성 안 부녀자들의
풍기가 문란해질까 봐 문을 걸어 잠그고 사용하지 않았걸랑. 대신 상
명대학교 앞에 있는 지智자를 넣어 만든 홍지문을 주로 사용했어."

원각사지십층석탑 효령대군은
1464년 한양의 3대 사찰의 하나인
원각사의 조성도감제조造成都監
提調 (총감독관)가 된다. 흥복사라
는 이름의 이 고려시대 고찰은 효
령대군 덕에 원각사로 살아나지만
1486년 효령대군 떠나자 1504년 폐
사. 1897년 이 원각사는 대한민국
최초의 도시공원 탑골공원으로 변
신. 지금은 노인들의 전용 휴식터.

"홍지문弘智門은 뭔 뜻이야?"

"지혜가 넘쳐나는 문."

"그럼 숙정문肅靖門은?"

"편안하고 엄숙한 문."

"알았어. 근데 나는 이 숙정문 못 가봤는데."

"맞아. 1968년 이 문 근처로 북한의 공비들이 쳐들어온 적이 있어서 일반인의 출입이 금지됐었어."

"그럼 못 가봐?"

"아니. 2006년부터 제한적으로 인터넷 신청자에 한해 개방하고 있어."

"아빠. 가보자."

"그래, 예약해라. 이번 주말에 가자."

"아빠, 인의예지신에서 신信은 안 써?"

"한양을 깨우는 종루에 신信을 넣어 보신각이라고 명명."

"보신각普信閣은 뭔 뜻인데?"

"믿음의 소리를 널리 알리는 누각."

"아빠, 4소문도 가르쳐 줘."

숙정문 1396년 건립. 1413년 풍수지리학자 최양선이 지맥을 손상시킨다는 상소를 올린 뒤에 문 폐쇄. 숙정문은 음양오행 가운데 물을 상징하는 음陰에 해당하는 까닭에 나라에 가뭄이 들 때는 기우祈雨를 위해 열고, 비가 많이 내리면 닫았다. 서울 성곽의 나머지 문과 달리 사람의 출입이 거의 없는 험준한 산악 지역에 위치해 실질적으로 성문 기능은 하지 않았다. 사적 제10호.

"알았어. 오늘은 현장 답사. 백문이 불여일견百聞不如一見. 딸아, 백 번 듣는 것이 한 번 보는 것보다 못하느니라." 한성대입구역에서 내려 5번 출구로 나와 혜화역 쪽으로 조금 걸어가니 길 건너에 홍화문이 보인다. 동대문과 북대문 사이에 1396년 건립된 4소문의 하나. 1483년 창경궁 정문이 홍화문으로 정해진다. 워낙 좋은 이름이라. 헷갈리네. 그래 1511년 혜화문惠化門으로 이름을 바꾼다.

보신각 조선시대 한양에 종을 처음 건 것은 1398년. 1413년 종루를 종로 네거리로 옮겼으나 임진왜란으로 소실. 1619년 중건. 한국동란으로 다시 소실. 1953년 중건. 1980년 다시 원래의 2층 종루로 복원.

"아빠, 그럼 이 문 때문에 동네 이름이 혜화동이 되는 거야?"

"응. 지혜롭게 화합하는 동네라는 뜻."

1928년 이 동네에 전차가 생기면서 혜화문 철거. 1992년 복원. 두 번째 4소문은 동대문과 남대문 사이에 1396년 건립된 광희문光熙門. 광명의 문. 시구문이라고도 불리고 수구문이라고도 불린다.

"시구문屍軀門이 뭐야?"

"도성 안에서 사람이 죽으면 대부분 이 문으로 시신을 내보내 신당동 화장터나 금호동 공동묘지에서 처리했걸랑. 시신이 나가는 문."

"그럼 수구문水口門은?"

"청계천 물이 이 문 근처로 많이 흘러 나갔걸랑. 물이 나가는 문."

세 번째 4소문은 남대문과 서대문 사이에 1396년 건립된 소의문昭義門. 의로움을 밝히는 문. 사형수들을 이 문으로 데리고 나가 서소문공원에서 사형 집행하던 문.

"아빠, 그럼 서소문공원이 사형터였단 말이네!"

"응."

1914년 도로 확장하면서 소의문 철거. 마지막 4소문은 서대문과 북대문 사이에 1396년 건립된 창의문彰義門. 의로움을 드러내는 문. 4소문 중 온전하게 남아 있는 유일한 문. 자하문이라고도 불리고.

"자하紫霞는 뭔 뜻이야?"

"붉은 안개. 석가모니 몸에서 뿜어 나오는 자색紫色 광명이 안개처럼 서려 있다는 뜻이야."

"그럼 이 문 들어서면 극락이야?"

"응."

2008년 2월 10일 정부에 불만을 품은 한 노인이 숭례문 2층으로 몰래 잠입. 신나 뿌리고 불 지르고 도주. 지키는 사람도 없고. 무인경비업체는 취침 중이고. 5분 만에 소방관 현장 도착. 문화재청에 전화.

"지붕 부수고 물 뿌려도 되남유?"

"안 됨. 국보를 파손한 자는 무기징역임."

불은 안에서 계속 번지는데 소방관들은 기와지붕 위만 물청소 중. 양녕대군이 쓴 현판만 뜯었다. 문화재청장은 외국 여행 중이고. 국보 1호가 서울 한복판에서 활활 타는 모습 실시간으로 전 세계에 생중계. 5천만 대한민국 국민 눈물바다. 600년의 역사가 5시간 만에 완전 전소. 문화민족의 자긍심도 와르르 무너져 내리고.

공무원들은 다 책임 회피하기 바쁘고. 문화재청은 서울시 탓. 서울시는 중구청 탓. 중구청은 방화범 탓. 붙잡힌 방화범의 멘트가 날 울린다. 99퍼센트 대통령 탓. 사람은 안 죽었다. 다시 지으면 될 걸 왜들 난리야. 덕분에 우리 시대의 글쟁이 유홍준은 역사에 이름을 남겼다. 숭례문 불태워 먹은 문화재청장으로.

"아빠, 숭례문 중건할 수 있어?"

"피카소의 그림이 불타면 다시 그릴 수 있니?"

"아니. 그건 모조품에 불과하지."

"마찬가지야. 오래된 건물의 안전을 위해 해체 후 그 자재로 그대로 짓는 건 중건이지만 불타버린 숭례문의 중건은 불가능."

"그럼 어떻게 해야 돼?"

"불탄 모양 그대로 보존해서 후손에게 넘겨 줘야지. 우리 시대의 대한민국 국민들이 얼마나 못된 짓을 많이 했는지를 알려 줘야돼."

후손들아, 정말 미안하구나. 우릴 용서해 주라. 다시는 안 그럴게.

"숭례문崇禮門이 뭔 뜻이더라?"

"예의를 드높이는 문. 공자 가라사대 예가 아니면 쳐다보지 말고, 예가 아니면 듣지도 말고, 예가 아니면 말도 하지 말고, 예가 아니면 움직이지 마라."

"아빠, 왜 우리나라는 문화재 보존에 관심이 없는 거야?"

"영어교육에 매진하느라 바빠서. 인문학 교육엔 무관심하고."

방화범은 오늘도 감방에서 씩씩거리고 있다. 재수가 없어서 잡혔대나 뭐래나.

"아빠, 숭례문 방화범 15년 형 받았대."

"그래! 0 하나 더 붙이라고 해라."

"아빠, 나라 이름을 바꾸는 게 어떨까?"

"뭘로?"

"대한민국에서 영어민국으로."

명박이 형 왈. 국민성금으로 숭례문 복원하자. 난리가 났다. 관리들의 잘못을 왜 우리에게 전가하냐. 명박이 형 개인 돈으로 해라, 홀라 홀라. 문화재청의 1년 예산은 달랑 2천억 원. 대한민국 전체 예산의 0.29퍼센트. 이걸 갖고 전국의 문화재를 다 우째 지키나. 돈 좀 더 주라. 나중에 혼나지 말고.

손소1433-1484. 본관 월성. 가난.

"아빠, 손소 경주 손 씨 아니야? 인터넷에 그렇게 뜨던데."

"오류. 월성 손 씨가 맞다."

풍덕 류 씨 류덕하의 무남독녀와 결혼. 처가살이. 처갓집과 화장실은 멀수록 좋다고 그랬던가. 기가 센 손소는 이런 전설을 비웃는다. 처갓집인 양동마을로 이주. 장인 돌아가시면서 전 재산 인수. 1454년 서백당 건립. 집안을 일으키겠다. 중요민속자료 제23호.

"아빠, 서백당書百堂이 뭔 뜻이야?"

"하루에 참을 인忍자를 백 번 쓴다. 참아라, 딸."

"알았어. 참을 테니까 가방 사게 6만 원만 줘."

"줄게. 단, 남에게서는 돈을 빌리지도 빌려 주지도 마라. 꼭 빌려 줘야 되면 그냥 줘라. 의리 상하니."

지나가던 도인이 묵어갈 것을 청한다. 그러시지요. 이 집에서 3명의 현인이 태어나리라. 이제 손소는 벼슬길에 나선다. 1459년 식년문과 급제. 3년에 한 번 열리는 식년문과에는 전국의 향교와 서원에서 몰려든 석학들 1,400명 응시. 그중 33명을 뽑는다. 무과는 28명 뽑고. 1등인 장원을 비롯한 2, 3등은 갑과. 4등에서 10등까지는 을과. 나머지 23명은 병과. 그야말로 하늘의 별 따기. 이제 출셋길. 식년문과 합격자는 정 7품에서 벼슬 시작. 장원은 정 6품에서 시작하고. 별시과거 합격자는 정 9품에서 시작.

"아빠, 그럼 국가공무원 시험에 합격하면 몇 급이야?"

"7급 공무원."

"그럼 지방공무원시험 합격하면?"

"9급."

"그럼 고시 합격하면?"

"5급."

"조선시대랑 같네."

"응."

1460년 여강 이 씨 이번이 손소를 찾았다. 저희도 여기서 살게유. 그러세유. 서백당을 유심히 살펴보던 이번은 무첨당無忝堂 건립에 나선다. 조상에게 욕됨이 없게 하는 집. 보물 제411호. 같이 먹고 살자. 그래 양동마을은 월성 손 씨와 여강 이 씨의 집성촌이 된다.

1463년 집에서 전화가 왔다. 둘째아들 출산. 아들 이름을 뭘로 할깝쇼? 중돈仲暾으로 해라. 두 번째 아침 해. 우리 시대의 스타 손중돈이 태어난 거다. 그럼 도인이 얘기한 3명 중 1명이 서백당에서 태어난 거군. 다음 이 집에서 태어날 현인은 누굴까?

조선 제7대 왕 세조가 북방주민들을 홀대한다. 열 받은 이시애는 함길도 ^{지금의 함경도} 절도사 ^{지금의 군사령관} 강효문을 살해하고 반란. 손소는 종사관으로 토벌군 참전. 진압. 이시애 사형. 세조는 반란 진압에 공을 세운 44명을 3등급으로 나누어 땅 하사下賜 ^{임금이 신하에게 물건을 줌}. 손소는 2등 적개공신敵愾功臣 ^{적을 섬멸하는 데 공을 세운 신하}. 세조가 손소에게 물었다.

"자네 본관이 어딘가?"

"월성이옵니다."

무첨당 무첨당은 대청을 중심으로 좌우에 온돌방을 두고 좌측방 앞으로 누마루를 돌출시킨 'ㄴ'자형 집. 남측 면에는 필요 시 들어올려 누마루에서 산등성이 아래의 경관을 감상할 수 있게 들문을 달았다. 건물의 정면과 주요 공간인 대청에는 원기둥을. 나머지는 각기둥을 세웠다. 무첨당은 은퇴한 주인이 여생을 즐기는 별당으로 기둥 상부 공포 형식과 대공은 물론 난간, 초석 등에 이르기까지 화려하게 꾸몄다.

"명문가군. 니 소원이 뭐냐?"

"설창산 아래 양동마을에 저희 집안이 모여 사는 겁니다."

"니 맘대로 해라."

손소에게는 계천군이란 칭호가 봉군되고.

"아빠, 봉군封君이 뭐야?"

"나라에 큰 공을 세운 신하에게 내리는 최고의 품계."

"왜 군 앞에 계천이 붙은 거야!"

"양동마을 앞으로 흐르는 실개천의 이름이 계천이었걸랑."

"양동良洞은 뭔 뜻이야?"

"어진 선비들이 사는 마을."

양동마을은 언덕이 중첩되는 물勿자형 명당. 임신한 개가 새끼를 낳는 형상. 어라, 물자의 획이 안쪽으로 힘차게 뻗쳐 있네. 인물이 많이 나오겠군.

1489년 손중돈도 한양으로 출발. 식년문과 급제. 난리 났군. 손중돈의 여동생은 이웃에 사는 이번과 결혼. 이제 씨족사회로 간다. 1491년 여동생이 몸을 풀러 서백당을 찾았다. 아들 출산. 이름 이적.

그럼 서백당에서 2명 나온 거다. 어머니, 저 나가 살래요. 둘째아들 손
중돈 분가. 양동마을 입구에 관가정觀稼亭 건립. 곡식들이 자라는 모
습을 보듯 자손들이 커가는 모습을 보는 집. 보물 제 422호. 솟을대문
들어서니 자그마한 ㅁ자 안마당은 자연속의 자연. 크지도 작지도 않
은 소우주. 좌회전 하니 사랑채. '올라가지 마세요' 라는 경고판이 날
울리고.

아무도 없고. 난 신발 벗고 올라가 마루에 앉아 뻥 뚫린 기둥 사이로
멀리 안강평야를 내려다보았다. 벼이삭은 춤을 추고. 내 마음도 흔들
리고. 바람 잘 통하고 시원하고 따뜻하고. 비도 안 새고. 좀 좋냐. 인문
학적인 건축. 안개 자욱한.

손중돈은 벼슬이 공조판서 지금의 건교부 장관 에 이르고. 조선의 제 11대
왕 중종은 손중돈에게 청백리 하사.

"아빠, 청백리淸白吏가 뭐야?"

독락당 1530년 탐관오리 김안로의 재등용에 반대하다 잘린 회재 이언적은 자옥산 아래 부친 별장으로 낙향. 회재는 동쪽의 자계가 바라보이는 안마당에 사랑채 건립. 장기전에 들어간다. 독락당獨樂堂이라는 현판을 걸었다. 현실에서 벗어나 홀로 즐거움을 만끽하는 집. 보물 제413호.

"능력과 도덕성을 겸비한 조선시대 최고의 벼슬아치. 조선 역사상 219명의 청백리가 있었단다."

"우리 광주 이 씨는 청백리 몇 명 배출했는데?"

"5명."

이적1491-1553 은 아예 처갓집살이. 너무 양동마을이 좋은 거다. 호 회재.

"아빠, 회재晦齋가 뭔 뜻이야?"

"어두운 집. 땅 속은 어둡지만, 그곳에 깊이 뿌리 박은 나무가 밝은 세상에 아름다운 꽃을 피운다."

양동마을에서 태어난 이적은 외숙인 손중돈에게 수학. 난리 났군. 청백리가 교육에 나섰으니. 1514년 이적도 식년문과에 급제. 중종 앞에 무릎을 꿇었다.

"자네 본관이 어딘가?"

"여강이옵니다."

"이름은 뭔가?"

"나아갈 적迪이옵니다."

"언彦자 하나 더 붙여라. 선비의 길로 나가게."

그래 이언적이 된다. 1530년 사간원 사간司諫, 임금에게 들이대는 게 직업인 벼슬. 1542년 예조판서 지금의 교육부장관. 노모 봉양奉養 웃어른을 받들어 모심 을 이유로 사직. 이언적의 효성에 감복한 중종은 노모를 가까이 모실 수 있도록 경상도 관찰사에 임명하고 노모를 모실 향단 건립 하사. 1573년 경주의 옥산서원에 제향. 1610년 문묘에 배향. 대한민국을 빛낸 18현 중 한 명.

"18현이 누구더라? 저번에 얘기한 거 같은데."

"최치원, 설총, 안유, 정몽주, 정여창, 김굉필,

이언적, 조광조, 김인후, 이황, 성혼, 이이, 조헌, 김장생, 송시열, 김집, 박세채, 송준길. 반복 학습"

여강 이 씨들 속속 양동마을 집결. 이언적이 이 동네에서 태어나 과거 급제한 걸 안 거다. 양동마을 입구에서 이 마을 부의 원천인 안강평야를 묵묵히 내려다보는 향단. 보물 제 412호. 건립 당시엔 99칸이었지만 지금은 51칸만 남아 있고. 동네 목수가 이언적을 찾았다.

"대감님, 대지가 경사지라 집 짓기가 어렵네요. 마을 아래로 내려 짓죠."

"시끄러 인마. 인문학적인 건축은 내다보이는 풍광이 좋아야 하느니라. 그냥 지어라."

"평면은 ㅁ자로 하면 되죠? 지가 ㅁ자 전공이라."

"아, 참 달이 밝구나."

"알것습니다."

그래 향단의 평면은 달 월月자가 되고. 유례가 없는 일.

"아빠, 왜 집 이름이 향단香壇이야?"

"부처님에게 피워 올리는 향이 가득한 제단이란 뜻이야. 이언적이 타지로 부임해가면서 동생 이언괄에게 물려주었는데 그의 손자 이언관

의 호가 향단이었걸랑."

대원군이 무첨당을 찾았다. 어라, 이 집 장난 아니네. 일필휘지. 숙박료 대신. 좌해금서左海琴書. 선비는 책을 읽어야 하지만 풍류도 알아야한다. 양동마을에는 지금도 여강 이 씨 80여 가구, 월성 손 씨 20여 가구를 포함해 150여 가구 7백여 명이 모여 산다.

2006년 경주시는 6년 동안 총 620억을 투입해 양동마을 살리기에 나선다. 뭐라, 하회마을에 영국 여왕이 다녀 갔다고라. 두고 보자, 하회마을. 뭐 이런 거다. 최근 70억 집행. 마을 입구에 있던 못생긴 양동교회 철거. 향단 아래 나지막한 양동교회 신축. 전신주는 전부 땅에 묻었고. 여기저기 공사 중.

"딸아, 자고 가자."

"나 낼 서울에서 약속있걸랑."

맘대로 안되는군. 센 선비들 기 받아야 되는디. 너무 바글바글한 하회마을보다야 양동마을이 훨 낫다. 2007년 30만 명 방문. 주차료 공짜. 입장료도 없고.

"아빠, 아까 서백당에서 현인이 3명 태어난다고 하지 않나?"

"곧 태어날 거야."

향단 풍수지리에 의거, 몸채는 '月'자형으로 하고, 여기에 'ㅡ'자형 행랑채와 칸막이를 둠으로써 用자형으로 만들었다. 행랑채, 안채, 사랑채가 모두 한 몸체로 이루어지며 각각의 마당을 가져 작은 중정 2개가 있다. 안채와 사랑채 사이는 안마당으로 쓰이고 안채 뒤편 노천 공간은 반빗간을 겸한 부엌이다. 안채가 다른 집과 달리 앞쪽에 배치됨에 따라 사랑채를 조금 뒤로 물려, 잃기 쉬운 여성 공간의 은폐성을 최대한 높였다.

안동 병산서원

둥실둥실 떠다니는 건축

조선시대 나라에서 운영하던 국립학교가 향교다. 나라에서 땅을 지급해 그 땅에서 얻는 수익으로 향교를 운영하고. 하지만 사립고등학교인 서원이 득세하자 힘을 못 쓴다.

1542년 주세붕이 풍기군수로 부임하니 고려의 대유학자 안향의 폐가가 버려져 있다. 백운동서원을 만들어 중국의 성리학을 처음으로 수입한 안향의 업적을 기리고 학생들 가르치기 시작.

"아빠, 안향이 누구야? 첨 듣는데."

안향安珦 1243-1306. 본관 순흥順興. 원종 초에 문과에 급제. 몽골에 인질로 보내는 왕족, 귀족의 자제인 독로화禿魯花로 선발. 1289년 왕과 공주를 호종해 원나라에 들어갔다가 이듬해 귀국. 이때 원의 연경에서 〈주자전서朱子全書〉 필사해 주자학을 최초로 들여온다. 벼슬이 도첨의중찬都僉議中贊 지금의 부총리급 에 이르고. 문묘에 배향되고, 임강서원, 회헌영당, 소수서원에 제향.

퇴계 이황이 풍기군수로 와보니 백운동서원의 학생들이 기특하다.

"아빠, 퇴계退溪가 뭔 뜻인데?"

"벼슬에서 물러나 시냇물을 벗 삼아 산다."

소수서원 紹修書院 1542년 풍기군수 주세붕이 안향의 사묘祠廟를 세우고 1543년 학사學舍를 옮겨 지어 백운동서원을 설립한 것이 이 서원의 시초. 1633년 주세붕 추배追配. 1550년 이황이 풍기군수로 부임해 와서 조정에 상주해 소수서원이라는 사액賜額과 〈사서오경四書五經〉, 〈성리대전性理大全〉 등의 내사內賜를 받게 되어 최초의 사액서원이자 공인된 사학이 되었다. 1871년 대원군의 서원 철폐 때에도 철폐를 면한 47서원 가운데 하나. 사적 제55호.

임금에게 전화.

"전하, 백운동서원을 살려내야 되걸랑요?"

"니 맘대로 하세요."

왕도 퇴계한테는 꼼짝 못한다. 학문으로 일가 이루었지, 청렴결백하지. 잘생겼지. 이걸 우찌 건드냐. 그래 백운동서원은 왕으로부터 소수서원이라는 편액을 받고 조선 최초의 사액서원이 된다.

"아빠, 편액扁額이 뭐지?"

"건물 정면의 문과 처마 사이에 붙인 건물 이름을 쓴 간판."

"그럼 사액賜額은?"

"왕이 사당이나 서원의 이름을 지어 그것을 새긴 편액을 내

리는 거."

1년 만에 다시 사직. 1560년 완전 낙향. 도산서당 차린다.

"아빠, 왜 서원 이름이 도산陶山이야?"

"이 서원 뒤에 있는 산이 질그릇처럼 생겨서. 센 선비들은 원래 인위적인 걸 싫어했걸랑. 질그릇처럼 투박한 서당."

전국에 소문이 났다. 조선 최고의 사설학원이 생겼다나 뭐라나. 숙식, 학비 공짜. 난리가 났다. 젊은이들이 구름처럼 모여들고. 부랴부랴 농운정사 건립.

"아빠, 농운정사濃雲精舍는 뭐하는 데야?"

"아주 짙은 구름이 드리워진 정신을 수양하는 집."

1570년 갈 때가 됐다. 유언은 이렇다.

"조정에서 내려주는 예장을 사양하고, 비석도 세우지 말 것." 나 간다.
퇴계의 부음을 들은 이율곡은 통곡하면서 만사를 짓고 제문을 바쳤다.

"선생은 세상의 유종儒宗 유교의 시조 이 되셨다. 정암 조광조 이후에 견줄 만한 사람이 없다. 재주와 기량은 혹 정암에 미치지 못한다 해도 의리를 탐구하고 정미精微 정밀하고 자세함 함을 다한데 이르러서는 정암 또한 미칠 수 없는 정도였다."

도산서원 陶山書院 이황이 도산서당을 짓고 유생을 가르치며 학덕을 쌓던 곳에 1574년 이황의 학덕을 추모하는 그의 제자와 유림이 중심이 되어 경북 안동시 도산면 토계리에 창건한 서원. 1575년 한호의 글씨로 된 사액을 받음으로써 영남 유학의 연총淵叢 (사람이 모이는 곳)이 되었다. 서원 내 전교당典教堂은 보물 제 210호. 서원 안에는 4천 권이 넘는 장서와 장판藏板 및 이황의 유품이 남아 있다. 1969년 완전 해체 복원. 사적 제 170호.

류성룡 柳成龍 (1542-1607). 본관 풍산. 호 서애西厓 (서쪽 언덕). 의성 출생. 이황의 수제자. 1566년 별시 문과에 병과로 급제. 1592년 임진왜란이 일어나자 도체찰사都體察使로 군무 총괄. 이순신, 권율 등 명장 등용. 이듬해 중국 명나라 장수 이여송과 함께 평양 수복. 1598년 북인의 탄핵을 받아 삭탈관직. 1600년 복관되었으나, 다시 벼슬은 하지 않고 은거. 안동의 호계서원과 병산서원에 제향.

백운동서원은 선현과 향현에게 제사를 드리는 사당과 청소년을 가르치는 서재書齋를 함께 갖춘 최초의 사립학교.

"아빠, 선현先賢은 누구고 향현鄕賢은 누구를 말하는 거야?"

"선현은 공자를 비롯한 센 선비. 향현은 그 고향 출신의 현명한 선비."

"아빠, 서당과 서원 다른 거야?"

"서당은 사설 학원. 서원은 사당과 기숙사를 함께 갖춘 사립학교. 사당이 있느냐에 따라 규모가 커지는 거야."

류성룡의 수제자 정경세가 아들에게 보낸 편지 한번 보자.

"하회의 유업은 시서뿐이라서

자손들은 나물밥도 배불리 못 먹네

10년을 정승 자리에 계셨지만

어쩌다 살아갈 방도조차 마련치 못했는지."

민가들이 연이어 들어서면서 시끄러워 공부할 수가 없게 됐다. 마침 퇴계의 수제자 류성룡이 부친상으로 하회마을에 오셨다. 선상님, 서

복례문

당을 어디로 옮기면 좋을까요?

"천고의 주역 이치를

3년 동안 앉아서 연구했다네

마음속엔 푸른 벽이 섰는데

음미하는 옆엔 저문 강물이 깊네."

알긋냐. 예. 병산屛山 앞으로 가라굽쇼. 산이 병풍처럼 펼쳐진 센 산.

서애 류성룡은 스승이 그려 놓은 도산서원의 마스터 플랜을 자세히

들여다 보다 무릎을 쳤다. 나도 병산서원이나 지어야겄다. 그래 대한

민국은 명품 2개를 갖게 되는 거다. 역시 그 스승에 그 제자군. 청출어

람靑出於藍. 푸른 빛이 쪽빛에서 나왔지만 쪽빛보다 더 푸르군.

"아빠, 그게 뭔 말이야?"

"한 스승에게서 배운 제자가 그 스승보다 훨 나은 법."

그래 1572년 풍악서당은 지금의 병산 앞으로 이전하면서 병산서당

이 된다. 임진왜란. 또 왜놈들이 불 지른다. 끓는다. 1607년 중건重建
고쳐 새로 지음. 1610년 서애 류성룡의 위패를 모시는 존덕사尊德祠 덕을 공경
하는 사당 건립하면서 이제 병산서원이 된다. 1863년 철종이 병산서원
이라는 편액을 내려 사액서원이 되고. 가문의 영광.

"아빠, 친척親戚은 뭐고 인척姻戚은 뭐야?"

"아빠 쪽의 8촌 이내 혈족이 친척. 인척은 엄마랑 결혼하면서 만들어
진 엄마 쪽 4촌 이내의 혈족."

조선 말 서원은 본래의 갈고 닦는 성스러운 교육의 장에서 패거리
정치의 아지트로 타락. 그래 조선시대 마지막 칼잡이 흥선대원군은
1868년 서원 철폐령을 내린다. 수백 개의 서원을 때려 부수지만 병
산서원을 포함한 47개는 살아남는다. 큰일 날 뻔했다. 고맙습니다,
합하.

"아빠, 합하閤下가 뭐더라?"

"흥선대원군이 조선 제 26대 왕 고종의 아빠인 건 알지?"

"응."

"정 1품의 벼슬아치를 높여 이르는 말. 지금으로 말하면 왕의 아빠는
국무총리급으로 예우를 받았걸랑. 문무백관의 으뜸 벼슬."

아직도 비포장도로. 좌측으로 낙동강이 도도하게 흐르고 병산이 이를
감싸 안는다. 이제 들
어가 보자. 정문인 솟
을대문은 복례문. 자
신을 낮추고 예禮로 돌
아가는 것이 인仁이다.
예를 갖추고 복례문
들어서니 바로 만대루
다. 만대晚對는 중국 최
고의 시성詩聖 시의 최고봉

초석

두보의 오언시伍言詩 1구句 5자字로 되어 있는 중국시 의 〈백제성루百濟城樓〉에 나오는 '푸른 절벽은 오후 늦게 대할 만하니'에서 따온 말이고. 죽이는 군. 정말 못살것다.

7칸의 그야말로 장대한 누마루에 올라서니, 이곳이 바로 정토淨土 부처님이 사시는 청정한 나라 이며 이곳이 바로 우주다. 다듬지 않은 채 생긴 대로 끼워 맞춘 기둥들 사이로 보이는 푸른 절벽은 한 폭의 병산제색도가 되고.

"아빠, 제색도霽色圖가 뭐야?"

"비가 갤 때의 절경을 그린 그림."

"아빠, 그럼 만대루는 왜 7칸이야?"

"건너편 병산이 7폭짜리 병풍이라."

이제 만대루로 인해 이곳 병산은 낙동강을 사이에 두고 하나로 완성되나니. 푸른 절벽과 푸른 강은 이곳 만대루를 휘감고 돌고. 어디로 갈거나. 흘러가자. 뭐 잘났다고. 이 숭고한 만대루는 온갖 자연의 범상치 않은 까탈스러운 투정을 그저 담대하게 바라본다. 태풍이 불거나 파도가 치거나 비가 오거나 눈이 오거나 개의치 않는다.

만대루는 그런 자연의 일희일비一喜一悲 한편으로는 기뻐하고 한편으로는 슬퍼함에 무관심. 인간들은 들으라. 탐욕과 분노와 무지로 불타고 있는 집에서 뛰쳐나오지 않을래. 포효한다. 그것도 나지막한 목소리로. 안 나오면 말고. 난 그대로 여기 서 있을란다. 나중에 후회하지 마라. 뭐 이런 거다. 이미 이 만대루는 불교와 유교가 2개가 아님을 가르쳐 준다. 그래 부처와 공자는 하나다. 이제 만대루는 건축을 넘어 영겁永劫 영원한 세월 의 경지에 오른다. 건축이 뭐 별건가.

"아빠, 겁劫이 뭐더라? 많이 들었는데."

"시간의 단위로 가장 길고 무한한 시간."

하늘에는 구름이, 땅에는 감히 만대루가 둥실둥실 떠다니고. 좋다. 지나던 방랑시인 김삿갓은 만대루에 올라 이렇게 한탄한다.

"평생에 여가 없어,
이름난 곳 못 왔더니
백발이 된 오늘에야,
만대루에 올랐구나
그림 같은 강산은,
동남으로 펼쳐 있고
강물은 소리 내며,
밤낮으로 흐르누나
지나간 모든 일이,
말을 타고 달려온 듯
우주 간에 내 한 몸이,
오리마냥 헤엄치네
100년 동안 몇 번이나,
이런 경치 구경할까
세월은 무정하다,
나는 벌써 늙어 있네."

만대루

머리 숙여 만대루 밑을 통과하니 시원한 안마당. 향교는 서민들의 자제도 입학 가능하지만 서원은 양반 자제만 입학 가능. 좌측의 동재東齋는 상급생 숙소, 우측의 서재西齋는 하급생 숙소. 정면에 입교당立敎堂. 가르침을 바로 배우는 교실. 15일마다 열리는 강회에서 스승의 가르침을 받는 대청마루. 동재의 상급생은 우측에, 서재의 하급생은 좌측에 무릎 꿇고 앉아 강의를 듣는다. 철저한 위계질서. 여기서 합격하면 다음 숙제가 주어지고. 불합격하면 낙제. 같은 내용으로 다음 강회에 참석.

"아빠, 서원은 몇 년제야?"

"짧게는 2년에서 10년까지 다니는 학생도 있어. 배움을 마칠 때까지. 안 되면 집 앞으로. 아빠한테 뒈지게 맞고."

대청 좌측 방 명성재明誠齋 정성이 빛나는 방 는 원장님 방, 우측 온돌방 경의재敬義齋 의로움을 공경하는 방 는 교무실. 좌고우저左高右低. 좌측이 높고 우측이 낮은 법. 입교당 뒤로 존덕사. 전학후묘前學後廟. 앞에는 학교를, 뒤에는 사당을 놓는 거 역시 서원건축의 배치법. 전국의 서원이 이를 따름. 뒤로 갈수록 더 중요한 방이 놓이고. 사당은 죽은 자들의 방

만대루 나무 계단

이므로 정면에만 출입문을 달고 나머지 삼면에는 창을 두지 않아 어두운 분위기를 유지한다.

서애 류성룡의 가르침 들어 보자.

"식견이 부족하면 큰일을 하지 못할 것이며

재주가 골고루 미치지 못하고 한정되어 있으면

사리에 통달하여 활용할 줄 아는 학자가 될 수 없다."

"서원의 정원은 몇 명인데?"

"20명. 학생이 넘치면 인근마을에서 하숙해야돼."

"아빠, 원장실 뒤에 있는 저 목조건물은 뭐야? 벽도 다 나무판이네."

"장판각. 인쇄용 목판을 보관하는 건물. 바람 잘 통하라고 전부 나무판으로 만든 거야."

대충 통나무를 잘라 만든 나무계단을 밟고 만대루에 올라 앉아 상념에 잠겼다. 왜 이렇게 센 사람이 많은 거야. 난간 너머로 낙동강이 도도히 흐르고 저 병산 위에선 새가 운다. 꺼이꺼이.

어초은 윤효정1476-1543 은 1501년 해남읍 연동리 2만 평에 집 짓고
안빈낙도.

"아빠, 어초은漁樵隱이 뭔 뜻이야?"

"고기 잡고 땔나무나 하면서 은둔하겠다."

"왜 세상에 나가기 싫은 거야?"

"다칠 게 뻔하걸랑."

"안빈낙도安貧樂道는 뭐야?"

"가난한 생활을 하면서도 편안한 마음으로 도를 즐겨 지킴."

어초은의 후손 고산 윤선도1587-1671. 17세에 진사초시 합격. 이제 벼
슬길에 나선다. 다칠 게 뻔한 길을 떠나는 거다. 어쩌냐, 먹고 살아야
하니. 퀴즈. 다쳤을까요, 안 다쳤을까요? 뻔한 퀴즈.

"고산孤山은 또 뭔 뜻이야?"

"외따로 떨어져 있는 산."

광해군의 오른팔 이이첨과 붙었다. 누가 이길까요? 당연히 고산 31
살에 유배 길에 오른다. 두고 보자. 오지 함경도 경원에서 도 닦는다.

"아빠, 이이첨 본관이 어디야?"

"광주."

"어라, 그럼 우리 선조네."

"응."

인조 仁祖 (1595–1649) 선조의 손
자. 아버지는 정원군. 1624년 이괄
이 반란을 일으켜 서울을 점령하자
일시 공주로 피난갔다가 조선 제16
대 왕에 올랐다. 1636년 국호를 청
淸으로 고친 태종이 10만 대군으
로 침입. 남한산성에서 항전하다 청
군에 항복. 군신의 의를 맺고 소현
세자와 봉림대군이 볼모로 잡혀감.
1645년 볼모생활에서 돌아온 소현
세자가 죽자 조정은 봉림대군을 세
자로 책봉한 뒤 소현세자빈 강 씨
사사賜死.

1623년 인조반정. 쿠데타. 이이첨
사형. 아들 3명도 사형. 멸족. 그
래 우리 집안도 가난의 길로 접어
들고. 그래 난 속세에 안 나간다.
그럼 어떻게 먹고 살지? 음, 조선
의 사형제도 보자.

1. 교형絞刑 – 목 졸라 죽인다.

2. 참형斬刑 – 머리를 잘라 죽인다.

녹우당 후원 오솔길

3. 오살伍殺 – 머리를 찍어 죽인 다음 팔다리 벤다.

4. 육시戮屍 – 이미 죽은 시체의 목을 다시 벤다.

5. 거열車裂 – 죄인의 팔과 다리를 네 방향으로 우마에 묶어 동시에 우마를 몰아 찢어 죽인다.

6. 사사賜死 – 왕이 내린 독약을 마시고 죽는다.

7. 부관참시剖棺斬屍 – 이미 죽은 자의 무덤을 파헤쳐 시체를 꺼내 목을 매단다.

그래도 범죄는 끊이지 않고. 대한민국은 1997년 23명의 사형이 집행된 이후 사형 중단. 10년 동안 사형이 집행되지 않아 "실질적 사형 폐지국." 지금 58명의 사형수 대기 중. 이들은 잠을 못 잔다. 언제 죽일지 알 수 없으니. 오늘 신문에 긴급 뉴스가 올라왔다. 마누라가 상습 폭행하던 남편의 머리를 망치로 쳐죽임. 우찌 해야 되남유, 부처님. 나도 모름. 야, 아스피린 사 와라.

고산은 6년 만에 복권. 의금부도사가 된다. 지금으로 말하면 검찰청 검사. 날아가는 새도 떨어뜨리던 직책. 3개월 만에 사직. 다 부질없는 일. 누가 누구에게 죄를 묻는단 말인가. 낙향. 목구멍이 포도청. 다시 나간다. 42살에 별시 문과 장원.

효종 孝宗 (1619~1659) 인조의 둘째 아들. 1626년 봉림대군鳳林大君에 봉해지고, 병자호란으로 세자와 함께 청나라에 볼모로 잡혀가 8년간 있었다. 1645년 소현세자가 변사한 후 세자에 책봉되어 1649년 즉위. 볼모생활로 청나라에 대한 원한을 품고 그 설욕에 뜻을 두어 송시열 등을 중용, 은밀히 북벌계획 수립. 그러나 청나라의 국세가 더욱 일어나 북벌의 기회를 얻지 못했다. 충청도와 전라도에 대동법大同法을 실시했고, 상평통보常平通寶를 주조해 화폐로 유통시키는 등 경제 시책에 업적을 남겼다.

이제 왕자들 사부가 된다. 학생은 2명. 왕세자 봉림대군과 인평대군.

"저하, 달마가 왜 동쪽으로 갔남유?"

"잘 모르겠는디유."

"뭐라고나. 저쪽으로 가서 손 들고 서 있으세요."

"예, 스승님."

왕도 못 건드리는 무소불위無所不爲 하지못하는 일이 없음 의 자리.

"아빠, 저하邸下는 뭐야?"

"귀인이 사는 집은 다른 집보다 땅을 돋아서 지어야 되걸랑. 그러니까 설라무네 돋아진 땅보다 낮은 곳에서 뵈어야 하는 분."

장남 인미, 차남 의미 사마시 합격. 어초은에서 시작된 5대째 과거 급제. 왕이 삼부자를 불렀다. 식사나 하자. 영광스러운 자리.

"야, 너네 집안은 우째 그리 학문이 높냐?"

"빨랑 돈 벌어서 낙향하려고요. 다치기 전에."

"고향이 어딘데?"

"해남이옵니다."

"그 땅끝마을 말이냐?"

녹우당 솟을대문

안채

"예, 전하."

"좋겠다. 난 갈 곳이 없걸랑. 얘들아, 열 받는데 목욕이나 가야겠다. 준비해라."

온양행궁 가신다고라. 난리가 났다. 수행 인원 수천 명. 노량진나루터 역장 맞아 죽게 생겼다. 영감님을 찾았다.

"영감님, 좀 살려 주십시오! 저희 노량진나루터에는 관선이 15척밖에 없는데 전하가 온양 가신다고 저희 나루터로 오신다네요."

"한강에서 운행 중인 관선이 전부 몇 척이냐?"

"다 모아도 60척."

"민간인 선박에 총동원령 내려라."

800척 노량진 집결. 쇠줄로 묶고 철판 깔아 배다리 완성. 왕이 무사히 한강을 건넜다. 이젠 식사시간. 길에서 식사할 순 없고. 지금의 노량진 고가차도 아래에 주정소晝停所 왕이 능행 중에 들러 점심식사 하던 곳 설치. 현판을 걸었다. 용양봉저정. 용이 뛰놀고 봉황새가 높이 나는 정자. 사옹원司饔院 궁중의 음식을 맡아보던 관청 에서 나와 12가지 반찬으로 꾸며진 12첩 반상 준비. 왕에게 수라상을 바쳤다. 산해진미.

"아빠, 수라水刺가 뭐야?"

"몽골말인데 임금에게 올리는 밥. 어른한테 올리는 밥은 진지고."

온양행궁 도착. 목욕. 자 이제 올라가자. 뭐라고나. 영의정 열 받았다. 저흰 아직 물에 발도 못 담갔걸랑요. 시끄러 인마, 가자. 예. 뭐야 우린.

"온양행궁 어딨어? 가보자."

"지금의 온양관광호텔 자리에 있었는데 왜놈들이 때려 부쉈어. 지금 재건축 준비 중."

48세에 고산은 가족들 데리고 해남으로 이사. 50세에 차남 병사. 이제 다 싫다. 51세에 병자호란. 중국군이 또 쳐들어온 거다. 내 이놈들을. 2008년 대한민국 군용기가 중국으로 쳐들어갔다. 역사상 군용기가 들어가기는 최초. 복수전이냐고요! 아니요, 선비의 나라. 지진 피해 입은 서민들 줄 담요 싣고 갔다네요. 조선 제16대 왕 인조는 남한산성으로 피신. 망신. 원손대군은 강화도로 피신.

뭐라, 원손대군이 강화도에? 고산은 자비로 배를 빌려 의병군 싣고 해남에서 강화도로 출발. 저하, 잠시만 기다리십시오. 제가 갑니다.

어라, 강화도 전역에 중국군 기가 나부끼네. 이미 함락. 배를 돌린다. 애들아, 탐라국으로 가자. 만날 당파싸움만 하더니 나라가 망하게 생겼군. 나 대한민국 싫어. 태풍.

"아빠, 탐라국 제주도 말하는 거지?"

"응."

안채

"제주도 우리나라 아니야?"

"1402년 조선의 식민지가 됐어. 그 전까지는 독립국가였어."

"그럼 제주도 사람들 우리나라 싫어하겠다."

"맞아."

"그래서 제주도 사람인 엄마와 아빠가 싸우는 거야?"

난파선은 어느 이름 모를 섬 도착.

"얘들아, 이 섬 이름이 뭐냐? 풍광 죽이네."

"보길도甫吉島이옵니다."

고산사당

"그게 뭔 뜻인데?"

"볍씨가 좋은 섬이라네요."

"거 참 신기한 땅이로구나. 해풍에도 농사가 잘 된다고라. 여기서 살자."

부용동에 낙서재 짓고 정착.

"아빠 낙서재樂書齋가 뭐하는 데야? 낙서하는 덴가."

"아니. 즐겁게 글 쓰는 집."

완전 낙원이군. 이제 꿈을 이루었나. 아니다. 한양에서 전화가 왔다. 영덕현으로 다시 유배. 유배 이유? 남한산성의 왕을 버리고 혼자 잘 먹고 잘 살고 있음. 파렴치범임. 나 사재 털어 왕자 구하러 갔었걸랑요. 본 사람 없음. 좋다. 나 굶고 있음을 다시 밝혀 둔다.

1649년 제자인 봉림대군 우여곡절 끝에 조선 제 17대 왕 등극. 어떤 놈이 스승을 유배 보냈어? 제가 안 그랬는디유. 이제 고산은 65세. 다시 부용동을 찾아 어부사시사漁父四時詞를 읊는다.

"연잎에 밥을 싸고 반찬은 준비하지 마라.

닻 올려라 닻 올려라.

삿갓은 이미 쓰고 있노라, 도롱이는 가져오느냐.

찌그덩 찌그덩 어여차

무심한 갈매기는 내가 저를 좇아가는가, 제가 나를 좇아오는가?"

추원당

그래 이 어부사시사는 대한민국 최고의 명품이 되고. 효종은 수원에 스승의 집을 내린다. 스승이 한양을 싫어하니. 어라, 나랑 같네. 이미 고산은 72세. 효종 승하. 74세에 다시 삼수로 유배. 정말 가만 안 두는 군. 부인도 4남도 가고. 너무 오래 살았나. 82세에 수원집 해체. 배에 실었다. 고향 가자. 근데 파도는 도대체 왜 치는 걸까.

고향집 안채 앞에 사랑채 복원. 어라, 뒷산 비자나무 숲이 흔들리면서 나는 소리가 봄비 내리듯 하네. 현판을 걸었다. 녹우당.

"아빠, 녹우당綠雨堂이 뭔 뜻이야?"

"푸른 비를 내리는 집."

3남 예미도 가고. 보길도 낙서재에서 고산도 간다. 이미 85세. 추사가 녹우당을 찾았다. 어라, 이 집 장난 아니네. 하루 자고 가면서 숙박비 대신 현판을 하나 써 준다. 일로향실.

"아빠, 일로향실一爐香室은 또 뭔 뜻이야?"

"한 개의 화로로 온 방이 향기롭다."

1679년 숙종은 충헌忠憲이라는 시호를 내린다. 고산은 조선시대 최고의 충성스러운 공무원이었음을 왕이 보증함. 고산 선생님, 죄송합니다. 만날 유배만 보낸 저희 조선 왕실을 용서해 주십시오.

다산초당 전남 강진군 도암면 만덕리 소재. 단층의 기와집으로 앞이 마루로 된 소박한 남향집. 처마 밑에는 추사의 글씨를 집자한 '茶山草堂'이라는 현판이 달려 있다. 만덕산에 자리 잡고 강진만을 한눈에 굽어보는 이 다산초당은 원래는 윤단이 운영하던 서당이었다. 원래의 초당은 붕괴되어 1958년 강진의 다산유적보존회가 현재의 초당을 중건하면서 기와를 얹었다. 1801년 신유박해 때 유배된 다산은 강진에서의 유배생활 18년 가운데 11년간을 이곳에서 18명의 제자들을 가르치면서 실학을 완성한다. 사적 제107호.

1801년 해남 윤 씨의 외증손인 다산 정약용이 강진으로 유배를 왔다. 이제 불혹. 할머니가 마중 나왔다. 너 웬일이냐. 작년 정조가 돌아가신 후 역풍 맞았어유. 너무 잘나간대나 머래나. 야, 녹우당 가자. 싫어유. 난 산으로 갈래유. 햇빛도 들지 않는 산속에 다산초당 짓고 독서 시작. 할머니는 녹우당의 책들을 긴급히 산 위로 올려 보낸다. 18년간 다산은 실학 완성. 〈목민심서〉를 비롯한 수백 권 저술. 센 집안. 나도 유배 보내 주라. 공부 좀 하게.
1938년 추원당 건립. 어초은 선생에게 바친다.
"아빠, 추원당追遠堂은 뭔 뜻이야?"
"끊임없이 배우는 집."
사적 제167호. 뭐야, 그럼 유배 안 간 사람이 없잖아.
딸아, 열심히 놀아라.

녹우당

닭실마을 청암정

속세에 굴하지 않는 건축

권벌. 본관 안동. 문과 급제자 359명, 왕비 1명, 청백리 1명 배출. 대한 민국에서 제일 센 집안.

"아빠, 우리 광주 이 씨는 문과 급제자 몇 명 배출했어?"

"188명."

"세긴 세군."

태조 이성계는 1394년 기로소耆老所 설치. 60세를 넘긴 정 2품 이상의 노인들과 술 먹는 집. 용돈도 주고. 당시 조선 양민의 평균연령은 30대 후반. 조선 27대 왕의 평균연령도 40대 후반. 주치의가 줄곧 따라다니고 만날 보약만 먹어도 그렇다. 그러니 벼슬이 장관급에 60세를 넘기면 천연기념물. 온갖 쿠데타도 피해야 되고. 퀴즈. 제 1호로 기로소에 들어가 술 먹은 사람은 누구일까요? 안동 권 씨 권희다. 가문의 영광.

"아빠, 왕비 중에 권 씨는 못 본 거 같은데?"

"단종의 엄마 현덕왕후가 안동 권 씨야."

권벌의 호는 충재冲齋 온화하고 고매하다. 시호 충정忠定 충성스럽고 올바르다. 1496년 진사. 1507년 증광문과에 병과로 급제.

"아빠, 증광문과가 뭐야? 3년마다 열리는 식년시와 다른 거야?"

"원자 탄생, 국왕 즉위, 왕비 책봉, 세자 책봉 등 국가의 중대한 경사가 있을 때 치러지던 특별채용시험. 국왕이 성균관 문묘에 제를 올릴 때 성균관 유생들을 대상으로 치러지던 시험은 알성시고."

지평持平 억울한 일을 풀어 주는 정 5품의 벼슬. 사성司成 지금의 국립대 교수 거쳐 도승지지금의 대통령 비서실장 역임. 1519년 예조참판 이어 삼척부사로 나가 있다가 이 해 겨울에 일어난 기묘사화에 연루되어 파직.

"아빠, 사화士禍가 도대체 뭐야? 많이 들었는데."

"수구꼴통세력인 훈구파가 개혁세력인 사림士林 숲속의 선비 을 공격해 벌어진 참화."

"그럼 지금의 한나라당이 훈구파고, 민주당이 사림이야?"

"응."

쿠데타로 왕위에 오른 중종은 신진 사림파 중용. 군자를 중용하고 소
인을 멀리하겠다. 그게 되나, 그제나 이제나. 조광조가 총대를 멘다.

조광조1482-1519. 본관 한양. 호 정임靜庵 고요한 암자. 어천찰방魚川察訪 어천
의 역장 이던 아버지의 임지에서 무오사화로 유배 중인 김굉필에게 수
학. 1510년 진사시 장원. 1515년 증광문과에 급제. 1518년 대사헌.
문묘 18현에 배향된 센 선비에게 배운 거다.

훈구정치 개혁 급격하게 추진. 다치겠군. 그의 좌우명은 격물치지格物
致知. 모든 사물의 이치를 끝까지 파고 들어가면 앎에 이른다. 1518년
천거를 통해 과거 급제자를 뽑는 현량과의 실시 주장. 왜 줄 타고 온
친구들만 시험 기회를 주냐. 뭐 이런 거다. 새로운 사림파 젊은이들
28명 합격.

도교 신앙의 제사를 집행하는 관서로서 성리학적 의례에 어긋나는
소격서昭格署를 미신으로 몰아 혁파. 중종반정의 공신들 너무 많다.
105명의 공신 중 2등 공신 이하 76명의 훈직勳爵 삭제.

훈구파는 소인. 나가라. 역풍. 궁중 동산의 나뭇잎에 꿀로 '주초위왕
走肖爲王'의 4자를 쓴 뒤, 이걸 벌레가 갉아먹어 글자 모양이 나타나자,
그 잎을 왕에게 보여준다. '走肖' 2자를 합치니 조趙자가 되고. 주초위
왕은 곧 '조趙 씨가 왕이 된다' 뭐라. 이것들이. 중종 열 받았다. 헷갈린
다나 뭐라나. 조광조는 능주로 귀양 가서 사사. 이제 나이 38세. 조광
조를 두둔한 권벌도 파직.

내 현실에 나가나 봐라. 더럽고 치사해서. 충재는 고향 닭실마을로
낙향.

"아빠, 왜 동네 이름이 닭실이야? 닭이 많은가."
"아니. 마을 생김새가 금닭이 알을 품고 있는 형상의 금
계포란형이라."
봉황의 닭실마을은 경주의 양동마을, 안동의 하회마

닭실한과 경상북도 봉화군 봉화읍 유곡리 닭실마을은 한과
로 유명한 곳. 조선 중종 때 재상 충재 권벌의 종택이 이곳에
터를 잡은 뒤 제사를 모시면서 한과를 만들기 시작해 500여
년 동안 한과를 만들어온 마을. 밀가루에 소금, 참기름을 넣
어 갈색이 나면 체에 내리고 꿀, 청주, 생강즙으로 반죽한 후
성형하고 반죽을 165℃ 정도의 기름에 튀겨내어 집청한 후
건져 잣가루를 뿌린다.

을, 내앞마을과 함께 영남 4대 센 마을의 하나. 충재 고택에 도착한 권
벌은 아직도 화가 안 풀린다. 내 이 훈구파들을. 미래를 대비하자. 그
럼 칼 사들여 군인들 양성할까. 그럼 나도 저놈들과 똑같은 놈 되잖
아. 아그들이나 가르치자.

"애들아, 부모를 섬기는 3가지 도리가 있단다."

"그게 뭔디유?"

"부모를 봉양하는 일, 상사喪事에 근신하는 일, 제사를 받드는 일을
소홀히 해서는 안 된다."

"알았시유."

사재 턴다. 한양에서 친구들이 왔다. 여보, 막걸리 내와. 요즘 조정은
어떠냐? 난리법석. 이왕 내려 왔으니 푹 쉬다 올라 와라. 응. 근디 저
집 앞에 있는 바위 이름이 뭐냐. 고놈 참 잘생겼다. 꼭 거북이 닮았네.
청암靑巖 푸른 바위. 왜 바위 이름이 청이냐? 나무가 뒤덮고 있어서. 저기

다 정자 하나 지어라. 저 위에서 막걸리 먹으면 시원하것다. 시름도
잊을 겸. 기초도 필요 없겠네. 그냥 바위 위에 나무 기둥 세우고 마루
판 깔면 되겠네. 그러네.

1526년 충재는 6칸의 정자를 올렸다. 거 좀 심심하네. 애들아, 바위
주변 파내고 개울물 끌어들여라. 개울물이 정자를 휘감고 돈다. 돌고
돈다. 인생도 돌고. 머리도 돌고. 내 평생에 거북이가 정자를 지고 물

속에서 노는 건 첨 보네. 이처럼 인간은 건축을 만들고, 건축은 인간을 만드는 법. 이 집안 대박나겠군.

"대감, 큰일 났습니다."

"뭔데?"

"개울물 땜에 정자에 들어갈 수가 없네유."

"돌다리 놓으면 되잖아. 이 무식한 것들 같으니라고."

후학 이황의 글씨를 집자해 현판을 걸었다. 청암정青巖亭.

"아빠, 일본 가니까 안마당에 엄청 나무를 심어 놓던데 우린 왜 안마당에 나무 안 심어?"

"우린 대문 열면 다 나무라 굳이 또 심을 필요가 없어."

"일본에는 정자도 없던데. 다들 방 안에서 차 마셔."

"일본은 사무라이의 나라라 집 밖에 못 나가. 칼 맞을 수 있걸랑. 그래 담장을 높이고 방 안에 숨어서 먹는 거야."

"정말?"

"응. 그 친구들은 공자가 누군지도 몰라."

"그래서 자꾸 독도가 자기네 땅이라고 우기는 거야?"

"응. 싸가지없는 나라야."

"아빠, 남 욕 하지 말라며."

"싸가지 없다는 욕 아니야. 버릇없다는 뜻의 전라도 사투리. 나무나 풀의 새싹이 잘못되어 제대로 자라지 못하고 망가진다는. 욕이어도 상관 없고."

"그래도 일본 잘살잖아."

"장사만 잘하는 거야. 그래 우린 일찍부터 1등급 선비, 2등급 농민, 3등급 장인, 4등급 상인으로 위계를 둔 거야. 혹시라도 넌 장사하지 마라. 선비는 자고로 돈 만지는 일 하는 거 아니다."

"알았어."

딸은 지금도 인터넷 쇼핑몰에 아빠 몰래 들어가 물건을 사고 팔면서 이문을 남기는 눈치고. 세상일 내 맘대로 되나. 인문학적인 장사꾼이 되면 그나마 다행이고. 혹 돈이 벌리면 좋은 일에 써라. 딸, 부탁한다.

충재 덕에 100여 가구가 닭실마을로 모여들어 여긴 안동 권 씨 집성촌이 된다. 지금은 가난해 닭실한과

만들어 먹고 산다. 조선 후기에 줄을 잘못 서 안동 김 씨에게 밀려난 거다. 닭실마을 앞은 인삼밭 가득.

1533년 한양에서 전화가 왔다. 14년 간 잘 쉬었지? 예. 밀양부사로 가라. 이미 충재는 56세. 황혼. 1545년 어린 명종이 즉위하자 원상院相에 오른다. 왕이 죽은 뒤 어린 임금을 보좌해 정무를 맡아보던 임시 벼슬. 무소불위의 자리. 한 달 만에 을사사화. 이번엔 줄 잘 서 살아남는다. 파도가 계속 치는군. 휴우. 빨랑 청암정으로 내려가 막걸리나 마셔야지. 그게 되나.

1547년 양재역벽서사건良才驛壁書事件이 터진다. 1546년 윤원로, 원형 형제의 권력 싸움 끝에 윤원로가 사사된 데 이어 1547년에는 괴벽서사건怪壁書事件으로 다시 많은 사림이 다친다. 다치고 또 다치고. 이 해 9월 부제학 정언각이 전라도 양재역 벽 위에서 '여왕이 집정하고 간신 이기 등이 권세를 농락해 나라가 망하려 하니 이것을 보고만 있을 수 있는가'라는 내용의 붉은 색으로 쓴 글 발견. 당 시대의 권력자 이기 열 받았다. 뭐라, 내가 역적이라고나.

중정의 서자 봉성군 등 사형. 권벌, 이언적 등 유배. 충재는 낙향의 기회를 놓친 죄로 구례로 유배. 아이고, 지겨워라. 이미 충재는 칠순. 뭐야 이거. 기로소에 들어가 술 먹을 나이에 걸어서 구례까지 가라고나. 한양에서 구례까지는 천 리 길. 압송관이 집안으로 들어섰다. 왜 이렇게 늦었냐. 빨랑 가자. 나 한양 싫걸랑. 그때 진사 금원정이 소리 내어 운다. 대감님, 우째 이런 일이.

"나는 니가 대장부인 줄 알았는데 우째 소리 내어 운단 말이냐. 삶과 죽음, 화와 복은 하늘에 달린 거걸랑. 명심해라."

"예, 대감."

"아빠, 대장부大丈夫가 도대체 뭐야?"

"천하의 큰 뜻을 품고 그것을 이루기 위해 시속에 굴하지 않고 꾸준히 노력하는 사람. 뜻을 이룬 후에도 교만하지 않고, 뜻을 이루지 못하더라도 비굴하지 않은 사람."

"또 공자 왈이야?"

"아니, 맹자 왈."

마침 당 시대의 큰 별 이언적의 압송팀과 만났다.

"어라, 회재와 충재가 같이 유배 길을 나서네. 역사에 남겠군."

그래 우린 그들의 유배지를 찾아 나서 눈물을 흘리게 되는 거다. 뜨면
지고 지면 차오르니. 이게 당최 쉽지가 않아 문제지만.

"아빠, 왜 유배지는 죄다 전라남도야?"

"경상도 사람들이 출세를 많이 해서 고향에서 먼 전라도로 보내는 거
야. 전라남도 사람들은 뜬 사람이 드물어 다치지도 않았걸랑."

"재미있네."

구례로 가는 도중 전화가 왔다. 삭주로 옮겨라. 아직 도착도 안 했걸
랑요. 근디 질문 있습니다. 삭주가 어디 있는 동넨감유? 압록강 근처.
뭐라고나. 전남 최남단에서 다시 압록강으로 올라가라고나. 그럼 3
천 리 길. 이송 도중 죄가 더 무거워진 거다. 나 원 참.

다음해 도착. 충재 눈을 감았다. 사망 이유? 여행 독이 풀리지 않았음.
장남 권동보1517-1591 열 받았다. 뭐라 울 아빠를. 관직을 버리고 20년
동안 두문불출. 내 나가나 봐. 선조 때 아버지의 무죄가 밝혀지자
복관되어 군수로 부름받으나 사양하고 전원으로 돌아가 1535년 계
곡 위에 석천정사 짓고 산수를 즐기면서 여생을 보냈다. 역시 그 아비
에 그 자식. 배워야겠군.

"아빠, 석천정사石泉精舍가 뭐야?"

"샘물이 솟아나오는 암반 위에 지은, 정신을 수양하는 집."

충재는 좌의정에 추증되고 1588년 봉화읍 삼계리에 삼계서원 건립
하고 충재를 모신다.

충재고택에 보관된 보물만 5개.

1. 충재가 직접 쓴 〈충재일기〉는 보물 제261호.

2. 충재가 아끼던 〈근사록〉은 보물 제262호

3. 중종으로부터 하사받은 책들은 보물 제896호

4. 교서 분재기 호적단자 등 고문서가 보물 제901호

5. 충재와 퇴계 등의 서첩과 글씨가 보물 제902호

1950년 한국동란. 후손들은 이 책들을 독에 담아 땅에 묻었다. 정성. 충재 선상님, 노여움을 푸십시오. 저희가 잘 하것습니다. 지금 충재의 18대 종손이 2천여 평의 충재고택과 청암정을 어렵게 지키고 있다. 호리병에 막걸리 가득 채워 옆구리에 차고 청암정 한번들 다녀오시죠. 날씨도 더운데.

조선 말기의 위항시인 장혼 가라사대.

"미불자미 인인이영 美不自美 因人而彰 아름다움은 스스로 아름다운 것이 아니라 사람으로 인하여 빛이 난다."

1750년 전국을 떠돌며 〈택리지〉를 집필 중이던 이중환이 청암정을 찾았다. 이중환 가라사대.

"정자는 못 가운데 큰 돌 위에 있어 섬과 같으며, 사방은 냇물이 고리처럼 둘러 아늑한 경치를 이룬다."

청암정의 계자난간鷄子欄干 닭 모양의 난간 에 기대 앉아 상념에 잠겨 본다. 곳곳이 지뢰밭이군. 피해 다녀야지.

닭실마을 전경

담양 면앙정

푸른 학이 날개를 펼친 건축

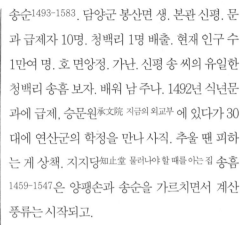

송순1493-1583. 담양군 봉산면 생. 본관 신평. 문과 급제자 10명. 청백리 1명 배출. 현재 인구 수 1만여 명. 호 면앙정. 가난. 신평 송 씨의 유일한 청백리 송흠 보자. 배워 남 주나. 1492년 식년문과에 급제, 승문원承文院 지금의 외교부 에 있다가 30대에 연산군의 학정을 만나 사직. 추울 땐 피하는 게 상책. 지지당知止堂 물러나야 할 때를 아는 집 송흠 1459-1547은 양팽손과 송순을 가르치면서 계산풍류는 시작되고.

"아빠, 계산풍류溪山風流가 뭐야?"

김인후 본관 울산. 호 하서河西 (황하의 서쪽) 성균관에 들어가 이황과 함께 학문을 닦았다. 1540년 별시문과 급제. 사가독서. 설서說書, 부수찬副修撰 거쳐 부모 봉양을 위해 옥과현으로 나갔다. 1545년 을사사화가 일어난 뒤에는 병을 이유로 고향인 장성에 돌아가 성리학 연구에 정진. 누차 교리校理에 임명되나 취임하지 않았다. 문묘와 장성의 필암서원 등에 배향. 사진은 필암서원.

"산과 계곡 속에 숨어 바람과 물을 노래한다."

"왜 숨어서 해?"

"다칠까 봐."

계산풍류 명단 보자. 다 있다.

1. 하서河西 김인후1510-1560는 면앙정 제자.

2. 송천松川 양응정1519-1581은 양팽손 아들.

3. 송강松江 정철1536-1593은 양응정 제자.

4. 소쇄공瀟灑公 양산보1483-1536는 면앙정의 이종사촌 동생.

5. 고봉高峰 기대승1527-1572은 면앙정 제자.

송흠은 1516년중종 11년 홍문관弘文館 지금의 국립도서관 정자正字에 복직, 1531년 장흥부사를 거쳐 노모 봉양을 위해 전주부윤으로 옮겼다. 그는 101세를 산 어머니에 대한 효성으로 7차례나 상을 받기도 하였다. 1538년 청백리에 녹선.

양산보 담양 창평 생. 15세 때 상경해 조광조의 문하생이 된다. 1519년 17세 때 현량과에 합격했으나 나이가 어려 벼슬에 나가지는 못했다. 그해 겨울 조광조가 사약을 받고 사망하자 이에 충격을 받고 벼슬길을 등지고 고향으로 낙향해 소쇄원을 지었다. 현재 남아 있는 사적 제304호 담양소쇄원은 임진왜란 때 불탄 것을 그의 손자 양천운이 1614년에 재건한 것이다. 사진은 소쇄원.

기대승 본관 행주幸州. 호 고봉高峰 (높은 봉우리) 전남 나주 생. 1558년 식년문과 급제. 1563년 사가독서. 스승인 이황과 12년 동안 서한을 주고받으면서 사단칠정四端七情 (사단은 인간의 본성에서 우러나오는 마음씨, 칠정은 인간의 본성이 사물을 접하면서 표현되는 인간의 자연적인 감정)을 주제로 논란을 편 편지가 유명. 광주의 월봉서원에 배향.

송흠이 송순에게 전화. 애야, 올라와라. 이제 조용하단다. 1519년 별시문과 급제. 종 9품 승문원 부정자로 벼슬 시작. 지금으로 말하면 외교부 말단 직원. 본래 권력에는 별 관심이 없고. 왜냐고요, 곧 귀양 갈 게 뻔하니까. 수시로 고향을 찾아 친구들과 자연을 노래한다. 그래 송순은 강호가도江湖歌道의 선봉에 선다.

"아빠, 강호가도江湖歌道가 뭐야?"

"자연 속에 들어가 강과 호수를 안주 삼아 막걸리 즐기는 시인들의 모임."

"계산풍류랑 다른 거야?"

"그게 그거. 모임 이름이 여러 가지야. 막걸리 먹는 모임이라."

월급을 차곡차곡 모아 고향 뒷동산 제월봉을 사들인다.

"아빠, 왜 동산 이름이 제월霽月이야?"

"영산강이 이 동산을 달처럼 둘러싸고 흐르걸랑."

"아빠, 송흠, 송순. 왜 이름이 외자야?"

"센 선비는 자고로 외자 쓴단다. 왕도 그렇고."

당 시대의 거목 조광조가 전남 화순의 능주로 귀양을 떠난다. 제자인 양산보가 모신다. 곧 임금이 보낸 사약 도착. 지구 떠나고. 열 받은 양산보는 고향 담양으로 낙향. 내 다시는 현실에 나가나 봐라. 17살에 처사. 빠르기도 하다.

"아빠, 처사處士가 뭐야?"

"벼슬을 하지 않고 초야에 묻혀 사는 선비."

1533년 송순이 담양을 찾았다. 양산보가 마중을 나왔다.

"너 한양에 정말 안 올라올 거냐?"

"예. 저 권력 싫어유."

"너 그럼 여기서 뭐하냐?"

"요즘 조정은 어떻습니까?"

"난리 버거지라네."

"그래 전 정원 하나 만들고 있습니다."

"부럽다. 정원 이름이 뭐냐?"

"소쇄원."

담양군 남면 지곡리 지석촌. 잘 조성된 주차장에 차를 세우고 소쇄원
올라가는 오솔길에 들어섰다. 비포장 흙길. 산 모양 생긴 대로 구불구
불. 영 인공미에 무관심한 소쇄원.

"아빠, 왜 이 동네 이름이 담양潭陽이야?"

"깊은 연못이 많고 햇볕 잘 드는 동네라서."

"아빠, 왜 이렇게 대나무가 많은 거야?"

"대나무가 원래 습기가 많은 동네를 좋아하걸랑."

대나무는 줄을 잇고. 관광객 바글바글. 우측에 보이는 사택은 양산보
의 15대손 양재영의 주거지. 관람객 접근 불허. 사생활 보호를 위해.
좌측으로는 냇가가 흐른다. 그냥 흐르기도 하고 돌아 흐르기도 하고.
자유자재. 물이 흐르는 대로 건축도 따라 흐르고. 네모진 소당小塘 작은
연못 에선 잉어가 왔다리 갔다리.

먼저 소담한 대봉대다.

"아빠, 대봉대가 뭐야?"

"좋은 소식을 전해 준다는 봉황새를 기다리는 동대."

"동대桐臺는 뭔데?"

"오동나무 그늘에 앉아 귀한 손님을 기다리는 집."

"이 초가정자는 오래된 거 같지 않은데!"

"맞아. 1985년 원래의 터에 새로 만든 거야."

대봉대 지나 담장 따라 난 자연스런 오솔길 따라 징검다리 건너면 광
풍각과 제월당. 냇가 위로 담장은 계속되고. 500년 전 우리 선조들의
토목 기술. 담장이 떠 있다. 대충 쌓은 듯한 돌기둥 2개가 전부. 나 원

참. 인간의 손길은 최소화될수록 아트가 나오나니.

"아빠, 왜 건물 이름으로 광풍이나 제월을 쓴 거야?"

"송나라의 시인 황정견이 주돈이를 존경해 쓴 글에서 따온 거야."

정견칭庭堅稱 정견이 일컫기를

기인품신고基人品甚高 그의 인품이 심히 고명하며

흉회쇄락胸懷灑落 마음결이 시원하고 깨끗함이 마치 비 갠 뒤

여광풍제월如光風霽月 해가 뜨며 부는 청량한 바람과도 같고 비 개인

하늘의 상쾌한 달빛과도 같도.

"아빠, 소쇄瀟灑는 뭔 뜻인데?"

"마음과 기운을 맑고 깨끗하게 한다."

어라, 소쇄원 안에 해와 달, 구름, 바람 다 있네. 송순 열 받았다. 양산
보 이놈 놀고 있던 건 아니네. 하지만 너무 요란해. 난 아무것도 하지
않겠다. 제월봉을 찾았다. 삼나무 숲을 오른다. 언덕 위 도착. 음, 풍
광 죽이는군. 그럼 됐지, 왜 자꾸 뭘 만드냐.

"애들아, 가로로 기둥 4개, 세로로 기둥 3개 세워라."

"그냥 세우기만 하면 됩니까?"

"응."

"이왕 짓는 거 기둥 5개 세우면 좋을 거 같은디유?"

"시끄러 인마. 저 밖에 있는 나무들도 다 기둥이니라. 생각하기 나름."

송순은 건축을 만드는 게 아니다. 그저 대우주 속에 소우주를 만들
뿐. 바람 잘 통하고 저 멀리 아름다운 풍광이 내려다보이는.

"기둥 다 세웠습니다, 대감."

"그래! 그럼 지붕 얹어라."

"다 얹었습니다."

가운데 1칸에만 4면에 창을 걸었다. 끝. 4면이 다 다르고. 밖에서 보이
는 4면도 다르고, 안에서 내다보이는 4면도 다르다. 게다가 사시사철
이 픽처레스크는 계속 변하고. 손바닥만 한 이 검박한 정자는 소쇄원의

모든 건축을 넘어선다. 왜냐고요! 이 정자는 소우주를 담고 있걸랑요.

"대감, 이 정자 이름은 뭐라고 부르남유?"

"내 호가 뭐냐?

"면앙정俛仰亭. 멀리 땅을 내려보고 하늘을 우러러보는 집."

우리 시대의 글쟁이 김개천은 이렇게 송순을 찬미한다.

"검소한 인생을 보낸 이는 많다. 그러나 소박함을 숭고함으로 남긴
이는 많지 않다."

전화가 왔다. 양산보가 지구를 떠난 거다.

"그 친구 올해 몇이냐?"

"55살이옵니다."

"어째 너무 욕심을 부리더라."

10년을 경영해 초가삼간을 지어내니

반 칸은 청풍이요 반 칸은 명월이라

강과 산은 집 안에 들여놓을 곳이 없으니

주변에 둘러두고 보리라

1569년 벼슬이 우참찬에 이르러 기로소에 들어갔다. 정 2품 이상의
품계와 나이 70이 넘어야 들어갈 수 있는 술집. 고향으로 내려가 면앙
정에 친구들과 앉아 막걸리를 들이키며 면앙정가를 다시 읊는다.

넓고 편편한 바위 위에 소나무와 대나무를 헤치고 정자를 앉혀 놓았
으니,

마치 구름을 탄 푸른 학이 천 리를 가려고 두 날개를 벌린 듯하다.

"애들아, 김인후, 양응정, 기대승 오라 그래라. 막걸리나 한잔 하게."

"다들 가셨는디유."

"뭐라."

너무 오래 살았나. 1583년 눈을 감으니 이제 91살. 보통 내공이 아니
다. 그래 우린 면앙정을 찾아 무릎을 꿇고 막걸리를 들이키며 세월을
한탄하는 거다. 왜 우린 저런 소우주를 만들지 못할까.

순수하고 참된 부처의 건축

아산
맹씨행단

맹자. 본명은 가軻. BC 371년 추나라지금의 산둥성 생. 일찍 부친을 여의고 홀어머니 슬하에서 자람. 맹모삼천지교孟母三遷之敎. 묘지, 시장, 학교 부근으로 이사. 맹자는 묘지기에서 장사꾼, 학자로 변신. 그래 나도 돈도 없으면서 교육열의 본거지 서초구에서 버티다 딸 자퇴. 난리 났군. 공자의 손자인 자사의 문하생에 사사. 넘버 투 등극. 공자가 지성至聖 지극한 성인 이라면 맹자는 아성亞聖 공자에 버금가는 성인.

"아빠, 그럼 맹자는 공자 만난 적 없어?"

"응. 책으로만. 공자-증자-자사-맹자로 이어지는 적자."

맹자 왈. 생계수단이 든든할 때라야 든든한 마음가짐을 가질 수 있다. 항유산恒有産 항유심恒有心.

글쟁이도 밥을 먹어야 글을 쓸 거 아닌가. 책은 안 팔리고.

맹자의 40세 손 맹승훈이 당나라 오경박사의 자격으로 888년 신라로 넘어오면서 맹 씨 집안 시작.

"아빠, 오경박사伍經博士가 뭐야?"

"〈주역〉, 〈시경〉, 〈서경〉, 〈예기〉, 〈춘추〉에 능통한 사람."

1. 주역周易 천지만물이 끊임없이 변화하는 자연현상의 원리를 풀이한 책.

2. 시경詩經 남녀간의 정과 이별을 다룬 민요와 공식 연회에서 쓰는 의식가, 종묘의 제사에서 쓰는 악시樂詩를 모은 시집.

3. 서경書經 공자가 요임금 때부터 주나라에 이르기까지의 정사政事에 관한 문서를 수집해 편찬한 책.

4. 예기禮記 예의 근본정신에 대해 다방면으로 서술한 책.

5. 춘추春秋 공자가 노나라 은공隱公에서 애공哀公에 이르는 242년 동안의 사적事跡을 기록한 책.

51세 손 맹의. 고려 제25대 충렬왕 때 과

거 급제. 고려 제 27대 충숙왕 때 조적의 난 진압. 신창백新昌伯에 봉해지면서 맹 씨 뜬다. 이제 아산시 신창면을 본관으로 맹의를 시조로 하는 신창 신 씨 출발.

"아빠, 조선의 왕은 27명이지?"

"응."

"고려는?"

"918년 고려를 건국한 제 1대 왕은 누구더라?"

"왕건."

"34명."

맹의의 아들 맹유는 순창군수에 오르지만 고려 멸망. 충절을 지키겠다. 개풍군 광덕면 두문동으로 들어가 두문동 72현의 한 사람이 된다. 나가나 봐라.

"아빠, 그럼 두문불출杜門不出이 여기서 나온 말이야?"

"응."

"그럼 나도 오늘부터 두문불출."

"뭐라고나. 나라가 망한 것도 아니고."

"아빠, 두문杜門이 뭔 뜻이라고 했지?"

"문을 걸어 잠그다."

"아빠, 나도 방문 잠글게, 건들지 마."

이성계가 두문동을 찾았다.

"황희 선상님, 좀 도와주십시오. 나도 죽것습니다."

"싫어유."

삼고초려. 황희 두문동 탈출. 현실에 들어가 개혁하겠다. 그럼 보자. 황희 선생의 인생. 1394년 성균관 학관. 1404년 지신사. 왕에게 들이대는 게 주 업무. 3남 충녕대군 세자 오르자 반대. 남원으로 유배. 괜히 나왔군. 4년 뒤 풀려나 18년간 영의정. 이름을 역사에 남긴다. 황희 정승. 두문동을 나온 게 맞는지, 두문동에서 맞아 죽은 게 맞는지 무엇이 맞을까요?

맹유의 아들 맹희도도 온양 오봉산 아래 숨고. 이번엔 온양불출. 맹희도의 아들 맹사성 당시대의 영웅 최영 장군의 손녀와 결혼. 그럼 뜨나. 최영 장군 이성계와 맞짱뜨다 멸족. 그래 최영의 집은 맹희도에게 넘어 가고. 아산시 배방면 중리에 있는 부친 댁을 맹사성이 찾았다.

고불이 타고 다닌 소의 무덤, 흑기총
黑麒塚 검은 신령한 소의 무덤. 79세로 고불이 죽자 검은 소는 사흘을 먹지 않고 울부짖다가 죽었다. 사람들이 감동하여 고불 묘아래 묻어 주고 흑기총이라 이름했다. 지금도 후손들은 고불 묘를 벌초할 때 흑기총에도 예를 갖춘다.

"아버님, 저도 안 나갈래유."

"뭐라, 집안 거덜나는 거 볼래? 두문불출은 내 대에서 끝이다. 앞으로 너의 호는 고불심古佛心이다. 순수하고 참된 부처의 마음을 잊지 말아라."

그래 고불 맹사성은 입신양명立身揚名 출세해 이름을 세상에 떨침 에 나서면서

구괴정

안마당에 은행나무 두 그루를 심는다. 지금도 살아 있는 이 은행나무
는 627살. 사적 109호. 높이 35미터에 둘레만 9미터. 그래 이 집은 맹
씨행단杏壇이 되고.

"아빠, 왜 센 집에 가면 안마당에 꼭 은행나무가 있는 거야?"

"공자가 은행나무 아래서 제자들을 가르쳤걸랑."

1386년 문과 급제. 1408년 한성부윤 현서울시장에 오른다. 어느 날 고불
이 무명 산사의 스님을 찾았다.

"아니 스님. 벼슬아치의 최고 덕목이 뭡니까?"

"악한 것을 멀리하고 선한 일을 베풀어라."

뭐라, 다 아는 얘기잖아.

"갈게요."

"녹차나 한잔 하고 가시죠."

"스님, 찻물이 넘쳐 방바닥을 적십니다."

"찻물이 넘쳐 방바닥을 적시는 건 알면서 지식이 넘쳐 인품을 망치는
것은 어찌 모르는가?"

음, 세군. 도망가야것다. 황급히 일어나 방문을 열고 나가려다 문틀에 이마를 박았다.

"고개를 숙이면 부딪치는 법이 없걸랑요."

"딸아, 고개 숙이고 다녀라. 다친다."

"알았어."

"세상은 넓고 센 놈은 부지기수란다."

1432년 좌의정에 오른다. 당시 영의정은 두문동 빠져나온 황희 정승. 조선 최고의 정승 2명을 거느린 왕은 누굴까요?

"아빠, 혹시 세종대왕 아니야!"

"당근."

"아빠, 정승政丞이 뭐야?"

"조선 최고의 벼슬인 영의정, 좌의정, 우의정."

영의정 황희, 좌의정 맹사성, 우의정 허조가 맹씨행단을 찾았다. 오봉산을 배경으로 배방산과 복부성이 병풍처럼 둘러 있고 금곡천이 만궁형彎弓形 반원형 활처럼 둘러싼 형국으로 흘러내리는 명당. 뒷마당 정자에서 막걸리 한잔 하면서 태평성대太平聖代 어진 임금이 잘 다스리어 태평한 세상를 기원하면서 느티나무를 세 그루씩 심었다. 그래 이 정자는 구괴정이 되고.

"아빠, 구괴정九槐亭이 뭐야?"

"아홉 그루의 느티나무가 심어져 있는 정자."

지금은 철기둥에 의지한 채 두 그루만 버티고 있고.

구괴정

"아빠, 바깥쪽에 현판이 하나 더 있네. 삼상당三相堂은 뭐야?"

"삼정승이 국사를 논의한 집."

조선 219명의 청백리 중 한 명으로 등극. 가문의 영광.

"아빠, 청백리淸白吏가 뭐라고 했지?"

"맑고 밝은 벼슬아치."

"아빠, 고택 뒤에 건물이 또 하나 있는데. 저거 사당이지?"

"응."

"현판에 써 있는 세덕사世德祠는 뭔 뜻이야?"

"대대로 쌓아 내려온 미덕을 기리는 사당."

1435년 맹사성은 모든 관직을 버리고 소 타고 한양 출발. 고향 가는
길. 온양현감이 마중 나왔다. 뭐라, 맹고불이 오신다고나. 어라 왜 안
오지. 마침 초라한 행색의 늙은이가 검은 소를 타고 온다. 나졸들이
앞을 가로막는다.

"무엄하다. 어서 소에서 내려 사또님에게 예를 갖춰라."

"사또에게 전해라. 나 맹고불이걸랑."

사또는 무릎을 꿇었다. 우째 이런 일이. 1438년 고불이 눈을 감았다.
세종대왕은 모든 정사를 중단하고 고불의 영정 앞에 고개를 숙였다.
국가 휴무. 모든 백성은 온양을 향해 무릎 꿇어라!

현재 이 고택에는 21대손 맹건식이 살고 있다. 부인은 성삼문의 후손

은행나무

이고. 장난이 아니군. 역시 쓰러져가는 한옥에 사신다. 아직도 청백

리군. 1750년 영조는 어제사액御製賜額을 내려 고불을 기린다.

충효세업忠孝世業 충과 효를 대대로 실천해왔으며

청백가성淸白家聲 청렴과 결백은 가문의 영예로다

"아빠, 이 고택 언제 지은 거라고 했지?"

"1330년."

"그럼 678년이나 됐단 말야?"

"응."

"그럼 대한민국에서 제일 오래된 한옥 아닌가?"

"맞아."

"근데 왜 국보가 아니고 사적이야?"

"몰라. 작아서 그런가."

"난 작은 게 더 좋던데."

정면 4칸, 측면 3칸의 고졸한 한옥. 이거 정승집 맞아? 12칸밖에 안 되

잖아. 병조판서가 맹씨행단을 찾았다. 뭐야 이거. "정승의 집이 그러

한데, 내 어찌 바깥 행랑채가 필요하리." 집으로 돌아 온

병조판서는 바깥 행랑채를 헐어버렸다. 그래 맹사성은

황희, 류관과 함께 선초삼청鮮初三淸에 오른다. 조선 역사

상 가장 센 청백리 3명 중 1명.

류관 (1346~1433), 호 하정夏亭, 1371년 문과 급제. 1392
년 조선의 개국원종공신이 된다. 1401년 간관을 탄핵하
다 파직되어 문화에 유배. 그 후 사면되어 1406년 정조
사正朝使가 되어 명나라에 다녀왔다. 1409년 예문관대
제학, 1426년 우의정으로 치사. 청렴결백한 대표적인
청백리.

惟有青山永世傳

玉孫一去豪華盡

1681년 여흥 민 씨 인현왕후는 조선 19대 왕 숙종의 계비繼妃 두 번째 왕
비 가 된다. 후궁인 장희빈이 들이댄다. 1689년 기사환국. 인현왕후가
아들을 못 낳자 장희빈의 아들 윤을 세자로 책봉하고 인현왕후는 서
인이 된다. 숙종이 여흥 민 씨 처가 식구들 살라고 지어준 감고당으로

쫓겨난다.

"아빠, 환국換局이 뭐야?"

"시국이 바뀜."

"감고당感古堂은?"

"옛일을 생각하니 감개가 무량하다."

아줌마들 전쟁이 아저씨들 전쟁보다 더 무서운 거 아

시죠? 그야말로 피도 눈물도 없다. 오죽하면 오뉴월에

서리가 내린다고 했겠나. 1694년 갑술환국. 업어치기

다. 폐비 민 씨 복권되고 장희빈 사약 먹고 지구 떠난

다. 돌고 돈다.

감고당 조선 제 19대 왕 숙종이 인현왕후의 친정을 위해 지
어준 집. 인현왕후의 부친인 민유중이 살았으며, 인현왕후
가 폐위된 후 이곳에서 거처하였다. 이후 대대로 민 씨가
살았으며, 1866년 이곳에서 명성황후가 왕비로 책봉된다.
본래는 서울 안국동 덕성여고 본관 서쪽에 있던 것을 도봉
구 쌍문동 덕성여자대학교 학원장 공관으로 옮겼으며, 이
후 여주군의 명성황후 유적 성역화 사업에 따라 경기도 여
주군 명성황후 생가 옆으로 이전, 복원.

1820년 종로구 안국동에서 영조의 5대손 이하응 출
생. 1843년 흥선군이 되고. 후궁 계열이라. 안동 김 씨의 감시가 심하
다. 저 놈 똑똑한 거 아냐. 아닌디유. 나 파락호라니깐요. 불량배들과
막걸리나 마신다. 비틀비틀. 가슴에는 비수를 품고. 두고 보자.

"아빠, 파락호破落戶가 뭐야?"

"재산이나 세력이 있는 집안의 자손으로서 집안의 재산을 몽땅 털어
먹은 난봉꾼."

1863년 철종이 아들 없이 지구 떠나자 고종이 얼떨결에 26대 왕에 오
른다. 용병. 당선 이유? 파락호의 자식이라 우리가 휘둘릴 가능성이
없음. 착각. 흥선대원군이 섭정에 들어간다. 왕의 아버지가 왕이 아
닐 경우 대원군이라 부르는 건 아시겠고. 눈에 뵈는 게 없는 자리. 조
선시대 3명의 대원군 중 유일한 생존하는 대원군이라 좀 시끄럽다.

"합하, 밖에 8인여八人輿 8명이 드는 가마 가 기다리고 있사옵니다."

"야 인마. 8인여는 대군이 타는 가마잖아."

"그렇사옵니다. 합하."

"나 싫어. 교자轎子 4명이 드는 가마로 바꿔라. 안동 김 씨가 타는 가마 타야 그놈들이 의심하지 않을 거 아니냐."

안동 김 씨와 풍산 조 씨에 질린 흥선대원군은 힘 없는 집안 찾기에 나선다. 아 그들아, 며느리 좀 알아 봐라. 1687년 지금의 여주나들목 근처에 인현왕후의 아버지인 민유중의 묘를 관리하는 묘막을 지은 후 여흥 민 씨 집안은 대대로 왕궁과는 거리를 둔다. 내 다시는 나가나 봐라. 권력도 돈도 다 싫다. 그게 맘대로 되나. 1851년 여주군수 민치록 외동딸을 순산. 이 외동딸은 8살 때 고아가 되고.

안국동의 할머니 댁 인현왕후 생가로 올라온다. 불행을 예고한다. 그것도 인현왕후 댁이라니. 왜 전부 왕의 마누라는 왕후인데 명성황후만 황후라 부를까요! 1897년 고종이 조선이라는 국호를 버리고 대한

제국이라 칭하고 황제에 즉위해 그렇다. 물론 명성황후 지구 떠난 후의 일이지만.

"아빠, 그럼 왜 중전을 왕후王后라고 불러?"

"왕의 뒤에 있는 더 무서운 왕이라."

1866년 금혼령. 미혼여성 결혼금지. 왜냐고요! 고종의 마누라가 될지도 모르니까. 초간택에 30명의 처녀들 등장. 화장 금지. 단순 복장으로 예선을 치른다. 이간택, 삼간택을 거쳐 민치록의 외동딸이 왕비에 선정된다. 물론 대원군의 사전각본에 의한 결과. 간택 이유? 집안이 약하고 부모도 없어 휘둘릴 가능성 없음. 이게 대원군의 착각이었음은 곧 드러난다. 그래 명성황후는 할머니 집 감고당에서 별궁으로 지정된 운현궁 안채 노락당으로 이사해 왕실법도교육을 받는다. 시아버지 댁에서 시아버지에게 들이대는 방법을 배운다.

"아빠, 노락당老樂堂은 뭔 뜻인데?"

"늙어서 즐겁게 지내는 집."

고종 15세, 명성황후 이팔청춘 16세 때의 일. 1866년 3월 21일 운현궁에서 성대한 가례가 펼쳐진다. 1,641명의 수행원과 700필의 준마 동원. 난리가 났다. 중전마마의 자식인 대군이나 공주가 결혼하는 걸 가례라 하고 후궁의 자식인 군과 옹주가 결혼하는 건 길례라고 하는 건 아시죠? 인현왕후에 이어 여흥 민 씨는 185년 만에 왕비 배출. 집안 몰락을 예고한다. 대한민국 대통령 아들들 다 감방 갔다 온 거 아시죠. 무현이 형 빼고. 그래 역사는 반복된다고 하지 않는가. 아무리 반복돼도 깨닫지 못하니. 명성황후와 대원군의 힘겨루기가 시작

된다.

"아빠, 왜 이 집 이름이 운현궁雲峴宮이야?"

"이 집터에 있던 서운관의 명칭인 운관雲觀과 운관 앞의 고개인 운현雲峴에서 한 자씩 빌려 온 거야."

"서운관書雲觀은 뭐하던 덴데?"

"기상관측대. 구름의 흐름을 살펴보는 관청."

고종이 즉위한 지 한 달쯤 지나 대왕대비의 하교로 운현궁의 신, 증축 공사는 시작되고. 당시 대왕대비는 호조에 명하여 운현궁에 매달 쌀 10섬과 100냥씩을 보내고, 운현궁의 신, 증축 비용으로 1만 7천 830냥 지원. 지금으로 말하면 수십억 원. 왕의 아빠에 대한 예우. 무섭기도 하고. 운현궁 준공식에 고종은 대왕대비와 왕대비를 모시고 참석. 임시과거시험 실시. 선비 50명, 소년 497명 시상. 이제 대문도 4개에 이르는 대저택. 정문, 후문, 경근문敬覲門 공경하고 삼가하는 문, 공근문恭覲門 공손하고 삼가하는 문. 현재는 후문 하나만 남아 있다. 경근문은 고종이 운

외규장각

현궁을 출입하던 전용문. 공근문은 합하 전용문. 현재의 덕성여자대학교, 구舊TBC방송국, 일본문화원, 교동초등학교, 삼환기업 일대가 죄다 운현궁이었다. 당시 준공식에 참석한 대제학 김병학은 이렇게 한탄한다. "노락당과 하늘 사이가 한자 다섯 치밖에 안 되는군."

1866년 권력에 취한 대원군은 프랑스 선교사 9명의 목을 친다. 간신히 살아난 프랑스 선교사 리델은 청나라로 도망가 프랑스 동양함대 사령관 로즈에게 이른다. 조선이 우리 애들 자꾸 죽이네유. 열 받은 로즈는 군함 7척에 2천 명의 병력을 태우고 쳐들어와 강화도 점령. 9명 죽였으니 우린 9천 명을 죽이겠다. 결사항전.

프랑스군은 한 달 후 작전상 후퇴하면서 강화도 외규장각에 있던 장서 297권 훔쳐간다. 나머지 5천 권은 다 불태우고. 규장각은 정조가 1776년 창덕궁 후원에 설치한 왕립도서관. 장서 8만 권. 왜놈들의 침략을 대비해 1781년 강화도에 왕실 부속 도서관인 외규장각 설립. 이걸 프랑스 놈들이 털어간 거다. 재수도 없다. 아직도 안 돌려준다. 이중 63권은 한국에 필사본도 없는 원본. 대한민국 최초의 한글소설 허균의 〈홍길동전〉도 프랑스에 있고. 내 이것들을. 최근 프랑스는 이 원본 63권을 영구 임대해 준다고 나온다. 도둑놈이 장물을 임대해 주는 시대.

1866년 독일 상인 오페르트 제물포로 입국. 문 열어라. 싫다. 감옥행. 두

토치카 '점'이라는 뜻을 가진 러시아어 tochka에서 유래. 원래는 제2차 세계대전 전에 소련(지금의 러시아)이 만주와 국경 지대에 구축한 콘크리트 영구 진지.

고 보자. 1868년 오페르트 다시 잠입. 총 140명으로 도굴단 구성. 충남 덕산군 구만포 상륙. 흥선대원군의 부친인 남연군의 묘로 직행. 남연군의 시신 탈취가 목적. 시신을 인질로 조선의 문을 열겠다. 어라, 묘가 장난이 아니네. 완전 토치카. 시신 탈취 실패. 철수. 보고를 받은 흥선대원군. 뭐라, 천주교도들이 울 아빠 무덤을 파헤쳤다고라. 천주교도 다 죽여라.

"합하, 사형터인 새남터로는 택도 없는디유."

"절두산에 새로 만들어라."

"아빠, 새남터가 뭔 뜻이야?"

"풀과 나무가 무성한 숲."

"절두산은?"

"목을 치는 산."

프랑스 함대가 더럽힌 양화진 앞의 한강을 천주교도의 피로 깨끗이 씻어내라는 대원군의 명으로 망나니들은 신났다. 망나니들은 막걸리 먹고 칼춤을 추며 계속 목을 친다. 그럼 묻어줬나. 아니다. 몸에서 떨어진 머리를 발로 툭 찬다. 한강으로 다이빙. 천주교도의 씨앗을 없애겠다는 대원군의 복수심은 전국적으로 1만 명의 참수를 자행하며 이곳에서만 2천 명의 목을 친다. 오페르트가 불을 지른 거다.

"합하, 절두산 갖고도 모자라는디유."

"공주 황새바위에도 사형터 만들어라."

그래 절두산과 황새바위는 성지가 된다.

안채인 노락당에서 가례를 올린 관계로 이제 안채로 쓸 수 없게 된다. 너무 신성한 곳이라. 1869년 새로운 안채인 이로당 ㅁ자형으로 신축. 여긴 남자 출입금지. 내밀한 곳.

"아빠, 이로당二老堂은 또 뭔 뜻이야?"

"두 노인이 편안하게 사는 집."

대원군이 나라 곳간인 선혜청을 찾았다.

"어라, 곳간이 텅 비었네. 다 어디 갔냐?"

"서원 먹여 살리느라."

"뭐라, 서원이 도대체 전국에 몇 개냐?"

"1천 개."

"다 때려 부숴라. 사액서원 47개만 냅두고."

1882년 임오군란. 구식군인들의 쿠데타. 명성황후는 고향의 민응식 집으로 도망가고. 청나라 군대 끌어들여 흥선대원군을 청나라로 귀양 보내고 다시 정권을 잡는다. 나 원 참. 야 인마. 며느리가 시아버지도 귀양 보내냐! 며칠 전 뉴스를 보니 아들이 부모를 쳐죽였다지. 누구 잘못일까요? 물론 아비 잘못이다. 그래 지금도 난 딸이 무섭다. 내가 어떻게 키우느냐에 따라. 내가 어떻게 처신하느냐에 따라. 아, 업業이여. 엄마가 뺨을 때렸다고 중학생 딸이 경찰에 신고. 신고 이유? 더 이상 맞고 살 수 없음. 엄마를 처벌해 주세유. 퀴즈. 누구 잘못일까요? 당연히 아빠가 감옥에 가야 된다. 그래 매일 딸에게 휴대폰으로 고사성어를 날린다. 삶과 죽음은 2개가 아니다. 해와 달이 뜨고 져도 오고 감이 없도다. 딸은 반응이 없고. 그래도 난 계속 날린다.

1885년 흥선대원군 4년 만에 귀국. 민 씨 일파에 의해 노안당에 가택

석파정 石坡亭 대원군이 운현궁으로 김흥근을 불렀다. 소문에 의하면 부암동 암반에서 왕기가 흘러나온다는 소문이 있다. 삼계동 정자 나한테 팔아라. 싫어유. 뭐라, 나 대원군인데. 어차피 죽을 거, 배 째십시오. 좋다. 그럼 하루만 빌려주라. 아들 고종을 찾았다. 전하, 오늘 개나리나 보러 가시죠. 부암동 김흥근의 별장을 찾았다. 전하, 어떻습니까. 죽이는군. 오늘 하루 주무시고 가시죠. 왕이 자고 가면 아무도 못 자는 거 아시죠. 그냥 자고 나니 1만 3천 평이 날아간 거다. 말년에 대원군 석파정에서 안빈낙도, 서울시 유형문화재 26호.

연금.

"아빠, 노안당은 뭔 뜻이야?"

"노자老者를 안지安之하며. 공자 왈. 노인을 편안하게 해 주는 집."

1887년 청나라의 원세개와 협력해 고종을 폐위하고 장남 이재면을 옹립하려다 실패. 다시 가택연금. 1895년 을미사변. 일본 깡패들이 명성황후를 칼로 찔러 죽이고 불태워버린다. 이걸 잊으라고. 용서하지만 잊을 수는 없음. 왜놈들은 들으라. 너네 천황 마누라 찔러 죽이면 가만 있을래? 두고 보자. 그래 수신제가修身齊家가 치국평천하治國平天下보다 먼저인 거다. 1898년 흥선대원군 노안당에서 눈을 감는다. 향년享年 한평생 살아 누린 나이 79세. 난 왜 산 거지. 괜히 정치에 손댔다가. 망신.

딸과 함께 운현궁을 찾았다. 사적 제 257호. 솟을대문 좌우로는 행랑

채다. 하인들 숙소. 이리 오너라 하면 몸종인 별배^{別陪}가 눈썹을 휘날리며 뛰어나와 이렇게 말한다. 누구시니 깝쇼? 그래 남자들 전용대문인 솟을대문 옆에 행랑채가 자리한다. 여자들은 측면의 협문으로 다니고. 입구가 다르다. 하인들은 쪽문으로 다니고. 알긋냐. 여성차별이라고나. 정신적으로 지아비를 우대하라는 거다. 현실적으로야 아줌마들 맘대로지만. 군자는 돈 만지는 게 아니라. 딸아, 봤지. 나서지마라.

한일합방후 일제는 1912년 토지 조사를 실시하면서 대한제국의 황실재산을 몰수해 국유화. 이로당의 안주인들은 그냥 묵묵히 운현궁

을 지켰다. 소유권이 넘어가거나 말거나. 해방 후 미 군정청은 운현궁에 공문을 보냈다. 흥선대원군 후손 재산 맞음. 대한민국 정부는 법원에 고소장을 냈다. 운현궁 누구 건지. 판사 왈, 흥선대원군 후손 거 맞음. 결국 대원군의 5대손 이청李淸 1936- 에게 운현궁 소유권 넘어감.

이미 운현궁은 수만 평에서 2천 평으로 쪼그라들었고. 관리비도 없고. 변호사비도 없고. 다 팔아먹은 거다. 이청은 시립대 교수가 되지만 교수 월급으로 운현궁 관리할 수도 없고. 1991년 매물로 나왔다. 서울 정도 600주년사업의 일환으로 서울시가 80억에 매입.

안국동에 있던 감고당은 1966년 덕성여고 운동장을 확장하면서 쌍문동 덕성여대로 쫓겨 갔다가 완전해체 위기에 처한 걸 최근 여주군청이 전부 얻어와 이곳 명성황후 기념공원에 복원. 야, 인마. 공 차려고 감고당도 때려부수냐. 인현왕후와 명성황후는 죽어서도 고생.

한옥은 끼워 맞추는 가구식구조라 항상 이전, 복원이 가능한 웰빙건축. 자 이제 흥선대원군도 갔고 명성황후도 떠났다. 2002년 대박을 터뜨린 드라마 명성황후의 OST 〈나 가거든〉이나 들어보자. 그래도 욕심을 안 버릴래. 그럼 나 책임 안 짐.

"쓸쓸한 달빛 아래 내 그림자 하나 생기거든

그땐 말해 볼까요 이 마음 들어나 주라고

문득 새벽을 알리는 그 바람 하나가 지나거든

그저 한숨 쉬듯 물어 볼까요 난 왜 살고 있는지

나 슬퍼도 살아야 하네

나 슬퍼서 살아야 하네

이 삶이 다하고 나야 알 텐데

내가 이 세상을 다녀간 그 이유

나 가고 기억하는 이

나 슬픔까지도 사랑했다 말해 주길."

운현궁 양관洋館 대원군의 큰손자 이준용(1870~1917)이 살던 양관은 1912년 건립. 친일의 대가로 일본이 지어 준 집. 작은 어머니 명성황후를 찔러 죽인 일본에 붙어 호의호식하다 감. 해방 후 덕성학원이 사들여 현재는 덕성여자대학교 평생교육원으로 사용 중.

석남사 영산전

죽음을 공부하는 건축

"아빠, 또 서평 올라왔어."

"올려라."

네티즌 왈.

"이 책〈아빠, 한양이 서울이야?〉를 처음 받아 놓고서 다른 책을 먼저 읽었다. 어느 날 초등학교 5학년인 아들아이가 이 책을 발견했다. '엄마, 이거 내 책이야? 나 먼저 읽어도 돼?' 그리고 한동안 이 책이 보이질 않았다. 직장 다니랴, 살림 하랴, 책 읽으랴 바쁜 생활 중에 이 책의 행방을 까마득히 잊고 있었다.

그러다가 우연히 아들아이의 가방 속에서 이 책을 찾아내었다. 그동안 가방 속에 넣고 다니면서 틈틈이 보았는지 책의 표지로 읽던 부분을 표시해 둔 것이 보인다.

워낙에 책 읽는 것을 싫어하는 아이라서 의외의 모습이었다. 꺼내서 읽고 있으려니, 아이가 돌려 달라고 한다. 참 재미있나 보다. 제가 좋아하는 드라마에 나오는 명칭과 그림이 많다면서 흥미를 갖는다.

이 책은 건축평론가가 자기의 딸과 조선의 도읍이던 한양을 탐방하면서 그 역사 이야기를 재미나게 들려준다. 최초에 한양이 도읍으로 선정된 이야기부터 시작된다. 위화도회군이나, 무학대사의 왕십리 이야기들로 한양이 도읍으로 성립되는 과정을 재미있게 풀어낸다.

나도 지금껏 잘 몰랐던 종묘의 모습과 그 의미, 성곽과 4대문과 4소문의 이름들과 그 유래를 자세히 알게 되었다. 또한 한 나라의 부강은 도로와 관계가 깊다는 점, 한양에 세워진 여러 개의 궁전 이름과 그 세워진 유래와 현존의 여부에 대한 상세 설명은 이 책을 들고 그 궁전들을 다 돌아보고 싶게 만든다.

내게는 작은 흑백 사진이 여러 장 있다. 그 중의 한 사진에는 우리 외할머니의 젊은 시절 모습이 있다. 화려하게 성장하고 머

영산전 배면

금광루

리를 부풀린 어머니의 모습과 함께 어리기만 한 나의 얼굴. 그 배경은
창경원이다. 그 사진은 지금으로부터 35년쯤 전의 사진이다. 창경원
에 놀러가서 풍선을 들고 찍은 사진은 우리 또래의 서울 아이에겐 한
장쯤은 있는 사진이다.

아무리 어머니나 외할머니에게 창경궁이라 불러야 한다고 이야기를
해도 그분들께는 그저 창경원이다. 왜 궁궐에 동물을 데려다 놓았는
지를 말씀드리면 그 땐 '음, 그래?' 그러곤 또 창경원이라 부른다. 하
긴 잘못된 역사도 역사는 역사이긴 하다. 창경원도 역사이고, 우리 어
머니의 일본식 이름도 역사이다. 단지 되풀이하는 우를 범하지만 않
으면 될 것이다.

일제 강점기의 한양의 슬픈 모습과 전쟁 중의 비참한 모습들도 이 책
에 잘 설명되어 있다. 지금의 서울 지도와 당시의 한양의 지도를 겹쳐
놓고 보니 지금의 서울이 얼마나 비대한지도 알 수 있다. 지금 서울의
전체 인구의 90퍼센트는 한양이 아닌 곳에 산다고 한다. 그리고 그 이
름도 그윽한 그 한양 동네들이 참으로 고풍스럽다."

"딸, 조선의 왕은 몇 명이었지?"

"27명."

"고려는?"

광종 光宗 (925-975) 태조 왕건의 넷째아들. 956년 노비안검법 실시. 원래는 노비가 아니었으나 전쟁에서 포로로 잡혔거나 빚을 갚지 못해 강제로 노비가 된 자들을 선별해 노비 해제. 958년 고려에서는 처음으로 과거제도 실시. 호족 세력에 대한 무자비한 숙청으로 왕권 강화. 고려를 반석 위에 올려놓은 왕.

"몰라."

"34명. 외우자."

태혜정광경성목

현덕정문순선헌

숙예인의

명신희강고원

충렬선숙혜목정

공민우창공양

태조 왕건의 부인은 몇 명일까요? 29명. 전국 호족의 딸들. 아들은 수십 명. 바람 잘 날이 없다. 943년 왕건 맏아들 제 2대 왕 혜종 등극. 동생들이 수시로 들이댄다. 못살겠다. 2년 만에 지구 떠나고. 동생 제 3대 왕 정종 등극. 아비귀환. 4년 만에 또 떠나고. 949년 다시 동생이 제 4대 왕 광종 등극. 이제 못 참겠다. 동생들 다 죽인다. 까불고 있어. 고려판 이방원이다. 조용. 호족들 열중쉬어고.

불법으로 나라를 다스리겠다. 둘째아들이 부친을 찾았다. 아빠, 저

머리 깎을래요. 그래 잘 생각했다. 왕자가 스님
이 되니. 날아가는 새도 떨어뜨린다. 태자가 아
빠를 찾았다. 너무 무서운 거다. 저도. 넌 안돼,
인마. 칼이나 잘 갈고 있거라. 지방 호족들이
덤비면 쳐야 되니. 이 아들은 그래 고려 최초의
국사에 오른다. 왕의 스승. 칼잡이 부친 광종도
혜거국사한테는 꼼짝 못한다. 다 버리니 인생
역전. 혜거국사가 광종을 찾았다.

영산전 내부

"전하, 부탁이 하나 있습니다."

"말씀만 하십시오."

"돈 좀 주십시오."

"뭐하시게요?"

"680년 석선 스님이 창건한 안성의 명품 석남사 다시 짓게요."

"여봐라. 돈 내 드려라. 나도 극락 가야 할 거 아니냐."

"아빠 왜 절 이름이 석남石南이야?"

"남쪽에 편마암으로 가득찬 산이 있어서."

정말 오랜만에 안성을 찾았다. 워낙 문화재가 없는 동네라. 안성은 대
한민국의 중앙이라 고구려, 백제, 신라의 전쟁터. 4세기에는 백제 땅.
5세기에는 고구려 땅. 6세기에는 신라 땅. 백성들은 헷갈린다. 내가
백제 사람이던가. 고구려 사람이던가. 아니 신라 사람인가. 1413년
조선이 전국을 팔도로 개혁할 때 충청도에서 경기도로 넘어 가고. 내
가 충청도 사람이던가. 경기도 사람이던가. 한 많은 동네. 1998년에
야 안성시로 승격. 안정을 찾는다.

석남산 영산전. 보물 823호.

"아빠, 왜 건물 이름이 영산靈山이야?"

"석가모니와 팔상탱화를 모신 집이라서."

"팔상탱화가 뭔데?"

"석가모니의 인생을 그린 8개의 그림."

1. 도솔의래상 - 도솔천에서 코끼리 타고 사바세계로 내려온다.

2. 비람강생상 - 룸비니공원에서 마야부인의 옆구리를 통해 출생.

3. 사문유관생 - 태자가 성문 밖의 중생들의 고통을 관찰하니 인생무상.

4. 유성출가상 - 부모의 반대를 무릅쓰고 출가

5. 설산수도상 - 설산에서 신선들과 수행.

6. 수하항마상 - 수행 중 온갖 유혹과 위협 물리침.

7. 녹원전법상 - 녹야원에서 최초로 설법.

8. 쌍림열반상 - 쌍림수 아래에서 죽음에 이르다.

"탱화幀畵는 뭐야?"

"부처님의 일생을 그린 그림."

안성 가는 길. 플래카드는 죄다 안성맞춤.

영산전

"아빠, 왜 도시 이름에 맞춤을 붙인 거야?"

"안성에 가서 유기를 맞추면 맘에 드는 그릇을 만들어 줬걸랑."

맞춤의 도시. 지금은 유기 안 씀. 양반도 없고. 가난의 길. 뭐 먹고 살지.

그놈의 스테인리스 땜에. 할머니가 차를 세우신다.

"어디 가시남유?"

"저 배티고개만 넘겨 주게. 안성 가는 버스 타게."

"할머니, 여기 버스 안 다녀요?"

"응."

뭐라, 오지.

"아빠, 왜 고개 이름이 배티야?"

"마을 어귀에 꿀배나무가 많아서 배나무 고개로 불리다가 이치梨峙

라는 한자로 표기하면서 발음이 쉽게 배티로 부르는 거야."

안성 최고봉 서운산 입구.

"아빠, 서운瑞雲은 뭐야?"

"상서로운 구름."

금광루 창호

매표소도 없고. 주차장도 없고. 보물을 우습게 보는군. 완전 왕따. 등산객만 몇 명 보이고. 오솔길을 오르기 시작했다. 누마루 앞에 차 세우고 금광루로 들어섰다. 멀리 대웅전도 보이고. 난 무너지기 시작. 끝도 없는 길. 계단. 오르고 올라도 오를 수 없는 길. 이걸 왜 이제야 알게 된 걸까.

"아빠, 왜 누마루 이름이 금광金光이야?"

"금처럼 빛나는 마을에 만든 누마루라."

"왜 꼭 누마루는 높이가 낮아?"

"머리 숙이고 들어오라고."

있는 놈이나 없는 놈이나. 다 그놈이 그놈. 까불지 말아라. 그래도 까불고. 돌계단 오르기 시작. 주련柱聯 기둥에 써 붙인 글귀 이 날 울린다.

우주는 한 집안

중생은 한 가족

서로 원망 말고

은혜만 갚아라.

난 어제도 마누라와 한바탕. 중생은커녕 가족간에도 불신. 아니 나 자신도 불신. 죄송합니다. 다신 안 그러겠습니다. 또 그럴 거면서. 알면서 오르는 길.

"아빠, 불교가 뭐야?"

"죽음을 공부하는 거. 딸, 오늘의 고자성어는 일체중생 실유불성 —切衆生 悉有佛性이다."

"뭔 말인데?"

"일체 중생은 모두 불성을 가지고 있다."

"중생衆生이 뭐더라?"

"뭐라, 살아 있는 모든 생명체."

대웅전 앞에 앉아 난 담배 일발 장

전. 금연구역이지만. 뭐 법을 다 지키고 살 수 있나. 눈앞으로 기와지붕 넘어 장관. 난 이제껏 만날 절에 오면 건물 사진 찍기 바빴다. 공포가 어떻고 기둥이 어떻고. 난 이제 건물 안 본다. 건물 앞에 앉아 자연을 본다. 자적自適. 아무런 속박도 받지 않고 즐겁게 살자. 이걸 이제야 안 거다. 자적. 자적. 인세 들어왔나. 왔다리 갔다리.

사람도 없고. 스님도 안 보이고. 왜 사람들은 여길 안 찾을까? 나도 첨. 모르니. 터벅터벅. 어라, 보물 영산전 어딨지? 다시 등산. 나 왜 사는 거지. 난 영산전을 찾는 게 아니다. 날 찾는 거다. 나 어딨지? 112에 신고.

"경찰 아저씨."

"대한민국의 친절한 경찰입니다. 민중의 지팡이. 뭘 도와드릴까요?"

"이용재 좀 찾아 주서유."

"전화 주신 분과는 어떤 관계죠?"

"본인임."

"뚜뚜뚜."

대웅전 아래 작은 전각. 현판엔 이렇게 써 있다. 영산전靈山殿. 이거군. 별 거 아니군. 영산전 안으로 들어갔다. 석가모니 앞에 같은 자세로 앉았다. 난 이제 석가모니 따라하기로 했다. 석가모니를 보고 절을 하는 게 아니라 석가모니의 눈으로 세상을 보기 시작한다. 뭘 보고 계시나. 창밖으로 펼쳐진 절경. 난 돌아 버렸다. 너무 아름다운 거다. 저 멀리 산 위에는 갈매기가 날고 있고. 파도도 치고. 내 마음의 파도.

"아빠, 갈매기는 바닷가에 있는 거 아니야?"

"내 마음의 갈매기."

세상이 보이기 시작한 거다. 그럼 부처님은 우릴 다 보고 있는 거 아냐. 웃으면서. 1년 내내. 50년 동안 난 까분 거다. 그래 이 절경 땜에 이 영산전은 보물인 거다. 건물이 좀 못생기면 어떻고 잘생기면 어떠냐. 안 되면 성형수술하면 되지 뭐. 근데 안 되는 게 있다. 저 창밖으로 보이는 자연은 도대체가 고칠 수가 없는 거다. 움직이는 자연을 우째 고치냐. 사시사철 변하고.

"아빠, 그럼 이 절 천 년 넘었어?"

"아니, 임진왜란 때 왜놈들이 불 질러서 다시 지은 거야."

영산전

익산 망모당

멀리서 추모하는 건축

"아빠 블로그에 하루 몇 명이나 들어와?"

"600명."

"많이 들어오네. 여지껏 책 몇 권 냈어?"

"7권."

"한 달에 인세는 얼마나 들어와?"

"100만 원."

"베스트셀러 작가라며 100만 원 밖에 못 벌어?"

"건축계의 베스트셀러라."

"난 글 쓰지 말아야지. 글 쓰겠다는 친구가 있는데 말려야겠군."

송영구1555-1620. 본관 진천. 호 표옹.

"아빠, 표옹瓢翁이 뭐야?"

"바가지 들고 다니는 늙은이. 재물을 멀리하겠다."

1584년 임금이 친히 지켜보는 친시과거에 급제. 전북 익산의 송영구 집 앞에 키 큰 단풍나무를 심었다. 이 마을에서 과거 급제자가 배출됐다. 지나가던 이들은 경의를 표할 것. 가문의 영광.

1592년 도체찰사전시의 최고 사령관 정철의 종사관으로 참전. 1593년 정철의 서장관書狀官 기록관 으로 베이징 방문. 숙소 부엌에서 글 읽는 소리가 들린다.

"교묘함은 결코 소박함을 이기지 못하고 훌륭함은 졸렬함을 이길 수 없다."

"장자의 남화경南華經이잖아. 자네 이름이 뭔가?"

"주지번이라 하옵니다."

"아니 남화경을 외우는 실력파가 우째 불쏘시개 일을 하고 있나?"

"과거시험에 연속 실패했습니다."

표옹은 이 젊은이에게 시험 보는 방법 전수. 다른 사람 책 베끼지 말고 자네 얘기를 쓰게. 감사합니다, 대인. 다음 해 주지번 과거에 장원급제. 지인지감知人之鑑 사람을 잘 알아보는 능력 이 있군. 주지번은 드디어 글쟁이들이 숲처럼 모여 있는 한림원 학사가 된다.

1606년 주지번은 중국 황제의 황태손이 탄생한 경사를 알리기 위해 조선행. 주지번은 외교사절단 최고 책임자. 부랴부랴 영접도감 설치.

"야, 주지번을 대적할 원접관 누가 할래? 보통 실력이 아니라고 하던데."

"대제학 유근이면 능히 대적할 수 있을 걸로 사료되옵니다, 전하."

"아빠, 대제학大提學이 뭔 뜻이야?"

"학문을 끌고 다니는 대 선비."

"그럼 종사관은 누구 시킬까?"

"허균이 능히 그 임무를 감당할 수 있을 것입니다."

"허균이 누군데?"

"허난설헌의 친동생이옵니다."

"그럼 됐네."

유근과 허균은 즉각 함경남도 의주로 출발. 평양, 개성을 비롯한 6개

지점에 선위사를 파견해 영접에 한 치의 소홀함이 없도록 정성을 다한다. 주지번 의주 도착.

"안녕하셨지라우! 대인."

"아, 예. 근디 표옹 선생은 안 나오셨남유?"

"아니, 대인이 표옹 선생을 우찌 아십니까?"

"저의 사부 되십니다."

"아, 그렇습니까?"

"저 젊은 친구는 누굽니까? 눈빛이 예사롭지 않네요."

"허균입니다."

"아, 그럼 허난설헌의 동생. 누님은 안녕하신가?"

"7년 전에 병사하셨습니다."

"뭐라, 몇에 가셨는고?"

"27살에."

"음 안타깝군. 인물은 우쩨들 그리 일찍 가는지. 죽을 놈은 안 죽고. 자네 누님 육필 원고를 좀 얻을 수 있겠나?"

"그럼요."

그래 중국으로 돌아간 주지번은 시집 〈난설헌집〉 간행. 베스트셀러가 된다.

　못 가의 버들잎은 몇 개 남지 않았고

허난설헌 생가 강릉시 초당동. 초당은 허엽의 호. 강릉시 초당동에서 딸 출산. 이름은 초희, 호는 난설헌. 신사임당, 황진이와 함께 조선을 대표하는 3대 여류 문인. 15살에 김성립과 결혼. 불행 시작. 그나마 1남 1녀 병사. 지아비는 술집에 가고 없고. 강릉시는 허난설헌 생가를 비롯한 주변 1만 3천 평 매입. 허난설헌. 허준기념관 건립. 테마파크 공원 건립 착수.

오동잎도 우물에 떨어지네

발 밖에는 가을 벌레 우는 철 되었것만

날씨는 쌀쌀하고 이불까지 얇네

"아빠, 난설헌蘭雪軒이 뭔 뜻이야?"

"눈 속에 난초가 있는 집."

사절단 홍제원 도착.

"홍제원弘濟院이 뭐야?"

"중국의 사신들이 성 안에 들어오기 전에 임시로 머물던 여관."

"지금 어딨는데?"

"1895년 철거."

"그럼 홍제동은 홍제원이 있던 동네라서!"

"당근."

"홍제弘濟가 뭔 뜻인데?"

"널리 구제한다."

"전하, 가시죠."

문무백관이 뒤를 따르고. 국력이 약하니. 영은문 앞에 섰다.

"아빠, 영은문迎恩門은 뭔 뜻이야?"

"중국의 은혜를 맞이하는 문."

"너무 아부가 심한 거 아냐?"

"원래는 중국의 조서를 맞이하는 문이라는 뜻의 영조문迎詔門이었는데, 명나라 사신 설연총이 바꿔 달았어. 당시는 너무 국력이 약해 방법이 없었어."

먼 길에 고생이 많았네. 오늘은 모화관에서 푹 쉬게나. 내가 맛있는 거 많이 준비해 뒀걸랑. 광영이옵니다, 전하.

"아빠, 모화관慕華館이 뭐야?"

"1407년 건립된 중국 사신 숙소. 중화민국을 사모하는 여관."

다음 날 임금을 알현한 주지번은 표옹 선생을 찾는다. 13년 만에 빚을

갚으러 온 거다. 멋쟁이.

"표옹 선생 어디 계신감유?"

"돌아가셨다는디유."

"뭐라, 그럴 리가 없다. 그리 일찍 돌아가실 분이 아니다."

"사실은 저희 의주부터 여기까지 영접하느라 고생 직싸게 했걸랑요. 다시 한양부터 익산까지 우째 영접하란 겁니까. 500리 길. 좀 살려 주쇼."

"그럼 말 1필과 하인 1명만 주라. 선생 드리려고 가져온 희귀본 80권 갖다 드려야 되걸랑."

주지번 한양 출발. 전라도 관찰사 지금의 도지사 가 전주성 밖 30리까지 영접을 나왔다.

"대인이 이 시골까지 웬일이옵니까? 역사상 유래가 없는 일이라. 저 보러 오셨남유?"

"아니요, 표옹 선생 만나러."

"아빠, 우리나라 도지사는 8명이지?"

영은문 주초 迎恩門 柱礎 1407년 서대문 밖에 모화루를 세워 명나라 사신을 영접하던 곳. 1430년 모화관으로 개명. 1536년 모화관 남쪽에 영조문 건립. 1539년 영은문으로 개명. 청일전쟁 뒤 사대사상의 상징인 모화관 현판을 독립관으로 바꾸고 영은문 철거. 1896년 그 자리에 독립문을 세웠는데 그 앞 영은문의 주초 2개는 그대로 남아 있다. 사적 제33호.

"아니 13명. 이북 5도 도지사도 있어."

"월급 나와?"

"그럼. 판공비도 나와."

"하는 일이 뭐야? 노나."

"실향민들 보살피느라 바빠."

전주객사에서 환영만찬. 딩가딩가.

전주객사 전주객사는 1473년 전주서고를 짓고 남은 재료로 개축했다는 기록이 있을 뿐 정확한 건립 연대는 알 수 없다. 1914년 북문에서 남문에 이르는 도로 확장공사로 좌측의 동익헌 철거, 1999년 동익헌 복원. 보물 제583호.

"대감. 이 객사의 이름이 뭔감유?"

"없어유."

"제가 작명해 드릴까유?"

"광영이옵니다."

풍패지관豊沛之館. 풍패의 객사. 한나라의 고조 유방이 출생한 마을이 풍현이고, 자란 마을이 패현. 한 자씩 땄다. 전주가 조선왕조의 발원지라는 의지의 표명. 가로 4.66미터, 세로 1.79미터의 힘찬 초서체 현판. 주지번이 직접 썼다. 대한민국에서 젤로 큰 현판.

"아빠, 초서草書가 뭐야?"

"자획을 생략하고 흘림글씨로 빨리 쓴 글씨."

다음날 왕궁면 초장리 표옹 선생을 찾아 나섰다.

"아빠, 왜 이 동네 이름이 왕궁이야? 왕궁이 있었나."

"응. 백제시대 때 여기가 임시 수도였걸랑."

주지번 송영구 고택 도착.

"사부님, 안녕하셨지라우?"

"그래, 먼 길을 와 주어 고맙네. 온 김에 현판 하나 써 주게나. 부친 건강이 안 좋으니."

"그러시죠. 망모당望慕堂. 멀리서 추모한다."

다음해 표옹의 부친이 돌아가셨다. 멀리 부모님 산소가 바라보이는 봉실산 아래 암탉이 알을 품고 있는 형국의 명당에 사당 건립. 9칸의 검박한 건물에 현판을 걸었다.

망모당.

1611년 표옹 경상도 관찰사 부임. 한양에서 전화가 왔다. 올라와라. 중국 갔다 올 일이 생겼다. 낙동강 나루터에서 배를 기다리고 있는데 이방 왈.

"대감이 경상도 최고 책임자로 있다가 가시는데 가지고 가는 건 달랑 부채 하나네유."

"뭐라."

표옹은 부채를 낙동강에 집어던졌다. 나 빈 손으로 간다. 호 바꿔야겠군. 청렴결백淸廉潔白. 마음이 맑고 깨끗하며 탐욕이 없음.

1613년 다시 명나라 행. 주지번과 대작.

"야, 너 허균 알지."

"예."

"그 친구가 최초의 한글 소설인 〈홍길동전〉 냈걸랑. 읽어 봐라. 죽인다."

주지번은 날밤 샌다. 머야 이거. 진짜 재밌네. 이렇듯 사신들은 책을 주고 받으며 문화를 서로 전파한다.

"아빠, 주지번 한글 알아?"

"그럼. 한림원 학사는 보통 5개 국어 능통."

"딸, 너도 영어, 일어, 중국어, 러시아어 익혀라."

"알았어. 일어는 할 줄 알고. 중국어 공부 중. 쏼라쏼라."

1616년 병조참판 _{지금의 국방부} 차관보 에 오르고. 나라가 다시 뒤집어졌다. 선조의 계비인 인목대비를 왕대비 자리에서 끌어내 유폐시키자. 홀라홀라. 서자 출신인 광해군이 좀 맛이 갔다. 우리 시대의 바른 맨 표옹 사직. 나 고향 간다. 니네끼리 다 해먹어라. 이미 표옹은 64세. 망모당에서 조석으로 부모님 산소를 향해 절하고. 너무 오래 살았나. 2년 만에 간다. 전주 서산사에 배향.

홍길동 생가 1440년 홍길동은 장성군 아곡리에서 홍 판서와 하녀 춘섬 사이에서 태어난다. 1460년 광주 무등산으로 들어가 활빈당 결성. 1500년 공주에서 체포되어 남해 삼천리로 유배. 활빈당과 가족을 배에 싣고 오키나와로 넘어가 율도국 건국. 1609년 왜놈이 쳐들어온다. 1610년 중국으로 도망가다 눈을 감는다. 2001년 건축가 김홍식의 설계로 생가 복원.

놈 놈 놈

이충기 (건축가, 서울시립대학교 건축과 교수)

나는 이용재를 잘 모른다. 어쩌면 글을 쓸 만큼 그에 대해 아는 것이 많지 않다는 것이 더 정확한 표현일 것이다. 나는 건축이 아닌 사람에 대한 글을 써본 적도 없다. 더구나 아직 젊고 나와 동갑이며 만난 지 일 년도 안 된, 그것도 만난 횟수가 이제 겨우 다섯 손가락을 넘긴 그를 대상으로 그가 나에게 글을 써달라고 한 것이다. 과연 느닷없는 이용재다운 행동이다. 그동안의 압력에도 내가 글을 쓰지 못한 것은 시간의 문제가 아니라 그에 대한 나의 무지와 남을 표현해야 하는 나의 자격 문제가 그 원인이었다. 그러나 나보다 그를 잘 아는 사람한테 받는 글의 내용을 미리 짐작한 그가 내게 솔직하고 거짓 없이 묘사해 달라는 메시지를 전한 것으로 이해하고 이제 몇 개월의 전화와 문자 압력 앞에 굴복하려 한다.

나는 이용재를 볼 때마다 조선시대 선비의 초상이 떠올려진다. 마른 얼굴에 뼈의 윤곽이 뚜렷하게 드러나고 근육선과 연륜이 배인 주름 골이 어떤 성격인지를 예측하게 하는 그런 모습이어서 적은 가닥의 수염과 탕건에 갓이나 정자관을 더하면 영락없는 조선시대의 선비 초상이다. 그것도 꼬장꼬장하고 고집이 묻어나는 그런 선비의 인상이다. 그는 매우 건조하고 차가워 보인다. 그래서 쉽게 다가가거나 친해지기 어려운 용태다.

이용재는 겉과 속이 같다. 생긴 대로 논다. 어투나 내용이 직설적이다. 혹 그가 직업군인 출신이 아닌가 하는 착각을 하게도 한다. 그런 그의 성격은 글에도 그대로 묻어난다. 그래서 그의 글은 직설적이고 단문이 많다. 은유나 직유를 모르는 무식이거나 아니면 무시하고 있거나 둘 중 하나임에는 틀림이 없다. 어떨 때는 한밤중이나 새벽에도 전화하거나 문자를 보낸다. 파악도 잘 안 되는 내용을 가지고 느닷없이 질문하거나 전달하기도 한다. 인사도 없고 자기 자신도 안 밝힌다.

당연히 알고 있을 거라 생각하는 모양이다. '전데요…'가 들어가면 그래도 양반이다. 그래서 그의 집안 내력과는 다르게 그는 양반이 아니다. 이번 글에 대한 그의 청탁도 몇 개월 전에 느닷없이 문자로 '국보 건축 이용재론'이라고 보낸 것이 전부였다. 부탁한다거나 써 달라는 말도 없었다. 그래서 할 수 없이 내가 전화로 무슨 말이냐고 되물었다. 아니, 국보 건축은 뭣이고 이용재론은 뭐냐고. 이런 식이다. 아마도 그는 다른 사람도 늘 자기와 같은 생각을 하고 있을 거라고 착각하는 모양이다. 그런 그의 태도는 내가 그를 처음 만났을 때나 지금이나 늘 한결같고 변함이 없다. 그래서 사람들로부터 곧잘 많은 오해를 불러일으킨다. '건방지다', '무례하다', '까칠하다'는 등의 그를 평하는 단어들은 이제 오히려 자연스러운 이용재의 캐릭터가 된 듯하다. 어쩌면 그는 그걸 바라왔는지도 모른다. 그래서 그의 직설적이고 까칠한 말투를 빌어 표현하자면 그는 좀 못되고 '나쁜 놈'인 셈이다.

그러나 뒤집어 보면 그는 그만큼 단순하고 순수하다고 할 수 있다. 그는 속으로 겉과 다른 여러 가지 계산을 하지 못한다. 그래서 그를 대하는 것은 매우 부담이 없다. 그대로 받아들이면 된다. 그가 더러 말과 다른 마음을 가질라치면 이내 유치한 속셈까지 나에게 들키고 만다. 어린애같이 숨기지 못하고 내뱉는 직설적인 말과 행동은 너무나 많은 관계와 고려 속에서 마음에 없는 말과 행동에 익숙해져 버린 나 같은 사람들에게 늘 부끄러움을 진하게 선사한다. 그래서 나도 그처럼 솔직하고 단순하게 거리낌 없이 살 수 없을까? 라고 생각해본 적이 있다.

그러나 이용재는 표리가 부동하다. 내가 아는 이용재는 생긴 모습과는 달리 매우 착하고 여리고 인간적이다. 여린 성격은 그의 차가운 인상의 이미지를 예상외로 크게 뛰어 넘는다. 그래서 딱딱하고 강해 보이는 그의 겉모습에 속으면 안 된다. 그런 성격의 사람들이 대부분 그렇듯이 그는 낯을 가리고 사람을 가린다. 그래서 그는 사람이 그리운 사람이다. 직설적이고 정제되지 않은 말로 인하여 남들이 그를 성격이 강한 사람으로 오해를 하기도 하지만 오히려 숨기고 있는 그의 마음이 너무 여림을 나는 늘 안타까워 한다. 여린 성격 탓에 경제적으로 늘 여유가 없다고 푸념하면서도 그보다 훨씬 부자들도 마음을 열지 못하는 일들을 그냥 지나치지 못하고 지갑을 열어 버린다. 그러고는 돈이 없다고 또 돈타령을 한다. 글을 쓰는 일은 무언가에 대해 늘 그리워하면서 경제적으로든, 지식적으로든, 창작에 대한 열정으로든 스스로를 결핍의 환경으로 몰아가며 절제와 통제를 해야 하는 일일 것이다. 그런 면에서 마음이 여린 이용재는 글을 쓰기 위한 좋은 환경으로 스스로를 가둔 셈이다. 그의 성격에 맞는, 예전의 글 쓰는 일로 다시 돌아간 셈이다. 서비스 정신으로 오로지 손님을 배려해야 하는 택시 기사 일이 딱딱하고 건방지고 까칠한 그의 성격과는 애당초 맞지 않았음을 나는 확신한다. 더구나 딱한 사정의 손님한테는 공짜로 태워줄 수밖에 없었던 그의 착하고 여려 터진 성격으로는 어림없는 일이었다. 택시기사 이용재…. 그러니까 그가 '이상한 놈'이라는 소리를 듣는 것이다.

그래서 이용재는 더 이상 건축쟁이가 아니다. 그는 글을 쓰는 글쟁이다. 그래서 그는 우리가 아는 건축적 지식에는 별로 관심이 없다. 그의 글은 건축을 전공하지 않은 사람이 쓴 글같이 시선과 시각을 의도적으로 돌린다. 이전에 경험했던 택시 기사로 감정이입하여 쓴 글이어서일까? 쉽고 간결하고 읽기가 편하다. 건축을 소개하는 글이나 책 중에서 이런 파격은 없었을 것이다. 그의 베스트셀러인 〈딸과 함께 떠나는 건축여행〉에서 보듯이 그는 건축의 바다를 헤엄치면서도 건물 그 자체에 대해서는 별로 관심이 없다. 그 책의 내용은 건축을 건물로 파악하지 않으려는 그의 경지와 인문학적 글쓰기 의도를 짐작케

한다. 건축이 건물 자체의 형태나 공간에 대한 내용과 그것이 탄생하게 된 수많은 배경적 이야기로 표현될 수 있다고 볼 때 그는 후자, 즉 건축과 관련된 사람과 건축의 히스토리와 다양한 스토리에 더 많은 관심과 애정을 가지고 있음이 분명하다. 그런 면에서 그의 글쓰기는 매우 착하다. 그래서 그는 '좋은 놈'이다. 그에게 건물은 스토리 전개의 매개체일 뿐이다. 그래서 그의 글은 어느새 소개하는 각각의 건물에 대한 배경과 스토리의 기록이자 역사가 되어가고 있다. 그것은 어쩌면 건축의 바다에 빨대를 꽂고 눈과 마음을 애써 다른 곳(인문학)으로 돌린 채 살아가려는 그의 치밀한 전략인지도 모른다. 건축에 대한 현학적 글쓰기의 유혹을 물리치고 택한 쉽고 착한 글쓰기 태도는 그에게 이미 습관화된 일상으로 보인다.

따라서 그가 이번에 새로 내는 국보 건축에 대한 내용 또한 건물 자체의 공간이나 생김새에 관한 건축학적 지식보다는 관련된 사실, 배경이나 사람 등에 대한 역사적 이야기를 중심으로 구성했으리라 짐작하는 것은 그리 어려운 일이 아닐 것이다. 그래서 이전 전문서적의 내용과는 다른 새로운 기대를 하게 된다.

최근 그가 무슨 이유와 목적에서인지 '이상한 놈'의 계보를 이을 속셈으로 어느 날 갑자기 속세를 떠나듯 서울을 떠나 지방으로 거처를 옮겼다. 사람이 그리운 그가 어찌 견딜지 걱정된다. 그곳에서 새롭게 전개할 그의 '나쁜 놈' 생활이 나는 무척 궁금하다.

무엇보다 앞으로도 '좋은 놈'으로서의 그의 글쓰기가 계속되기를 기대한다.

딸과 떠나는
국보 건축 기행

글·사진   이용재

1판 1쇄   펴낸날 2008년 9월 25일
1판 5쇄   펴낸날 2011년 10월 30일

펴낸이   이영혜
펴낸곳   디자인하우스
               서울시 중구 장충동2가 162-1 태광빌딩
               우편번호 100-855 중앙우체국 사서함 2532
대표전화   (02)2275-6151
영업부직통   (02)2263-6900
팩시밀리   (02) 2275-7884, 7885
홈페이지   www.design.co.kr
등록   1977년 8월 19일, 제2-208호

편집장   김은주
편집팀   전은정, 장다운
디자인팀   김희정
마케팅팀   도경의
영업부   백규항, 이용범, 고세진
제작부   이성훈, 민나영
디자인   Design 樂 (노상용, 최승태)
교정교열   Bbook
출력   삼화칼라
인쇄   대한프린테크

ISBN 978-89-7041-983-1
값 14,800원